von Monika zum Gb bekommen

THORSTEN NESCH

DIE KREUZFAHRT MIT DER ASCHE MEINES VERDAMMTEN VATERS

ROWOHLT TASCHENBUCH VERLAG

Originalausgabe
Veröffentlicht im Rowohlt Taschenbuch Verlag,
Reinbek bei Hamburg, Mai 2015

Lektorat Sophie Härtling
Umschlaggestaltung any.way, Barbara Hanke/Cordula Schmidt
Umschlagillustration Kerstin Schürmann/formlabor
Satz aus der Plantin PostScript (InDesign)
Gesamtherstellung CPI books GmbH, Leck, Germany
ISBN 978 3 499 21699 2

MIX
Papier aus verantwortungsvollen Quellen
FSC
www.fsc.org
FSC® C083411

Das für dieses Buch verwendete FSC®-zertifizierte Papier
Lux Cream liefert Stora Enso, Finnland.

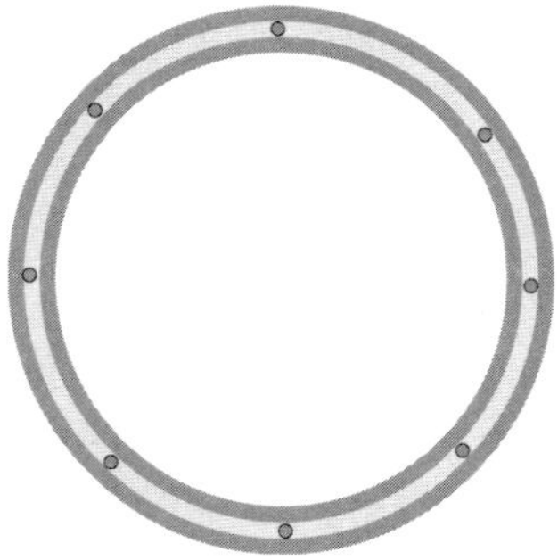

SOMMER

You either run from things, or you face them

Jesse (Breaking Bad)

Am Ende meiner Angelschnur lag der bunte Schwimmer reglos auf dem See. Windstill spiegelte die glatte Wasseroberfläche die grauen Wolken wider, die sich über mir gegen ihren Willen ostwärts quälten. Selten schaffte es eine Böe hinunter in den Trichter des Baggersees, sodass mein Haken mit dem Wurm kaum abgetrieben wurde und ich bisher nicht ein Mal neu hatte auswerfen müssen.

15 Grad mitten im Sommer und meistens Regen. Wenn das so weiterging, würde es nichts werden mit der Fahrradtour nach Holland, zelten mit David, solange das Geld reicht, vielleicht eine ganze Woche.

Schwere Schritte knirschten auf dem feuchten Kiesweg hinter mir. Seit heute Mittag hatte ich alleine hier am See gesessen und meinen Blick über das Wasser und das Ufer schweifen lassen. Die zwanzig Meter steil in die Höhe ragenden Hänge waren von überall gut einzusehen, nirgends Bäume oder Sträucher. Oben säumte ein Kranz aus wildem Weizen den Rand des Baggerlochs. Am Wasser entlang die schmale Laufspur der Angler, die sie auf ihrer Suche nach der besten Stelle über Jahrzehnte platt getreten hatten.

Herr Gregor stapfte mit seinem zwölfjährigen Sohn Gottfried im Schlepptau auf mich zu. Wie konnte jemand sein Kind bloß Gottfried nennen? Als hätten sie den nächsten Papst zeugen wollen.

Die beiden waren der Werbeseite einer Anglerzeitschrift entsprungen – wobei die Natur es nicht ganz so gut gemeint hatte wie mit den Hochglanzmodels. Sie trugen die neueste Mode und schleppten die teuerste Ausrüstung. Herr Gregor besaß eine Zeitarbeitsfirma – und wie kommt man am leichtesten zu viel Geld? Durch die Arbeit anderer.

Auf Vereinstreffen prahlte er gerne damit, die älteste Zeitarbeitsfirma Deutschlands zu führen. Gleich nach der gesetzlichen Zulassung durch die Politik sei er zum Amt gelaufen und habe sich den Stempel geben lassen; anders als die nörgelnden Verlierer hätte er damals die Zeichen der Zeit erkannt. Nun konnte er täglich um vier Uhr mit seinem Sohn angeln gehen und dauernd neue Klamotten tragen. Wahrscheinlich verbrannten sie die getragenen Sachen nach jedem gefangenen Fisch rituell.

Der Sklaventreiber und sein Geschöpf blieben bei mir stehen.

«Petri Heil, Jörn», begrüßte mich Herr Gregor mit seinem sonoren Chef-Bass. Auch die Lippen des Papstes bewegten sich stumm.

«Guten Tag», sagte ich freundlich und tippte mir an den Schirm meines Caps.

«Ich sehe dich ja jetzt jeden Tag hier.»

«Sind halt Ferien.»

«Trainierst wohl auf das große Nachtangeln?»

In einer Woche würde der jährliche Nachtangelwettbewerb unseres Vereins stattfinden, dem ersten Platz winkte ein 500-Euro-Gutschein für Angelausrüstung. Den konnte ich gut gebrauchen.

«Hätte nichts gegen den ersten Preis.»

«Na, der dritte wäre für dich doch auch schon recht gut.» Herr Gregor grinste jovial. Wahrscheinlich fand er, dass für einen wie mich ein leerer Angelkoffer mit Vereinsemblem völlig ausreichend wäre.

Er nickte zum Schwimmer. «Auf Karpfen?»

«Jo.»

Der Papst spielte mit der losen Lasche seines Schulterriemens.

«Hat schon was gebissen?», fragte Herr Gregor

«Noch nich …»

«Ist auch keine gute Stelle hier», unterbrach er mich bereits mitten im zweiten Wort. Natürlich meinte er zu wissen, was ich sagen wollte, bevor ich Luft geholt hatte, meine eigentliche Antwort spielte keine Rolle. «Bei dem Wetter stehen die Fische dahinten in der Bucht im tiefen Gras.»

Daher sparte ich mir, für meine nächste Bemerkung auch nur einen sinnvollen Gedanken zu fassen. «Hmh.»

«Oder etwa nicht?»

Oder etwa nicht! Er wollte hören, wie recht er hatte, er konnte mein neutrales Hmh nicht einfach akzeptieren, der Sklaventreiber musste die sixtinischen Glocken der Selbstbestätigung klingen hören, obwohl das erniedrigende Gebuckel seiner Knechte im Büro doch eigentlich für zehn Despoten reichen sollte.

Den Gefallen konnte ich ihm nicht tun. «Tja, vielleicht hat ein Karpfen gerade keinen Bock auf die anderen und schwimmt hier alleine rum.»

Er lachte meine Bemerkung geschäftsmäßig weg, der Papst gluckste heiser.

«Na, viel Glück, wir fangen uns dahinten einen für zu Hause, du kannst hier weiter deine Köder baden.»

«Ja-ha-ha», zwängte ich an die Luft. Anglerspruch, Grundkurs.

Ich schaute ihnen nach, wie sie mit ihren Ruten, Dosen und Campingstühlen beladen dem schmalen Pfad folgten, Don Quichote und Sancho Pansa.

Meine Gedanken wurden von der *Breaking Bad*-Titelmelodie meines Samsungs jäh unterbrochen, ich nahm den Anruf von Mama nur an, weil ich eine Bewerbung beim Bund zur Ausbildung zum Mechatroniker laufen hatte. «Jo? Post vom Bund?»

«Jörn, komm bitte nach Hause.»

Keine Begrüßung, kein Nein, kein Ja, sie klang anders, nach nichts Gutem. «Ist was? Ist alles okay, ist was … mit Lea?»

Meine kleine Schwester.

«Nee, ja …»

«Oder Chris?»

Mein älterer Bruder arbeitete gerade in China, wo er Maschinen aufbaute, die er in Deutschland zuvor abgebaut hatte.

«Nee, alles in Ordnung, komm einfach bitte ganz schnell nach Hause, ja?!»

«Warum denn? Ich angele.»

«Frag nicht, komm.»

«Hat das nicht Zeit bis heute a...»

«Nein, hat es nicht, hier ist Besuch für dich.»

«Besuch? Wer?»

Kurze Stille.

«Ein Bekannter deines Vaters.»

Darum druckste sie so herum. Und alleine die Tatsache, dass sie ihn nicht Kriechtier nannte, war bemerkenswert, wahrscheinlich konnte der Bekannte sie hören. Die wenigen Male, wenn ein Gespräch zwischen uns auf meinen Vater, den großen Unbekannten, zusteuerte, betitelte sie ihn als *Kriechtier*. Kennengelernt hatte ich ihn nie, er war noch vor meiner Geburt davongekrochen.

Zumindest das hatten mir meine beiden Geschwister voraus; sie kannten ihre Väter, die mehr oder weniger Kontakt mit ihnen hielten; vor allem Lea verbrachte fast jedes zweite Wochenende bei Rüdiger. Mama sagte immer, außer ihr gäbe es keine Zweite, die so viel Pech mit Männern hätte.

«Was will er?» Ich klang schroffer, als ich wollte.

«Das erfährst du hier.»

«Kann er das nicht jetzt am Telefon klären?»

«Nein.»

Mir gingen die Argumente aus. Das helle Sirren der gregorianischen Angeln zerschnitt die Stille über dem See, leises Platschen und das Klacken der Bremsen. Die beiden standen gute hundert Meter weiter nebeneinander, so aufrecht, als würden sie den Segen eines Fernsehpriesters empfangen.

«Jörn?»

«Jo.»

«Bis gleich, ja?»

«Jo, jo. Bis gleich.»

Sie drückte das Gespräch weg. Tief sog ich die frische Luft ein, und mein Blick folgte einem Raben, der quer über den Baggersee flog. Das helle Gelächter der Gregors unterbrach meine Gedanken, ich nahm meine Angel auf und holte den Haken ein. Gut geölt schnurrte die Rolle.

Ein Bekannter meines Vaters. Was konnte das bedeuten? Wollte er nach all den Jahren endlich Kontakt zu mir aufnehmen und war einfach zu feige, selbst zu erscheinen? Das könnte ich glatt verstehen. Ein paar Monate vor meinem achtzehnten Geburtstag. Was sollte das? Eine Überraschung? Hatte er das nicht gezahlte Unterhaltsgeld heimlich gespart und wollte mir nun Führerschein und Kleinwagen spendieren? Kleiner Scherz, so viel finanzielles Glück war meiner Familie nicht beschieden.

Kaum hatte ich die Angel eingeholt, da kräuselte sich das Wasser zehn Meter vor mir.

«Da gründelt doch einer», flüsterte ich. Einen letzten Wurf wäre es wert. Der angebliche Bekannte meines Vaters konnte ruhig eine Viertelstunde länger warten, das sollte ja wohl locker drin sein. Nach fast achtzehn Jahren. Ich öffnete die Bremse und warf aus. Allerdings nicht ganz konzentriert, denn die Schnur verfing sich für den Bruchteil einer Sekunde an einem der Büsche hinter mir – ich hörte es kurz rascheln –, und der Angelhaken schlug mit der Wucht des Auswurfs in meinen Nacken ein.

Stöhnend fiel ich auf die Knie und ließ die Angel fallen. Sterne explodierten vor meinen Augen. Der stechende Schmerz zog vom Kopf den Rücken runter, als hätte ich ein Schwert geschluckt, mir blieb fast die Luft weg. Der Schwimmer lag im Sand neben mir. Zitternd tastete ich entlang der losen Schnur am Vorfach vorbei nach hinten, bis ich den Haken berührte und ein Stromstoß mich durchzuckte. Ein Quieken entwich meinen Stimmbändern, Schweiß lief über meine Stirn.

«Oooh, f…» Im Dreck kniend, blinzelte ich zu dem Sklaventreiber und seinem Miniaturpapst, dessen Angel sich durchbog wie bei einem Belastungstest. Herr Gregor stand hinter ihm und haute ihm auf die Schulter, als wollte er seinen Sohn in den Boden treiben. Ich hörte seine Anweisungen für den Drill, von meiner Misere hatten sie nichts mitgekriegt.

Ihr Fisch sprang aus dem Wasser, und ohne zu überlegen, riss ich im gleichen Moment den Haken aus meinem Nacken, wobei ich die Wunde vergrößern musste wegen des Widerhakens. Ich hoffte, mein Aufschrei würde in dem Bauchplatscher des springenden Fisches untergehen.

Irrtum.

Sie drehten ihre Köpfe in meine Richtung, und ich hielt mit einem verrückten Grinsen meine blutbesudelten Daumen in die Höhe.

Ich wurde auf meinem Fahrrad kräftig durchgerüttelt, als ich mit vor Schmerz verzerrtem Gesicht über den Feldweg durch die Gelbsenffelder raste. Hinten in den Taschen und auf dem Gepäckträger schepperten die Angelsachen lose durcheinander. Mein kariertes Hemd und die alte Fleecejacke meines Bruders, die ich beim Angeln immer trug, waren von Blut völlig verklebt.

Sobald ich die erste Seitenstraße erreicht hatte, konnte ich schneller fahren, und der Fahrtwind kühlte meine Wunde. Außerdem hatte ich eine Hand frei, um David eine Textmessage zu schreiben: *Hey D, was geht? Haste mit deinen Eltis gespoken wegen Holland nächste Woche? Mit meinen Alten geht alles klar. wird hammer, ciao Jojo.*

Mein bester Kumpel Basti hatte nach dem Abschlusszeugnis erst mal die Biege nach Kanada gemacht, und Mezut war bei seinen Großeltern in der Türkei, deshalb hatten David und ich überlegt, zumindest einen Fahrradtrip zu machen, Richtung Holland, zelten, Party, solange das Geld reichen würde. Er musste sich nur noch das Okay seiner Eltern einholen, meine Mutter hatte ich bereits gefragt.

Die wartete jetzt zu Hause mit einem fremden Typen, der meinen Vater kannte und mich sprechen wollte. Ich ließ mir das auf der Zunge zergehen. Was wusste ich schon von meinem Vater?

In der Grundschule war die Tatsache, dass ich keinen Vater hatte, bei den anderen Kindern immer auf Unverständnis gestoßen, deshalb hatte ich kurzerhand behauptet, Eddie, der Vater von Chris, wäre auch meiner. Danach hatte ich Ruhe, bis meine Klassenlehrerin das mitbekam und bei meiner Mutter anrief, ob ich irgendwelche Probleme hätte, weil ich diese Lügen auftischen würde – das war ihre Wortwahl, sie stand kurz vor ihrer Pensionierung. Nach dem Telefonat hatte sich Mama mit mir an den Küchentisch gesetzt und gesagt, ich könnte sie alles fragen.

«Wie heißt mein Vater?»

«Rocco.»

Nach dem Nachnamen hatte ich dann nicht weiter gefragt.

«Wo ist er?»

«Er hat sich vom Acker gemacht, das Kriechtier.»

Den Ausdruck benutzte sie damals zum ersten Mal, zumindest soweit ich mich daran erinnern konnte.

«Wie sieht er aus?»

«Keine Ahnung, ist lange her.»

«Hast du ein Foto?»

«Nein.»

Nachdem das abgehakt war, fragte ich nach anderen Gegenständen von ihm, Geschenke, egal was, aber sie schüttelte den Kopf, ich hätte mehr von ihm als sie, ich hätte seine Gene, zum Glück die wenigen guten.

Und damit war das Thema für viele Jahre gegessen. Ich musste ihr nur versprechen, Eddie nicht wieder ins Spiel zu bringen.

Was gab es danach noch zu fragen? So war es eben. Und mittlerweile hatten meine Schulfreunde mächtig Ärger zu Hause mit ihren Alten, und sie meinten, ich könnte mich glücklich schätzen, und wenn ihre Geschichten nur zur Hälfte wahr waren, dann hatten sie damit recht.

Als ich vierzehn war, habe ich Mama dann noch einmal auf meinen Vater angesprochen, weil ich nicht die Sneakers bekam, die ich mir wünschte. Grund: Zu wenig Geld in der Kasse. Grund: Das Kriechtier zahlte keinen Unterhalt. Grund: Er war ein Kriechtier, dieser Rocco Capoccia – immerhin kannte ich nun den Namen! Danach war er nur noch das «Kriechtier».

Vermisst hatte ich meinen Vater nie. Unsere Wohnung war immer voll gewesen, Langeweile gab es nicht. Es war ja noch gar nicht so lange her, dass Chris ausgezogen war, da hatte Oma noch gelebt, und vorher hatte Rüdiger eine Zeitlang bei uns gewohnt.

Ein Auto hupte, ich erschrak, verriss beinahe den Lenker, fluchte ihm hinterher. Als Nächstes blinkte mich von vorne ein weiterer Wagen an. Ich wollte ihm den Finger zeigen und drehte mich dazu um. Da wusste ich, was die Fahrer meinten: Die Rute ragte einen Meter auf die Fahrbahn, der Schwimmer pendelte wild über dem Asphalt. Die Angel musste sich auf der holprigen Fahrt gelöst haben. Ich hielt an und verstaute sie erneut mit meinen blutbraunen Fingern.

Sobald ich den Schlüssel im Schloss unserer Wohnungstür drehte, hörte ich die kleinen Füße meiner Schwester über den Flurboden laufen. Scheinbar ungebremst knallte sie gegen die Tür, als ich diese öffnete.

«Jörn-Jörn-Jörn ist zu Hause», sang sie ungerührt, klammerte sich an mein Bein und rieb ihre Rotznase in meiner Hose trocken, während ich meine Angelsachen abstellte und die Tür mit dem Fuß zuschob.

«Vorsicht, ich …»

Sie hörte auf zu springen und schaute an mir hoch, Falten zwischen ihren Kulleraugen, ihr Pferdeschwanz mit der rosa Schleife baumelnd. «Hast du dir weh getan?»

«Es geht.»

«Hast du dir doll weh getan?»

Mein Hals musste schlimm aussehen. Das getrocknete Blut an meinen Fingern hielt sie wohl für Dreck.

«Na ja …», machte ich.

«Du hast dir doll weh getan. Stirbst du?»

Ich versuchte, mein Bein aus ihrem Würgegriff zu befreien, ohne sie mit meinen besudelten Fingern anfassen zu müssen. «Irgendwann schon, aber jetzt noch nicht.»

Mit tief betroffener Stimme fragte sie: «Wie Oma?»

Oma war einen Monat nach Chris' Auszug eines Morgens einfach nicht mehr aufgewacht.

«Natürlich nicht! Du musst dich schon noch etwas gedulden, bis du mein Zimmer bekommst.»

«War das ein Fisch?» Sie kräuselte ihre Stupsnase.

«Jo.»

«Ein großer Fisch?»

«Jo.» Ich humpelte mit ihr am Bein durch den Flur zum Wohnzimmer, wo ich meine Mutter mit unserem Gast vermutete.

«Hast du mit Moby Dick gekämpft? Mit dem weißen Wal, dem großen weißen Wal?» Sie plusterte die Wangen auf.

«Jo.»

Jetzt ließ sie los und peste vor mir ins Wohnzimmer, wo sie von der Türschwelle absprang, um in einer Art Karatehaltung zu landen und zu verkünden: «Mein Bruder hat mit Moby Dick gekämpft!»

Ich linste um den Türpfosten. Meine Mutter und der Bekannte meines Vaters saßen am Tisch bei einer Tasse Kaffee, zwischen ihnen ein Paket, daneben Zucker, Kekse und Milchkännchen. Unsere automatische Kaffeemaschine hatte vor einigen Wochen den Geist aufgegeben.

«Hallo zusammen, ich wasche mir kurz die Hände, dann komme ich.»

«Da bist du ja endli… J-Jörn, was ist denn mit dir passiert?»

Die Stimmung meiner Mutter schien binnen einer Sekunde von einer in die andere umzuschlagen. Auch der Gast verzog das Gesicht, selbst einige der hundert Kinderzeichnungen an den Wänden aus unseren Kindergarten- und Grundschuljahren schienen mit mir zu leiden. Die Strichmännchen und Eierköpfe, Saurier und Sonnenblumen beäugten einen von allen Seiten. Ungerahmt hatte Mama sie nach und nach mit Tesafilm an die Wände geklebt, bis sie sich an einigen Stellen überlappten. Auf Besucher musste es ziemlich chaotisch wirken.

«Er hat mit Moby Dick gekämpft, UAAAAAAH!» Lea propellerte sich auf die hochgeklappte Schlafcouch und rang mit einem Kissen.

«Geht schon, sieht wilder aus, als es ist, ich bin gleich da, ich wasche mich kurz, so viel Zeit wird ja wohl sein. Guten Tag», die letzten Worte richtete ich an den Gast.

«Hallo», erwiderte er mit einer weichen Stimme, die ich bei einem Typen wie ihm nicht auf den ersten Blick vermutet hätte.

Meine Mutter stand auf, und ich beeilte mich auf dem Weg zum Bad. Ihre Schritte hinter mir. Ich wollte das Waschbecken erreichen, bevor sie … zu spät, ihre Hand an meinem Oberarm.

«Jörn, mein Gott, wie siehst du aus, es ist ja alles voll … was ist denn passiert?» Sie flüsterte, als ob es ein Geheimnis vor unserem Gast zu hüten galt.

«Ein Angelhaken, ist in meinem Nacken gelandet.»

«Wie das denn?»

«Vom Wind oder ein Ast oder beides.»

«Willst du zum Arzt?»

«Dann wäre ich jetzt nicht hier.»

Sie schüttelte den Kopf. «Soll ich mal gucken?»

«Da gibt es nichts zu gucken, ich habe den Haken rausgekriegt. Sieht halt schlimmer aus, als es ist.»

Sie drängelte sich an mir vorbei ins Bad, holte die rote Erste-Hilfe-Kiste aus dem Hängeschrank und stellte sie neben dem Waschbecken ab. «Da ist Jod drin. Das desinfiziert.»

Ihr Telefon zwitscherte in der Hosentasche, jemand hatte ihr eine Nachricht geschrieben.

«Falls du Hilfe brauchst …»

«Rufe ich Lea.»

Wir hörten ihren Harpunierschrei und das hohle Gelächter des Fremden, der wohl als Wal herhalten musste. Schüchtern war sie nicht.

«Ich muss ins … wenn du Hilfe …», sagte meine Mutter wieder.

«Jo, jo.»

Ganz leise schob sie hinterher: «Er hat hier schon vor der Tür gewartet, als ich mit Lea vom Kindergarten kam.»

«Siebzehn Jahre habe ich nichts von meinem Vater gehört, da kommt es auf ein paar Minuten auch nicht an.»

Unsere Blicke verfingen sich, ein Moment, wie wir ihn einige Male im Jahr hatten, ein gegenseitiges Verstehen, wobei ich mich in dem Glauben wähnte, ihr aus der Seele gesprochen zu haben, aber ein Flackern in ihren Augen verscheuchte das vertraute Gefühl. Sie wollte etwas sagen, doch Lea kam ihr zuvor.

«UAAAAAH!»

Badezimmertür zu. Durchatmen. Ich legte mein *Breaking Bad*-Cap mit dem *Los Pollos Hermanos*-Print neben den Wasserhahn, zog mir vorsichtig das Hemd aus und das T-Shirt über den Kopf. Eine Kruste hatte das Blut noch nicht gebildet, verklebt mit dem Stoff war zumindest nichts. Auf dem blau-grau-grün karierten Hemd war das Blut zum Glück nicht allzu deutlich zu sehen, sonst hätte man mich wohl unterwegs auf dem Fahrrad angehalten.

Das T-Shirt dagegen sah richtig übel aus, wie nach einem verlorenen Showdown. Einen Augenblick überlegte ich, dann stopfte ich beide Kleidungsstücke in den Mülleimer unter dem Waschbecken.

Ich wusch mir gründlich die Hände und tupfte mit einem Lappen umständlich den Bereich um die Wunde ab. Die Verrenkungen, die ich dafür vor dem Spiegel machen musste, verursachten höllische Schmerzen, und der Spalt in meiner Haut begann wieder zu bluten. Schließlich hielt ich den Lappen einfach unter die Wunde und wartete, bis die Blutung nachließ.

Den Waschlappen warf ich dann einfach in das Becken, um die roten Spritzer überall würde ich mich später kümmern. Erst mal schnitt ich mit der Nagelschere einen zwei Finger breiten Streifen Pflaster von dem laufenden Meter ab, sprühte Jod darauf und platzierte es vorsichtig über der Wunde. Wieder atmete ich durch, geschafft.

Ich wusch den Lappen aus und schrubbte mir mit Seife die Arme, die Brust und das Gesicht. Die Anspannung hatte mich in Schweiß ausbrechen lassen. Ich schaute in den Spiegel, Ringe unter den Augen, nasse Haare, blass. Sah man mir den Blutverlust an? Ich machte meine Jesse-Miene aus *Breaking Bad* und nickte meinem Spiegelbild zu.

Nachdem ich mein schwarzes *Yo Mr. White*-T-Shirt zurechtgezupft hatte, betrat ich das Wohnzimmer. Auf dem dunklen Stoff konnte man das Blut nicht sehen, sollte es durch das Pflaster sickern. Im Fernseher schlugen sich zwei Zeichentrickfiguren leise die Schädel ein, Lea saß ungewöhnlich nah davor, grinsend und ohne zu blinzeln, näher als Mama es sonst erlaubte.

Die beiden beobachteten Lea still vom Tisch aus mit ihren Kaffeetassen – oder vielleicht glotzten sie auch die Cartoons, gerade ärgerte Tweety die Katze Sylvester. Ich wollte schon einen Kommentar loswerden, da stand der Mann auf und reichte mir die Hand, ein großer Typ, mindestens 1,90. «Hi Jörn, ich heiße Fares.»

Er trug eine dunkle Jeans von der Stange, ebenso das blaue Polohemd, beides No-Name und so neu, dass ich glaubte, den Discounter herausriechen zu können. Nur der breite Silberring, den eine Schildkröte zierte, passte nicht zu ihm.

«Guten Tag, Herr Fares.»

Fester Händedruck.

«Nein, Fares ist mein Vorname, du kannst mich duzen», sagte er freundlich mit einem beinahe priesterwürdigen Lächeln.

Ich schwang mich auf den Stuhl ihm gegenüber, Mutter saß am Kopfende. Beide schauten mich an, als wäre ich derjenige, der etwas zu sagen hatte. Das Päckchen auf dem Tisch entpuppte sich als eine Art Schuhkarton, vielleicht war es auch einer, wenn ja, dann einer mir unbekannten Marke.

«Und?» Ich klatschte in die Hände. «Was will das Kriechtier auf einmal von mir?»

Fares tat so, als hätte ich ihn angespuckt, verblüfft schaute er meine Mutter an.

Sie wischte sich übers Gesicht. «Jörn», sie schloss die Augen und öffnete sie langsam wieder. «Es geht um deinen Vater.»

«Äh, jo?»

Dass sie von ihren sonstigen Bezeichnungen absah, hatte wohl mit unserem Besuch zu tun, er war ja angeblich ein Freund von ihm. Na ja, wegen mir sollte er ruhig wissen, was wir von seinem tollen Freund hielten.

«Das hast du mir am Telefon gesagt.»

Sie warf einen Blick zu diesem Fares, der jedoch keine Anstalten machte, etwas zu sagen. Offenbar hatten sich die beiden in meiner Abwesenheit darüber geeinigt, wer von ihnen mit der Sprache herausrücken sollte. Zumindest senkte Fares den Kopf mit der Entschlossenheit eines Schweigenden, der ausschließlich zuhören würde.

Meine Mutter seufzte leise, dann holte sie ungewöhnlich tief Luft für die nächsten vier Worte und sagte, nicht ohne noch einmal zu unserem Gast geschaut zu haben: «Dein Vater ist gestorben.»

Im selben Augenblick pfiff ihr Handy. Eine ihrer Facebook-Freundinnen hatte etwas gepostet.

Von Fares kam ein gehauchtes «Mein Beileid.»

Die entfernten Geräusche der Cartoons waren die einzigen im Raum.

Ich hätte still in Tränen ausbrechen können, laut aufschreien, vor Schmerz schluchzen, den Kopf schütteln im Unglauben des harschen Schicksals, mich in die Arme meiner Mutter stürzen, in meinem Zimmer verbarrikadieren oder einfach mit den Achseln zucken, nach dem weiteren Vorgehen fragen, sachlich, männlich, nüchtern die Diskussion zu Ende führen; ich hätte mich auch darüber lustig machen können, einen zynischen Witz reißen, mit Humor dem Tod meines unbekannten leiblichen Vaters begegnen, der sich nie hatte blicken lassen, und den unumstößlichen Fakt weglachen; ich hätte mir jede Zahl aus dem Gefühlsroulette auswählen dürfen, wenn schon kein anderer, so hätte ich das Recht dazu gehabt, ohne dass mir jemand hätte Vorwürfe machen dürfen, aber ich wartete auf eine nicht steuerbare Reaktion, auf eine Stimme von innen, ein Zeichen, und als es kam, war ich so überrascht wie sprachlos wie ein Wissenschaftler angesichts einer neuen, vorher unbekannten Spezies: ein zartes Zucken im Magen wie von zehn Volt Strom ausgelöst.

In der Vergangenheit hatte ich mir gelegentlich den Tod meiner Lieben vorgestellt: von Chris, von meinem Kumpel Basti, am häufigsten den meiner Mutter. Was wäre, wenn das passieren würde, wie würde ich reagieren, wie die anderen? Wie würde ich es erfahren, auf welche Art und Weise wäre es geschehen? Wie sähen die Stunden danach aus, die Tage, die Wochen, das Leben? Ja, ich hatte mir sogar meinen eigenen Tod ausgemalt, tragisch, oft draufgängerisch, am liebsten heroisch, als Opfer für ein höheres Wesen, zum Beispiel Anna aus der Parallelklasse, weil ich sie vor einer Horde Neonazis rettete und dabei feige und hinterrücks von den Glatzen erschlagen wurde. Danach folgten die Trauer meiner Mutter, post mortem Bundesverdienstkreuz für mich, Umbenennung meiner Schule, Gründung einer Stiftung, Bronzestatue und Heiligsprechung; ich sah alles vor mir, die Gerichtsverhandlung für die Glatzen und wie sie nur mit Bewährungsstrafen feixend das Gericht verließen, ich sah jedes Detail.

Ich fühlte den Schmerz der anderen bei meinem Tod, und ich fühlte meinen Schmerz bei ihrem. Ich spürte die Trauer so sehr, dass ich mir einige Male verkneifen musste, nicht durch meine Phantasien in Tränen auszubrechen, lebhafte Todesphantasien. Krank eigentlich. Mit Basti hatte ich nie darüber gesprochen, ich war sicherlich der Einzige auf der Welt, der so dämlich tickte, vielleicht weil in meinem Kopf ein unentdeckter pampelmusengroßer Tumor auf den Stirnlappen drückte.

Doch ich hatte mir nie den Tod meines leiblichen Vaters vorgestellt. Rocco. Wozu auch? Sein Tod hätte keinen Effekt auf mich und mein Leben, nichts wäre unverrückbar anders danach, lediglich mein leiblicher Vater würde irgendwo umkippen wie ein Sack Reis in China, und die Welt würde sich normal weiterdrehen.

Boioioioing tönte es aus dem Fernseher, und Lea lachte hell auf.

Das nahm ich als Signal, endlich «Aha» zu machen.

Ich betonte es mit Respekt, gefasst und offen. In diesem Aha schwangen siebzehn vergessene Jahre mit und meine Neugier, was sein Tod für mich bedeutete. Meine Mutter war offensichtlich froh, dass ich überhaupt eine Reaktion gezeigt hatte, denn sie nickte kurz und entspannte sich sichtlich. Fares sah mich an, als wollte er schlau aus mir werden, als gäbe es irgendein größeres Geheimnis hinter meinem undurchdringlichen Pokergesicht, als würde ich etwas verbergen. Aber die Zähne kriegten beide immer noch nicht auseinander.

Was kam als Nächstes? Wann würde er beerdigt werden? Oder war er es schon? Und wo? Sollte ich etwas erben? Wo er doch nie Unterhalt bezahlt hatte, weil er angeblich nicht genug verdiente? Wahrscheinlich hatte er mir Schulden hinterlassen, das würde ihm ähnlich sehen. Dann müsste ich das Erbe ausschlagen. Den Begriff hatte ich schon mal gehört.

Und da stand noch dieser Schuhkarton. Den musste Fares mitgebracht haben. Waren da seine persönlichen Gegenstände drin, die mir feierlich überreicht werden sollten? Persönliche Gegenstände, die mir rein gar nichts bedeuteten? Ich verband ja nichts mit ihnen.

Lea lachte und klatschte den Cartoons Beifall.

Das Schweigen ging mir auf den Geist, ich zeigte auf den Karton. «Was ist da drin?»

«Er», sagte Fares, als hätte er nur auf meine Frage gewartet. Wenn es überhaupt möglich war, dann schaute er mich noch forschender an.

Die flatternden Augenlider meiner Mutter verrieten mir, dass dieser Fares das ernst meinte.

Ich fragte dennoch nach. «Er?»

«Seine Asche», sagte Fares.

Seine Asche? Mit anderen Worten: Vor mir sollten die sterblichen Überreste meines leiblichen Vaters auf unserem Wohnzimmertisch stehen?

Ein beklemmendes Gefühl machte sich in meiner

Brust breit. Aber selbst, wenn es sich um einen Fremden gehandelt hätte, hätte sich mir alles zusammengezogen, denn dort, auf dem Wohnzimmertisch neben dem Zuckerstreuer, lag ein Toter. Seine Asche.

Roch es nicht sogar verbrannt? Ein kurzer Anflug von Schwindel.

«Aha», machte ich wieder.

Meine Mutter griff nach meiner Hand. «Wie fühlst du dich?»

«Wie soll ich mich fühlen?» Ich aalte meine Hand aus ihrer prähistorischen Geste und lehnte mich zurück, als bräuchte ich Abstand zu dem Pappsarg. «Und jetzt? Was sollen wir damit?»

Fares setzte sich gerade auf und sagte ruhig: «Rocco wollte, dass du seine Asche in seiner Heimat beisetzt.»

«Beisetzt?», fragte ich zurück, als wüsste ich nicht, was das bedeutete.

«Beerdigst, ja, in Viaggio, Italien, wo er geboren wurde.»

Mama verfolgte unser Gespräch wie ein Tennismatch.

«Ich?»

«Ja. Wenn du vom Hafen mit dem Bus nach Viaggio fährst, dann ist es die erste Haltestelle nach dem Marktplatz. Dort ist ein Olivenbaum. Darunter.»

«Unter einem Olivenbaum?»

«Ja.»

«Kein Friedhof?»

«Nein.»

«Ah», konnte ich nur machen.

«Es war sein Wunsch, sein letzter Wunsch.»

«Was?», presste ich durch meine Zähne und stand vom Tisch auf.

«Jörn», mahnte meine Mutter, ich sollte ruhig bleiben.

Ich setzte mich wieder. Sie rieb sich die Stirn.

Lea kam angelaufen. «Mama, Mama, die Katze hat dem Hund gesagt, er soll nicht kommen, aber er kommt immer, böser Hund, böser Hund.»

«Ja», sagte meine Mutter. «Magst du noch etwas fernsehgucken.»

«Aber der böse Hund hat gesagt …» Sie nieste, gelbgrüne Schleimspuren glänzten bis zum Kinn. Ihre Zunge schnellte hervor.

«Nicht, warte!», rief Mama und putzte Leas Nase mit einem hervorgezauberten Tempotuch. «So ist gut.» Sie steckte das Papiertaschentuch weg, dann sah sie erschrocken zum Fernseher. «Huch, guck mal, der Hund jagt das arme Kätzchen!»

Lea flitzte zum Bildschirm und schmiss sich einen Meter davor auf die Knie. Zunächst schauten wir ihr alle nach, auch noch als sie schon längst auf dem Teppich hockte, als wollten wir ebenfalls ihrer Sendung folgen, allemal besser als dem aktuellen Gesprächsthema. Dann verhakten sich unsere Blicke wieder über dem Tisch.

«Sein letzter Wunsch?», fragte ich diesen Fares. «Sein letzter Wunsch? Und was war mit *meinen* Wünschen all die Jahre?»

Ich wusste gar nicht, wo das herkam.

«Ich kann mir vorstellen, das kommt für dich jetzt sehr überraschend.»

«Ich glaube nicht, dass Sie sich das vorstellen können.» Ich wandte mich an meine Mutter. «Was sagst du dazu? Er hat dir doch sicherlich alles erzählt, beim Kaffee, vorhin.»

Meine Wunde im Nacken schmerzte.

Sie räusperte sich. «Ich habe ihm gesagt, wie wir zu deinem Vater stehen. Standen.»

Stumm guckten wir alle den Schuhkarton an, als könnte die Antwort von dort kommen.

Die Titelmelodie von *Dr. House* trällerte los, doch Mama drückte das Gespräch weg.

«Jörn, ich tue nur, um was Rocco mich gebeten hat. Ich will dir nix. Das ist nicht meine Idee. Es war sein letzter Wunsch an mich, dir seine Asche und die Briefe zu überreichen.»

«Welche Briefe?»

«Da sind auch Briefe drin, zehn.»

«Zehn Briefe, warum? Und … wie soll ich bitte schön überhaupt nach Italien kommen?»

«Dafür hat er gesorgt.» Fares nahm einen Umschlag, der auf seiner Seite am Karton gelehnt haben musste, denn ich hatte ihn vorher nicht bemerkt, und reichte ihn mir. «Das ist dein Ticket für deinen Urlaub, inklusive Flug, Essen und Trinken.» Er betonte den Urlaub besonders. «Eine zehntägige Kreuzfahrt mit Stopp in Civitavecchia, bei Rom, nahe Viaggio. Und die zehn Briefe hier drin … da sollst du jeden Tag einen aufmachen auf der Reise.»

Ich stierte auf das herausgezogene Ticket, aber ich brachte keinen Sinn in die Zahlen und Daten darauf.

«Und wann soll das losgehen?»

«Steht oben rechts.»

«Abreise … das wäre morgen. Freitag, oder?»

«Ja.»

«Wir fahren morgen …?» Ich schaute meine Mutter an.

«Nein, nur du», sagte sie.

«Nur ich? Wie, nur ich?»

Fares fühlte sich angesprochen. «Ihr wisst ja, Rocco hatte nie viel Geld ...»

«Genug wohl, um mir eine Kreuzfahrt zu spendieren!»

«Das war ein Geschenk des Unternehmens, als er ... nicht mehr arbeiten konnte. Als Dank für die Jahre auf See und dafür, zuverlässiger Teil des Teams gewesen zu sein. Aber er wollte sie selber nicht, er rief an und ließ das Ticket auf deinen Namen ausstellen und die Reise verlegen ... auf die Zeit nach ... ähm ... nach der Zeit, die ihm die Ärzte noch gegeben hatten.»

Mein Blick klebte auf dem Schuhkarton, meine Gedanken flatterten durch den Raum, einfangen konnte ich keinen. Ich? Was soll ich? Und geflogen bin ich auch noch nie.

Meine Mutter meinte: «Er ist durcheinander, das ist zu viel auf einmal, da kann er nicht morgen einfach los.»

«Warum bringen *Sie* seine Asche nicht nach Vi... Vi... Rom? Sie waren sein Freund.»

«Aber nicht sein Sohn, und es war nicht sein letzter Wunsch.»

Fares' nette Fassade bröckelte, ihm war anzumerken, dass er hier genauso wenig sitzen wollte wie ich.

«Ich ... kann nicht, ich will mit David nach Holland, mit dem Fahrrad nächste Woche.»

Er zog die Augenbrauen hoch.

«Außerdem ist der Nachtangelwettbewerb.»

Fares schaute zu meiner Mutter, die eine Geste machte à la Hab-ich-doch-gleich-gesagt.

«Der kann doch nicht einfach erwarten, dass ich von

heute auf morgen so etwas mache. Das kann er doch nicht», sagte ich zum Schuhkarton, zu Fares, zu mir selbst.

«Rocco hatte länger gelebt, als die Ärzte erwartet hatten. Er war zäh, er hing am Leben. Und an seinem Job …»

Aber nicht an mir.

Mein Vater war zur See gefahren? «Er war Matrose?»

«Nein, er war einer der Musiker an Bord.»

«Musiker?»

«Gitarre und Gesang, Entertainment, immer auf Kreuzfahrtschiffen.»

«Damit lässt sich Geld verdienen?»

«Nicht viel. Aber man hat weniger Fixkosten, muss keine Wohnung haben und so.»

Ich raufte mir die Haare. Im Fernsehen lief Werbung.

«Und warum soll ich das von meinem Supervater annehmen?»

«Nur aus dem einen Grund, es war sein letzter Wunsch.»

So einfach war das für ihn. Mein Samsung quakte, eine Textmessage. Während ich es aus der Tasche fummelte, fragte ich: «Und Sie würden das?»

«Selbst wenn es ein Fremder wäre, würde ich das tun.»

Fares sagte das in einem sehr bestimmten Ton, der seine Einstellung zum Thema verdeutlichte, bar der Wärme und Weichheit in seiner Stimme, unumstößlich, wie der Böse in einem Superheldenfilm.

Mein Vater hatte zu Lebzeiten offensichtlich Freunde gehabt, die für ihn vieles tun würden. Warum wollte er dann, dass sein unbekannter Sohn diesen letzten Willen erfüllt, ohne zu fragen, ohne sich vorher zu melden, ohne einen Anruf?

Ich las die Nachricht auf dem Display, von David: *Sor-*

ry, alter, shit, goodbye Holland, Eltis machen Aufstand, no way, haste am WE zeit? D.

Ich steckte das Handy weg und sah bestimmt aus wie dieser ehemalige US-Präsident, als er die Nachricht von 9/11 ins Ohr geflüstert bekommen hat, während er in einer Grundschule saß. Innerlich war es dem damals sicherlich nicht anders gegangen.

«Jörn, du musst nicht, wenn du nicht willst», sagte meine Mutter leise.

Sie konnte wohl mehr aus meinem Gesicht lesen. Ich weiß noch, wie David großkotzig gesagt hatte, machen wir, alles klar, Alter, das winken meine Eltern durch, wir beide mit dem Fahrrad nach Holland, zelten, geil, ey, Party, Party, Party. Von wegen Party, Party, Party: Heiße Luft, heiße Luft, heiße Luft. Wenn mir eins auf den Zeiger ging, waren das Leute, die den Mund zu voll nahmen. Erst auf dicke Hose machen und labern, und dann, wenn es darauf ankommt, ziehen sie den Schwanz ein. Soll der doch nicht so tun, als wüsste er, wie seine Eltern ticken.

Und mein Vater wusste nicht, wie ich ticke.

«F… und was ist, wenn ich jetzt ‹Gut, ich mach das› sage?»

Fares' Gesicht hellte sich auf. «Ich würde mich freuen, für Rocco und für dich.»

«Aber er ist doch erst 17. Da darf er doch noch nicht alleine reisen», wandte meine Mutter ein.

«Mit der Einwilligung der … mit Ihrer Einwilligung schon, schriftlich natürlich.»

«Auf so einem Schiff geht es fein zu, zu fein, soll ich etwa mit ihm heute noch mal eben feine Sachen shoppen gehen, oder was?» Meine Mutter schnaubte.

«Kein Problem, auf der Athene ist alles locker, Casual Wear, keine Kleiderordnung, nur ordentlich muss sie sein.»

Athene, der Name des Schiffes.

«Also wenn ich jetzt zusage, mich aber morgen früh dagegen entscheide … geht das?»

«Geht alles. Dann komme ich noch mal vorbei, ich bin bis morgen in der Stadt.»

«Und dann?»

«Nehme ich seine Asche mit. Ich bin auf der Nordroute, Spitzbergen, dann werde ich seine Asche in die Nordsee streuen.»

Unerwartet traf mich ein weiterer kleiner Stromstoß im Magen. Das war keine italienische Erde, das war nicht mal Erde.

«War das sein zweiter Wunsch?», fragte ich vorsichtig. Gab es überhaupt einen Zweitwunsch bei so was?

«Nein, aber dann geht es eben nicht anders. Ich bin unter Vertrag und kann nicht nach Italien.»

Die Nordsee war nicht Italien. Nun fragte ich mich, ob ich das nicht auch für einen Fremden tun würde. Für einen fremden Vater allemal.

«Die Briefe behältst du selbstverständlich», sagte Fares, als müsste er noch einen Trumpf ausspielen, um mich zu überzeugen.

Lea nieste.

«Näschen putzen?», fragte meine Mutter.

Keine Antwort, ihr Blick klebte auf dem Bildschirm.

«Wohl nicht», sagte sie leise zu sich und wischte mit der flachen Hand unsichtbaren Staub vom Tisch, bevor sie sich an Fares wandte. «Ist das überhaupt erlaubt, die

Asche eines Menschen einfach so zu transportieren, auf einem Schiff oder ganz generell?»

«Nein. Ich würde damit nicht hausieren gehen.»

«Dann macht sich Jörn also strafbar?»

«Nicht wenn er nicht erwischt wird.»

«Also …»

«Er wird nicht erwischt. Es gibt nur die Gepäckkontrolle am Flughafen und am Schiff, und Asche wird da nicht mit Plastiksprengstoff verwechselt.»

«Und wie kamen Sie so einfach an die Asche?»

«Rocco hatte Freunde, gute Freunde.»

«Und Freundinnen», giftete meine Mutter.

«Gut», sagte ich. «Ich mach das.»

So formulierte ich das. Als hätte ich selbst davor Angst, es laut auszusprechen, dass ich die Asche meines verdammten Vaters in seiner Geburtsstadt begraben würde. Dass ich mich morgen mit seiner Urne auf die Reise auf einem Schiff begeben würde, auf dem er früher gearbeitet hatte, mein Vater, Rocco, der dauerabgebrannte Musiker, Partyheld und Kriechtier.

«Dem müsste ich dann zustimmen?», fragte meine Mutter.

«Ja», sagte Fares irritiert. «Ist das ein Problem?»

«Und wenn ich nicht zustimme?»

Er schaute zu mir.

«Das hast du doch gehört», antwortete ich. «Nordsee.»

Ihr war das sichtlich nicht recht. Warum, wusste ich nicht.

«Er braucht doch Geld», sagte sie zu Fares.

«Es sind auch 240 Euro dabei, Taschengeld, das sollte reichen, er hat ja *all inclusive*.»

Ob sie damit gerechnet hatte, ich würde auf jeden Fall ablehnen? Wie konnte sie da so sicher sein? Und warum sollte sie es nicht zulassen?

«Was spricht denn dagegen?», fragte ich sie.

In ihr schien es zu brodeln, sie beherrschte sich nur, weil Fares am Tisch saß. War sie neidisch auf die Kreuzfahrt?

«Der große Spaß wird es nicht», sagte ich. «Das sind schwimmende Hotels, Supermarktmalls, alles voll Rentner.»

«Mh-mmh», machte sie.

«Mama?»

Sie wollte gerade etwas sagen, da nieste Lea zweimal und schrie auf. «Iiiiiiiih, Mamaaaaaaa …»

Ihre Hand schlug auf den Tisch, als sie aufstand, und mit der anderen winkte sie ab in meine Richtung. «Macht doch, was ihr wollt.»

Mit dem Taschentuch in der Hand eilte sie mit großen Schritten zu Lea, die sich den Schaden besah, der zwischen ihren Händen und ihrem Gesicht schwabbelte.

Fares schaute mich fragend an.

«So sagt sie ja», meinte ich.

Er nickte zufrieden, für ihn zählte nur das Ergebnis.

«Dann mach mal den Karton auf», sagte er.

Nachdem ich die Klebestreifen gelöst hatte, hob ich den Deckel an. Ich spürte mein Herz in der Brust schlagen. Gleich würde ich die Urne mit der Asche in der Hand halten.

Dieses intensive Gefühl verflog, als ich den ersten Blick hineinwerfen konnte. Achtlos legte ich den Deckel neben das Päckchen, als hätte alles an Wert verloren.

«Was ist das denn? Sie haben doch gesagt, da ist seine Urne drin?»

Diagonal lag im Päckchen ein unterarmdickes Stück Holz mit zwei stumpfen Enden, wie abgesägt. Das glänzend lackierte Holz selbst war hell mit dunklen Maserungen und zahllosen winzigen schwarzen Punkten, wie der Schatten eines Bartes. Darunter schaute ein Umschlag hervor, darin waren wohl die Briefe.

«Ich habe gesagt, seine Asche! Von einer Urne war nicht die Rede. Wir haben die Asche umgefüllt. In einen Rainmaker. Damit es nicht auffällt, eine Urne könnte auffallen bei der Security, Urnen sind aus Metall und … Urnen eben, auffällig. Du sollst ja keine Schwierigkeiten bekommen.»

Ich hatte keine Ahnung, was ein Rainmaker war.

Meine Mutter stand mittlerweile wieder neben uns. «Den Knüppel hätte ich damals haben sollen, als er sich auf und davon gemacht hat. Dann hätten wir heute den Ärger nicht.»

Fares zwinkerte kurz und sagte: «Nimm ihn mal raus.»

Zögerlich umschlossen meine Finger das glatte Holz. Als ich es anheben wollte, musste ich das Päckchen festhalten, so passgenau fügte sich der Rainmaker in die Ecken ein. Plötzlich begann der Prügel zu rasseln, und ich ließ ihn zurück in die Kiste fallen. Mir lief ein Schauer über den Rücken.

«Fuck, biatch!»

«Was ist?», fragte Fares.

«Wie? Was ist? Haben Sie das nicht gehört?»

«Das ist ein Rainmaker. Überrascht, dass er noch funktioniert?»

«Funktioniert? Das soll so sein?»

«Funktioniert natürlich nicht mehr so gut, wir haben ja die meisten Kiesel entfernt. Damit niemand Verdacht schöpft. Ein stiller Rainmaker wäre seltsam.»

«Was ist denn ein Rainmaker?»

«Ach so», jetzt lachte er. «Ein Musikinstrument. Wenn man es umdreht, hört es sich an wie Regen. Kommt aus Chile. Echtes Copado-Kaktusrohr.»

«Und warum rasselt es dadrin?»

«Die Dornen des Kaktus werden nach innen getrieben und der Hohlraum mit kleinen Kieseln gefüllt. Das ergibt das Geräusch. Bei dem hier würde aber jeder mit Ahnung von Musik sofort merken, dass etwas mit diesem Ding nicht stimmt. Ist nur zu einem Drittel mit Kieseln gefüllt, der Rest ist …» Er machte eine Geste, ich wüsste schon, was.

«Noch nie davon gehört, Rainmaker. Hab ich mich erschrocken. Was passiert als Nächstes, wenn ich ihn herausnehme? Sagt das Teil ‹Hallo›?»

«Nein, es rasselt, nur eben viel zu kurz.»

Ich griff mit etwas weniger Respekt nach dem Ding.

Meine Mutter schüttelte den Kopf. «Typisch, alles ein großer Witz für ihn. Das Leben, der Tod.»

Und Fares meinte: «Stell dir jetzt das Rasseln zehnmal so lang vor, dann hast du Regen.»

Wir schauten einander an, und ich hatte das Gefühl, wir würden alle ein Lachen unterdrücken.

Ich drehte den Rainmaker abermals, es rasselte wieder, dann ein trockenes Plock.

«Was war das denn?», fragte ich.

«Sein Herz», schoss es aus meiner Mutter hervor.

Fares korrigierte das Bild und tippte sich mit dem Zeigefinger auf den rechten oberen Mundwinkel. «Er hatte eine Goldkrone.»

Betretenes Schweigen, Fares sagte nichts weiter, und sie verkniff sich eine Entschuldigung für ihre Pietätlosigkeit.

«Rocco wollte auch keine stählerne Aschekapsel. Die zerfällt nicht so schnell im Erdreich. Es war seine Idee, etwas aus Holz zu nehmen, etwas Unauffälliges», sagte Fares.

«Wie den Rainmaker», flüsterte ich und legte ihn auf den Tisch.

«Ja.»

Wir hingen eine Weile unseren Gedanken nach, während Fred Feuerstein im Fernsehen ein Rennen mit Barnie Geröllheimer fuhr.

Dann deutete Fares auf den Umschlag. «Da drinnen sind die Briefe. Soweit ich weiß, ist jeder Brief separat in einem Umschlag, und du sollst jeden Tag einen aufmachen. Er hat sie datiert. Steht aber auch auf dem großen Umschlag. Da ist auch das Geld drin.»

«Aha.»

Er schaute von mir zu meiner Mutter. «Ich glaube, das wäre alles, von meiner Seite.»

«Danke», sie klang nicht besonders freundlich.

Schon mal das Gefühl gehabt, du kennst deine eigene Mutter nicht? Dass sie Geheimnisse vor dir hat, diese andere Person? So fühlte ich mich.

«Hast du noch was?», fragte er.

«Nein.»

Stehend schüttelten wir die Hände über dem Rainmaker auf dem Tisch, als würden wir einen Pakt besiegeln.

«Und wenn etwas ist, dann kannst du mich morgen

noch telefonisch erreichen. Die Nummer steht auf der Rückseite des Tickets.»

«Okay. Danach nicht mehr?»

«Dann bin ich wieder auf See, ohne Empfang.»

Um halb sieben sollte am nächsten Morgen der Wecker schellen, um halb sechs war ich wach. Hellwach.

Bereits das Einschlafen am Abend zuvor war mir schwergefallen, und die Gedanken, die mich davon stundenlang abgehalten hatten, kehrten zurück, sobald ich mich von einer Seite auf die andere wälzte und kurz die Augen öffnete. Es war, als wollte der Gedanke zu Ende gedacht werden.

Außerdem schmerzte mein Nacken. Mir war klar, dass ich keinen Schlaf mehr finden würde. Dabei war es mucksmäuschenstill, das ganze Haus war noch im Tiefschlaf. Unten fuhr ein Wagen vorbei, nur am Geräusch seiner Reifen auf dem Asphalt hörte ich die Nässe der Straße. Entweder hatte es geregnet, oder es regnete noch.

Das Laternenlicht fiel durch die dunklen Vorhänge und warf ein bleiernes Licht auf die Filmposter, die Chris nach seinem Auszug hängen gelassen hatte: *Casino*, *Need for Speed*, *Songs from the 2nd Floor*. Auch ich hatte sie nicht weiter beachtet, sie gehörten an die Wände, so unverrückbar wie der graue Teppich auf dem Boden. Obwohl ein Regal und einige Kisten auf die Stelle gewandert waren, wo sein Bett gestanden hatte, sah man immer noch die Abdrücke der Pfosten im weichen Teppich. Ein Umzugskarton wartete noch auf Chris, er hatte nicht mehr in den Wagen seines Kumpels gepasst. Darin befanden sich die Bücher, die er so gerne gelesen hatte, keine Romane, sondern die niedergeschriebenen Soloprogramme von Kabarettisten. Oft hatte er auf seinem Bett gelegen und mir die besten Stellen zitiert. Georg Schramm, Wilfried Schmickler, Urban Priol, Namen, die keiner meiner Kumpels kannte.

Jedes Mal, wenn Chris zu Besuch kam, versprach er, den Karton beim nächsten Mal mitzunehmen, was jedoch nie geschehen war und wohl nie geschehen würde. Ich hatte das Zimmer für mich alleine, Lea schlief eigentlich in dem alten Zimmer von Oma, doch meistens bei Mama.

Den Kopf aufgestützt, schaute ich mich um und versuchte, mich abzulenken, weg von dem, was vor mir lag, diese verrückte Aufgabe, die Reise. Zudem war ich noch nie geflogen und nie auf hoher See gewesen. Es gab genug Menschen, die das eine oder andere nicht vertrugen. Zu welchen gehörte ich? Was wäre, wenn ich nach dem Start durchdrehen würde oder anfangen zu kotzen?

Positiv überlagert wurden die Sorgen von meiner Neugierde, das Mittelmeer zu sehen, die Großstädte, Barcelona, Neapel, Monaco, das war das Risiko wert. Aber war es das wert?

Sollte ich nicht einfach aus Trotz die Reise absagen? Sollte er doch zusehen, wo seine Asche verstreut werden würde. Was der von mir erwartete. Ich hatte von ihm schließlich auch nichts erwarten dürfen, und kurz nachdem ich mich damit abgefunden hatte, starb er und schickte diesen Fares bei uns vorbei, samt Rainmaker und Asche.

Wenn ich mein Vater gewesen wäre, hätte ich auf ein

besseres Pferd gesetzt, eines, das einen vernünftigen Grund hatte, ihm einen Gefallen zu tun oder seinen ach so wichtigen letzten Wunsch zu erfüllen.

Außerdem war es illegal. Ich machte mich strafbar; sollte ich entdeckt werden mit seiner Asche, wäre das nicht zu erklären. *Oh, ich weiß auch nicht, wie die in den Rainmaker gekommen ist. Fragen Sie Fares, hier ist seine Telefonnummer, aber er ist gerade auf See, da können Sie ihn schlecht erreichen.* Ich sah mich im Flughafen bei der Polizei sitzen zwischen Jugendbeauftragten, Psychiater und einem Fernsehteam von RTL 2.

Der gestern Abend hastig gepackte Koffer stand noch offen vor dem Fenster und wartete auf mein Duschzeug, Zahnbürste und Zahnpasta. Die Rolle und die Ringe der zusammengeschobenen Angel, die diagonal knapp hineinpasste, glänzten in der Dunkelheit. Schließlich wäre ich bald auf dem Meer, da würde sich schon eine Gelegenheit zum Angeln ergeben. Hochseeangeln!

Mein blauer Rucksack stand direkt daneben, mit dem Rainmaker und den Briefen. Den ersten würde ich morgen öffnen. *Mallorca* stand darauf geschrieben.

Ich drehte mich auf den Rücken. An der Decke klebte ein letzter ausgeglühter Phosphorstern von ehemals vielen aus unserer Kindheit, und neben mir an der Bleilichtwand schauten mich von den Postern die Schauspieler von *Breaking Bad* an – Chris hatte die Serie zuerst geguckt.

Ich war noch nie alleine in Urlaub gewesen. Eigentlich ein Kracher, dass Mama mir das erlaubte. Mit Basti war ich letzte Pfingsten zelten in einer selbsterklärten Zeltstadt auf einer Wiese zwanzig Kilometer außerhalb von Münster, hinter Wessenheim. Seine Idee. Das war ein Riesenspaß gewesen. Mit dem konnte man so etwas machen, mit David scheinbar nicht.

Die nächsten zehn Tage sahen nicht unbedingt nach sehr viel Spaß aus. Oder kann man das Spaß nennen, wenn man mit der Asche seines unbekannten Vaters auf einer schwimmenden Supermarktmall zwischen Rentnern herumtuckert und dabei eine Vorstrafe riskiert? Dann würde mich der Bund nie nehmen, einen Freak, der mit Menschenasche durch die Gegend läuft. In einem Rainmaker! So einer wäre zu allem fähig. Den würde man nicht an ein G3-Sturmgewehr lassen oder Panzer reparieren. Das könnte ich mir dann wohl abschminken.

Wollte mich das Kriechtier noch im Tode schädigen? Aber was hatte er für einen Grund, mir etwas Schlechtes anzutun? Umgekehrt: Was hatte er für einen Grund, mir etwas Gutes zu tun?

Hier ging es doch wohl nur um ihn, um seinen Wunsch, weil er es selbst nicht auf die Reihe bekommen hatte, zurück nach Italien zu kriechen. Als gebürtiger Italiener musste der Herr natürlich auch dort beerdigt werden. Ich war ein Dienstleister seiner Eitelkeit, er missbrauchte mich für seine Zwecke. Dieser Fares musste sich innerlich kaputtgelacht haben. Wahrscheinlich hatten sie das zusammen ausgeheckt. Die ganze Sache stank. Ich richtete mich auf.

Kurz nach sechs Uhr.

Zeit aufzustehen, Fares.

Rasch tippte ich die Telefonnummer von der Rückseite des Tickets ab. Freizeichen.

Ich zog die Vorhänge mit einer Hand zurück und schaute aus dem Fenster, Nieselregen im Laternenlicht.

«Ja?», hörte ich seine übermüdete Stimme. Das geschah ihm recht.

«Fares, hier ist Jörn.»

«Oh…» Er hustete.

«Jo, und ich rufe an, um zu sagen, dass ich die Reise nicht mache.»

«Was?», röchelte er.

«Jo, hah, glaubt eigentlich jeder, mit mir kann man es machen?»

Er nieste. «Jörn, Jörn …»

«Klar, jetzt herumjörnen …»

«Nein …» Er hustete wieder, es kam richtig von den Bronchien. «Jörn, bitte, hör zu, ich kann nicht, ich …»

«Sie müssen ja auch nicht nach Italien, nehmen Sie Ihren Rainmaker mit und machen Sie vor Skagen eine Flaschenpost draus!»

«Stopp, das meine ich ja.» Er putzte sich die Nase. «Ich kann nicht, ich habe die ganze Nacht nicht geschlafen, mir geht es dreckig, ich zittere, mir ist kalt, ich habe über vierzig Fieber, ich geh gleich zum Arzt, der wird mich krankschreiben. Ich werde die Reise nicht antreten können, Jörn.»

Leas Bakterien, dachte ich. Sein schwerer Atem pfiff in der Leitung. Wenn das geschauspielert war, dann besaß er mehr Talent als ich. Den Trick des Dahinsiechenden hatte ich in der Vergangenheit mit zweifelhaftem Erfolg bei meiner Mutter angewandt. Sie hatte mich beim zweiten Versuch durchschaut. Meine Zweifel bei Fares verflogen rasch, denn er klang bereits krank, als er das Gespräch angenommen hatte, und meine Telefonnummer kannte er nicht.

Er röchelte. «Rocco war dein Vater. Den gibt's nur einmal. Tu ihm den einen Gefallen. Er war gewiss nicht stolz darauf, wie es gelaufen ist.»

«Das wär auch was.»

«Du wirst bestimmt eine gute Zeit haben.»

«Hmh.»

«Haaaa…» Er unterdrückte einen Nieser. «Hast du dich wieder beruhigt?»

«Ja.»

«Und?»

«Ja, ja, ich … mach mich jetzt fertig.»

«Gut.»

Er wünschte mir noch viel Glück, dann verabschiedeten wir uns, und ich sah mein Gesicht als fahle Reflexion geisterhaft im Glas des Fensters und wie in meiner linken Hand das Samsung-Displaylicht verglühte.

MALLORCA

Our guns are made of solid dreaming

Bruce Springsteen (Cowboys of the Sea)

Die Wischer quietschten und rubbelten über die gesprungene Windschutzscheibe des Opel Kadett, den sich meine Mutter von Andreas, dem Nachbarn unter uns, geliehen hatte. Ein netter Typ, nur leider zu alt, fand sie. Es könnte allerdings auch an seinem Hobby liegen, ab drei Uhr nachmittags übte er mongolischen Gesang. An seiner Kreisatmung arbeitete er noch, doch sein gutturales Röhren ließ ahnungslose Besucher im Treppenhaus erschüttert stehen bleiben. Für mich hatte es sich immer angehört, als versuche ein Elch in einem U-Bahn-Tunnel eine Gräte aus seinem Hals zu würgen.

Über die Jahre hatte sich eine nachbarschaftlich freundliche Beziehung entwickelt, man half einander gerne, und wann immer wir ein Auto benötigten – im Schnitt einmal im Monat – überließ er uns anstandslos die Schlüssel, solange wir ihn nicht bei seinen Übungen unterbrachen. Was er beruflich machte, blieb schleierhaft. Er behauptete, Blogger zu sein, seit zwanzig Jahren. Allerdings gab es vor zwanzig Jahren noch keine Blogs, schon gar keine finanzierten.

Wegen des heftigen Regens mussten wir die Scheiben geschlossen halten. Frischluft kam durch das Gebläse, vermischt mit Motorgestank, dem Geruch nach verbranntem Plastik und nasser Straße in den zugemüllten Innenraum. Für Andreas handelte es sich bei einem Auto nicht um ein Statussymbol; bei seiner Wohnung und seinem Körper allerdings auch nicht.

Reden konnten meine Mutter und ich kaum miteinander, das übernahm Lea, die auf ihrem Boostersitz hinter uns über Dinosaurier referierte. Da wir so früh hatten losfahren müssen, hatte der Kindergarten noch nicht offen. Mit Glück konnte Mama sie auf dem Rückweg dort abliefern. Zu wünschen wäre es ihr.

«Mistwetter», sagte meine Mutter, die angespannt hinter dem Lenkrad saß, weil sie nicht so oft fuhr, weil es nicht ihr Wagen war und wahrscheinlich auch wegen etwas anderem.

Ein Mercedes rauschte an uns auf der Überholspur vorbei, die Anzugjacke am Fenster baumelnd.

«Bist du eigentlich auch nervös?»

«Ein bisschen.»

Wir sprachen auf einer Frequenz, die Lea hinten nicht hören konnte und sie nicht aus ihrem Wasserfall fossilen Lateins reißen würde.

«Immerhin ist es das erste Mal, dass du fliegst.»

«Es ist auch das erste Mal, dass ich die Asche meines Vaters verscharren werde.»

«Rede nicht so.»

«Wie soll ich denn sonst reden?»

Sie blinkte und zog rüber, um einen Lastwagen zu überholen. Außenspiegel, Schulterblick.

«Freust du dich auf die Reise?», fragte sie, als die Räder des Sattelschleppers neben mir das aufgewirbelte Wasser an meine Scheibe spritzten.

Ich hatte mir diese Frage seit gestern Abend einige Male gestellt – ergebnislos.

«Ich weiß nicht. Ja und nein. Der Anlass ist nicht der richtige. Glaube ich. Ich bin eher neugierig.»

Sie lächelte mit einem Mundwinkel, mehr ein Zucken, und fädelte vor dem Lastwagen ein. Neben mir rannen die Wassertropfen diagonal im Fahrtwind über die Seitenscheibe.

Die Regentropfen auf der Seitenscheibe des Airbus beim Start verwandelten sich im Steigflug bei zunehmender Beschleunigung zu mikroskopisch kleinen Tröpfchen. Gebannt schaute ich hinaus, wie die Häuser und Straßen und Autos unter mir schrumpften, bevor das Flugzeug in die Wolkendecke eintauchte.

Ich saß in der Mitte des Fliegers auf einem Fensterplatz mit Blick auf den rechten Flügel, dessen Spitze heftig wippte. Die Wirkung der Beschleunigung beim Start hatte mich enttäuscht, ich hatte sie mir stärker vorgestellt, stärker als bei den Achterbahnen, in denen ich bisher mitgefahren war. Nur beim eigentlichen Take-off hatte es kurz im Magen gekribbelt.

Auf eine lange Verabschiedung hatten wir verzichtet. Das war mir nur recht, denn ich konnte schon die Tränen in den Augen meiner Mutter sehen, und unberührt ließ mich das auch nicht. Bei der festen Umarmung vergaß sie die Wunde an meinem Nacken, und ich fiepte wie ein junger Hund, dem einer auf den Schwanz getreten ist.

Wir winkten uns, ich bereits in der Schlange am Schalter, bis wir uns nicht mehr sahen und ich Teil dieser Menschen im Flughafen wurde, die alle nur so vor Perspektive strotzten, ganz anders als die an der Bushaltestelle vor unserem Haus. Jeder flog einer wichtigen Aufgabe oder einem Urlaub entgegen, ein Leben angefüllt mit neuen Eindrücken und Abwechslung, und diese Tatsache ließ Spuren in ihren Gesichtern und ihren Körperhaltungen zurück. Beinahe eine andere Spezies.

Ich passierte mit dem Rainmaker in meinem Rucksack unbehelligt die Sicherheitskontrolle, wurde von freundlichen Uniformierten mit Handbewegungen durchgewinkt und schlenderte zu meinem Gate, wo ich noch fünfzehn Minuten warten musste und gewohnheitsgemäß und wie viele andere meine Nachrichten auf dem Handy checkte.

Mein Bruder hatte mir zurückgeschrieben, ihm hatte ich gestern noch eine Message über Fares und meine anstehende Reise geschickt.

Mönsch, Wahnsinn kleiner, ich wünsch dir 1 geile zeit auf dem Böötchen, sonne & dass du deinen Auftrag erfüllen kannst. Unfassbar. melde dich, hier alles gut, laa goon, chris

Und weil ich gerade dabei war, schrieb ich David eine Nachricht: *D! Shit mit holland. & morgen klappt nicht, bin am Airport, Flieger geht in 30-min, 10-tage Kreuzfahrt all-inkl., Mittelmeer, echt! Erklärung folgt, wenn wieder da, jojo*

Als die Flugbegleiterin die Familien mit Kindern aufrief und die Passagiere sich von ihren Sitzen erhoben, kam schon eine Antwort von David.

He»y wir hatten nen deal! Alleine wird nicht geraucht!! du und Airport-Kreuzfahrt … bis morgen du Nebelhirni! Lass was übrig, D. – es ist Vormittag, mann!

Der glaubte mir kein Wort. Hätte ich auch nicht. Ich glaubte es ja selbst kaum. Antworten würde ich ihm erst, wenn ich wieder hier downtouchen würde. Meiner Mutter hatte ich versprochen anzurufen, wenn ich auf dem Schiff angekommen war.

Und so saß ich mit ausgeschaltetem Samsung neben einer solariumbraunen Frau um die dreißig, die ebenfalls alleine reiste und mit ihren langen rot lackierten Fingernägeln das Bordmagazin sezierte, während wir die Wolkendecke ruckelnd durchstießen und sich die gleißend hellen Sonnenstrahlen gespiegelt von dem nassen Flügel in mein Gesicht piercten.

Weil sich die Wolkenlandschaft unendlich weit und gleichmäßig bis zum Wolkenhorizont erstreckte, schienen wir über die wabernde Masse hinwegzukriechen; als ob der Airbus mit dreißig Stundenkilometern über ein watteartiges Rollfeld fahren würde. Doch der Bildschirm zeigte achthundertsiebenunddreißig Stundenkilometer an. Je länger ich auf die Wolken starrte, desto unterschiedlicher nahm ich ihre Formationen wahr, erkannte ich kleine Wirbel und weiche Hügel in ihrer Gesamtheit und stellte mir Grabsteine darauf vor.

Das Dröhnen in der Kabine klang bedrohlich, vielleicht auch weil ich es mir weniger laut vorgestellt hatte beim Fliegen.

Den Film, den sie zeigten, kannte ich schon, ebenso das Essen: Nudeln mit Tomatensoße. Was ich nicht kannte, war dieser weite Blick über die Wolken, die erst über Frankreich aufrissen. Wir flogen über Felder, Wiesen und

Dörfer. Jetzt bereute ich ein wenig, genau neben mir den Flügel zu haben. Den kompletten Flug schaute ich aus dem Fenster, die Frau musste denken, ihr Deo hätte versagt.

Das Meer sah von hier oben seltsam leblos aus, dunkelblau, selten ein kleiner weißer Punkt, braune Striche, Schiffe, die größer wurden, die Wellen klar erkennbar, Landeanflug. Ich hatte sogar vergessen, mich nach dem Start abzuschnallen.

Nach der Landung folgte ich erst einmal den anderen Passagieren zur Gepäckausgabe. Sie schienen alle zu wissen, wo es langging. Am Zoll wirkten die bunten Schildchen von Athene-Reisen besser als ein Reisepass, wir wurden deutlich schneller abgefertigt. Auf der anderen Seite erwarteten uns – es waren so um die vierzig Kreuzfahrer und Kreuzfahrerinnen auf dem gleichen Flug gewesen – etliche junge einheimische Athene-Angestellte, die uns den Weg zum Bus zeigten und den Älteren halfen. Ich war mit Abstand der Jüngste.

In dem Shuttle-Reisebus zum Hafen setzte ich mich auf die linke Seite, ich wollte meine Wunde nicht einseitig überdehnen.

Aus den Lautsprechern tönte ein spanischer Radiosender abwechselnd Musik, Jingles, Werbung und Nachrichten, sicherlich eine Spur zu laut für einige der Anwesenden, mir aber gerade recht.

Bäume und Palmen säumten die breite Hafenstraße, leicht bekleidete Spaziergängerinnen und braun gebrannte Fahrradfahrerinnen huschten an uns vorbei wie gelbe Schmetterlinge bei einer Fahrt durch die Felder im Sommer. Darüber erstreckte sich der hellblaue Postkartenhimmel mit seinen weißen Wolkentupfen.

Erst passierten wir einen ganzen Wald aus Masten von Segelbooten und kleinen Yachten, dann die ankernden schneeweißen Raumschiffe der Superreichen, die uns stolz ihren Rumpf entgegenreckten, damit wir ihre Größe und Schönheit wie bei einem Rennpferd besser vergleichen konnten. Gegenüber die Hotels und die alten ockerfarbenen Hafengebäude mit ihren Bögen und den geschlossenen grünen Fensterläden gegen die hochstehende Sonne.

Ein Raunen breitete sich im Bus aus, als der Bug der Athene vor uns im Hafen von Palma erschien. Spitz und weiß zeigte er zum offenen Meer. Das Radio verstummte, und einer der beiden mitgereisten Athene-Angestellten erklärte uns mit starkem spanischen Akzent, dass wir uns von nun an um nichts mehr kümmern bräuchten, unsere Koffer würden wir vor der Kabine wiederfinden. Er wünschte uns einen schönen Urlaub. Es wurde geklatscht, der Bus hielt, ich stieg als Letzter aus, den Rucksack über meiner Schulter.

Jetzt erst, innerlich aufgepeitscht von den spanischen Rhythmen, der fröhlichen Urlaubsatmosphäre unter den Mitreisenden und der mallorquinischen Meeresluft, gewürzt mit dem Duft fremder Blumen, spürte ich jene Aufregung, die ich längst erwartet hatte, gestern Abend beim Packen des Koffers oder heute Morgen beim Besteigen des Autos, eine beinahe kindliche Neugierde gegenüber dem bevorstehenden Unbekannten, hoffentlich Schönen.

Ein Grinsen breitete sich in meinem Gesicht aus, als würden meine Mundwinkel mit einem stumpfen Haken zurückgezogen. Dankend nahm ich ein Begrüßungsgetränk entgegen, ein tropischer Fruchtsaftmix mit Orangen und Ananas, den ich in einem exte, und setzte meinen Weg fort. Ich lächelte das riesige Schiff an, wie es so vierzehn Stockwerke hoch vor mir stand, ich lächelte die Angestellten an, die meine Papiere überprüften, mich willkommen hießen und anwiesen, mir unbedingt vor jedem Betreten die Hände in einer der Sprühboxen zu desinfizieren, und ich lächelte, als ich die Gangway aus Holz betrat mit den Seilen an den Seiten und ihr zu der großen offenen Türe mitten in der Bordwand folgte.

Das klebrige Gefühl vom Desinfektionsmittel zwischen den Fingern war verflogen, als ich meinen ersten Fuß an Bord setzte. Eine kurze Schlange wartete am Sicherheitsbereich, der dem auf dem Flughafen in nichts nachstand. Helles Piepsen, das Klimpern von Schlüsseln und freundliche Worte echoten zwischen den Stahlwänden über dem dunklen Brummen des Schiffsdiesels im Leerlauf. Breite rote Bänder an mobilen Pfosten schleusten uns zum Röntgengerät. Es roch nach frischer Farbe und Parfüm.

Als ich an der Reihe war, legte ich den Rucksack, den Pass samt schriftlicher Erlaubnis meiner Mutter und meine Wertsachen auf das Laufband und machte für einen schmalen Asiaten den Adler. Nur mein Reißverschluss piepste, ich durfte meine Sachen nehmen. Ich hatte gerade mein Handy in der Hosentasche verstaut, da baute sich einer seiner voluminösen Kollegen vor mir auf.

Akzentfrei fragte der Schrank mit dem dunklen Ultrakurzhaarschnitt: «Das ist alles deins, Jörn?»

Meinen Namen musste er auf einem der Computerbildschirme gelesen haben.

«Ja», sagte ich verdattert und las sein Namenschild: *Mohammad.*

«Darf ich einen Blick in den Rucksack werfen?», fragte er höflich, aber bestimmt.

Ich hatte es befürchtet.

«Sicher.»

Ohne zu zögern, griff er hinein und zog zielgenau den Rainmaker heraus. Dabei drehte er sich von der Menschenmenge weg und fragte mich: «Was ist das?»

Er tat so, als würde er einen kurzen Schlag ausführen, als wollte er mir demonstrieren, zu was das Ding alles taugte. Das hatten mein Vater und Fares wohl nicht bedacht.

«Das ist ein Rainmaker, ein Musikinstrument.»

Er schaute mich kritisch an. «Weißt du, ich darf so etwas einziehen. Natürlich würdest du das Ding am Ende der Reise wieder zurückbekommen.»

«Bitte nicht.»

«Spielst du … Rainmaker?»

«Ja, täglich.»

Mohammad gab ihn mir zurück und nahm eine Körperhaltung ein, die mir zeigte, ich solle bloß auf keine dummen Ideen kommen. «Spiel mir mal ein Lied, La Paloma, kennst du?»

Mein Rucksack baumelte von meinem Arm, den Rainmaker hielt ich in beiden Händen. «Na ja, spielen ist jetzt zu viel gesagt. Man kann ihn drehen und dann …» Ich unterbrach mich selbst und zeigte es ihm. Es rauschte kurz im Rainmaker.

Plock.

Er legte den Kopf schief. «Das war's?»

«Im Prinzip ja. Man kann ihn noch schütteln, wie eine Rassel.»

Ich ließ es rasseln. Ich rasselte, als hing mein Leben davon ab, und lächelte dabei wie ein Fastfoodrestaurantangestellter an seinem Probetag. Gut, dass hier Filmen verboten war. Ein anderer Security-Typ schaute zu uns herüber, flüsterte einem Kollegen etwas zu, die beiden lachten.

«Ein Musikinstrument?», zweifelte Mohammad. «Spielst du es gut?»

«Nein.»

«Ich glaube, das habe ich gehört.»

Ich akzeptierte jede Schmach, ich wollte nur den Rainmaker retten.

«Du hast doch gesagt, dass du täglich darauf spielst.»

«Ja, seit … also, es ist neu, seit zwei Wochen.»

«So, so, seit zwei Wochen, täglich.»

Er streckte mir die Pranke mit den beiden goldenen Ringen hin. Widerstrebend legte ich die Asche meines Vaters zurück in seine Hand.

«Wie heißt das noch mal?», fragte Mohammad.

«Rainmaker.»

«Regenmacher», übersetzte er, «hmmh», brummte er vor sich hin. Er schien zu überlegen, ob er mich noch ein bisschen ärgern und den Rainmaker einbehalten sollte. Diese Kante von Typ hatte ja keine Ahnung, was das Ding für mich bedeutete, und ich konnte es ihm nicht erklären.

«Hmh. Spiel nicht so häufig auf dem Regenmacher, Jörn, wir wollen Sonne!» Er reichte ihn mir. «Und mach keinen Ärger damit.»

«Danke!» Ich atmete durch und stopfte ihn in den Rucksack.

«Lass die Sachen bei der Notfallübung in der Kabine. Keine Taschen und Rucksäcke.»

Ich ging seitlich weiter, traute mich nicht, ihm den Rücken zuzukehren. «Notfallübung?»

«Um fünf.»

Eine weibliche Stimme vor mir an einem Schalter sprach mich mit einem weichen Akzent an. «Die Evakuierungsstation für dich steht auf der Bordkarte.»

«Was?»

«Guck mal dahin.» Sie zeigte auf einen Metallkasten.

«Wo?»

Der Kasten blitzte.

«Danke», sagte der uniformierte Mann dahinter.

«Was ist das jetzt? Muss ich auch meine Fingerabdrücke geben?»

Sie lachte freundlich, der Mann hinter der Kamera mit dem Computer ebenfalls. Die beiden stammten sicherlich aus dem gleichen Land, Indien oder Sri Lanka, vermutete ich.

Er reichte ihr eine Scheckkarte an einem Halsband, und sie beugte sich vor. «Hier. Das ist deine persönliche Bordkarte. Damit kommst du in deine Kabine. Das 10-F da oben links ist die Evakuierungsstation für dich im Notfall und bei der Notfallübung, Deck 10, Bereich F. Mit der Karte kannst du überall trinken und essen, außer in den Bezahlrestaurants und natürlich keinen Alkohol, du bist ja noch keine achtzehn.»

«Natürlich nicht.»

Ich warf einen Blick auf mein briefmarkengroßes Foto. Ich sah überrascht, aber nicht allzu dumm aus.

Sie wünschte mir einen schönen Urlaub und wies mir den Weg zu den Fahrstühlen. Hier sah alles noch sehr schiffsmäßig aus: Dieser schachtförmige Gang aus zusammengeschweißten und genieteten Stahlplatten mit dem notdürftig ausgerollten roten Teppich und die nicht enden wollende Galerie aus gerahmten Zertifikaten hunderter angefahrener Häfen. Jedes Geräusch hallte wider.

Das änderte sich schlagartig, als ich mit zwei schnellen Schritten durch die sich schließenden Fahrstuhltüren hechtete. Ich drückte die 3, es machte dezent bing, und sanft fuhr ich nach unten, rundherum umgeben von sauberen Spiegeln, Holz, Goldapplikationen und leiser Klaviermusik. Bestimmt ein gutes Dutzend Mal sah ich mich von allen Seiten. Nichts erinnerte hier an ein Schiff.

Ich stieg aus und stand vor einem breiten Treppenhaus, sämtliche Böden ausgeschlagen mit dickem Teppich. Hotelatmosphäre. Keine Spur von dem Trubel beim Check-in. Zu beiden Seiten führten schmale Gänge zu Bug und Heck, und ich suchte meine Kabine, Nummer 3177, wobei ich darauf achten musste, nicht über die Koffer zu stolpern, die man wie versprochen bereits vor die jeweiligen Türen gestellt hatte.

Es war auch mein Koffer, den ich sah, bevor ich die Kabinennummer lesen konnte. Ich zog meine Bordkarte durch den Schlitz, eine LED sprang von Rot auf Grün um, es schnickte im Schloss, und ich drückte die schmale, aber kompakte Tür auf. Das Licht in der Kabine schaltete sich automatisch an.

Mit einem Schritt befand ich mich in einer neuen Welt voller Luxus. Satt fiel die Türe zu.

«Porno!», hörte ich mich sagen, ließ den Koffer fallen und den Rucksack von der Schulter gleiten. Im nächsten Moment flog ich mit dem Rücken voran aufs Bett, ein Doppelbett ganz für mich allein. Ich lag da, als wollte ich einen Schneeengel machen. Neben mir knisterte ein Flyer, eine Praline rollte von dem bedruckten Papier auf die Bettdecke.

Die Klimaanlage rauschte leise, und der Schiffsmotor grummelte dazu. Es roch frisch, neu, alles glänzte, aufgeräumt, sauber, wie geleckt, die Gläser neben der eigenen Espressomaschine auf weißen Servietten akkurat angeordnet, an den Seitenwänden jeweils ein unaufdringliches Bild, gemalte Sonnenblumen, in der Ecke ein dunkler Flachbildschirm, optimal, um vom Bett aus Fernsehen zu schauen. Ein Zimmer ohne Bullauge oder Fenster, eine Innenkabine, aber mit Spiegeln hinter mir und vor mir. Umzingelt von mir selbst, blickte ich mich zwanzigmal an. Grinsekatze.

Ich blieb liegen, bis ich meinen Herzschlag spürte. Ich hatte vergessen, Mama vom Flughafen aus anzurufen, alles ging so schnell mit den Koffern und dem Shuttle-Bus. Ein schneller Blick auf das Display meines Samsung verriet mir: kein Empfang. Wie auch, bei all dem Metall um mich herum?

Kein Problem, ich hatte sowieso nicht vor, hier ewig

liegen zu bleiben, ich würde vom Deck aus telefonieren, und weil ich danach vielleicht nicht sofort wieder in die Kabine zurückgehen würde, steckte ich den Briefumschlag mit dem handgeschriebenen *Tag 1: Mallorca* von meinem Vater direkt ein.

Im Fahrstuhl stieg ich zu zwei älteren Paaren mit ihren Taschen, die gerade angekommen waren. Die Wahl des Decks fiel mir leicht, ich drückte den obersten Knopf der goldenen Leiste: die 14.

Schiebetüren öffneten sich vor mir, und ich trat hinaus unter den mallorquinischen Sommerhimmel in die warme Luft, wobei mich bei dem Gedanken an den Regen zu Hause ein angenehmer Schauer durchlief.

Passagiere, die wie ich bereits ihre Kabinen gefunden hatten, schlenderten verträumt entlang der Reling und zeigten mit ausgestreckten Armen in alle Himmelsrichtungen. Fotos wurden geschossen, sich umarmt, geküsst.

Ich beugte mich über die Reling und schaute die Bordwand hinab, vierzehn Stockwerke unter mir das Meer, ein schwimmendes Hochhaus. Enttäuscht hatte ich festgestellt, dass man nicht bis vorne zum Bug gehen konnte; dieser Bereich war abgesperrt.

Ein Schlepper tuckerte vorbei. Das Wasser schimmerte tatsächlich so blau wie auf den Bildern in den Schaufenstern der Reisebüros, selbst hier im Hafen. Zwei weitere Kreuzfahrtschiffe lagen majestätisch vor Anker, dahinter wellten sich die dunkelgrünen Berge mit dem kantigen Castell de Bellver.

Der Handy-Empfang war einwandfrei, ich hielt mir das Samsung ans Ohr, Freizeichen.

«Ja?», hörte ich meine Mutter sagen, leicht gestresst, sie war wohl zum Telefon gerannt.

«Ich bin es, i...»

«Jörn, mein Schatz, wie geht's dir, wo bist du, was machst du?»

«Mir geht's gut. Haben wir Post vom Bund bekommen?»

«Nein, nichts. Bist du am Flughafen? Wie war der Flug?»

«Ich bin schon auf dem Schiff, der Flug war super, ganz entspannt.»

«Du bist schon auf dem Schiff? Ist es schön? Wie ist dein Zimmer?»

«Meine Kabine ist erste Sahne, alles vom Feinsten. Glitzert und glänzt alles.»

«Ach, toll.»

Ich hörte Lea im Hintergrund quengeln.

«Und gerade stehe ich vierzehn Stockwerke über dem Wasser unter blauem Himmel, 25 Grad.»

«Lass mich telefonieren, Lea», sagte Mama in die Sprechmuschel, als wäre ich gemeint, dann: «Hier regnet es immer noch, den ganzen Tag, grau in grau. Sind die Leute nett?»

«Ja.»

«Und was machst du heute noch?»

«Das Schiff anschauen. Gibt viel zu sehen, vierzehn Decks.»

Überlaut jaulte die Sirene schräg hinter mir los, ich erschreckte mich richtig, hielt mir mit einer Hand das freie Ohr zu und presste mit der anderen das Telefon an meinen Kopf, während ich von der Sirene wegstolperte.

Erst allmählich ergaben die Wortfetzen meiner Mutter wieder Sinn. «Jörn … was ist? Was …»

Ich schrie ins Handy: «Wir sinkäään!»

«WAAAA…»

«Kleiner Scherz, kleiner Scherz, beruhig dich.»

«Jörn …»

«Ist alles in Ordnung, Mama.»

«Das ist nicht lustig!»

«Das ist ein Probealarm, der wurde angekündigt, ist wohl fünf Uhr», brüllte ich.

«Bist du sicher, dass …»

«Hilfe, wir kriegen Schlagseite!»

«Jörn!»

«Wirklich, ist ein Probealarm, ich muss jetzt zu meiner Evakuierungsstation, ich kann dich auch kaum noch verstehen.»

Die Passagiere um mich herum schienen alle einer inneren Stimme zu folgen, sie wechselten ihre Richtungen und marschierten gezielt auf Türen und Treppen zu, manche genervt, manche belustigt.

«Rufst du wieder an?», fragte sie.

«Ja, vom nächsten Hafen aus, morgen.»

«Und …»

«Tschüs, ich muss jetzt! Tschüs.»

Endlich verabschiedete sie sich, und ich drückte das Gespräch weg. Erst mal musste ich auf meine Bordkarte schauen, wo meine Evakuierungsstation war. Hatte ich vergessen. Orientieren konnte ich mich noch nicht auf dem Schiff, ich wusste nur, dass ich mich auf Deck 14 befand, und ich musste nach 10 F. Genau, Deck 10, Bereich F.

Die vier Stockwerke legte ich über die Treppen zurück, denn wie bei einem richtigen Alarm war es verboten, die Fahrstühle zu benutzen. Und weil dreitausend andere Passagiere das Gleiche taten, quälte ich mich durch die überfüllten Gänge. In Verbindung mit dem Sirenengeheul und den sonor von Band genölten Anweisungen über Lautsprecher kam bei mir beinahe echte Notfallstimmung auf, samt Anflug von Panik, die es ja eigentlich zu vermeiden galt, wie uns das Personal der Athene immer wieder versicherte. An jeder Ecke standen freundliche Angestellte in Rettungswesten, die mit ihrem professionellen Service-Lächeln den Leuten den Weg zu ihren Evakuierungsstationen erklärten, während ihre Funkgeräte quakten und zischten. Einer von ihnen scannte konzentriert und ein degeneriertes Danke murmelnd die Bordkarten, um die Anwesenheit zu überprüfen. Es sollte ja keiner theoretisch mit dem Schiff untergehen.

Auf die Restaurants und Bars konnte ich nur einen schnellen Seitenblick werfen, ich war viel zu beschäftigt, niemandem auf die glänzenden Lederschuhe zu treten.

Neben mir meinte ein älterer Herr, er wäre damals auf der Costa Concordia gewesen. Ein anderer sagte: «Wenn jeder, der behauptet, auf der Concordia gewesen zu sein, dort tatsächlich war, wäre die schon im Hafen gesunken.»

Gelächter in der Menge. Kegeltouratmosphäre.

Schließlich zwängte ich mich durch eine Tür hinaus

ins Freie. Neben einem aufgehängten Rettungsboot, das über der gesamten Breite der Promenade schwebte, prangte an der Wand ein großes F.

Unter der Messingschraube des Motorbootes winkte mir eine junge Frau mit einem roten Kopftuch zu. Sie heiße Julia, sagte sie und sei zuständig für die Jugendlichen an Bord. Es gebe einen Youthclub, den sie leitete, alles Weitere würden wir anschließend besprechen. Bei ihr standen schon acht Jugendliche, alle so um die sechzehn, schätzte ich. Als ein Signal bestätigte, dass sich alle Passagiere auf dem Außenbereich der Athene und in ihren korrekten Evakuierungszonen befanden und eine endlos lange Durchsage über Lautsprecher begann, wurde mir schlagartig klar, dass wir gar nicht mehr warteten. Ich war der Letzte gewesen – einer von neun Teenagern unter dreitausend Passagieren. Die anderen dachten offensichtlich das Gleiche. Hervorragend.

Währenddessen war Julia schon dabei, synchron zu der Lautsprecherstimme die Handhabung der Rettungsweste übertrieben gestenreich zu zeigen. Danach widmete sich ein längerer Teil der Ansage den Rettungsbooten, und die nicht gerade hochgewachsene Julia musste sich ziemlich verrenken, um so nah wie möglich auf die entscheidenden Stellen und Hebel zeigen zu können, mit denen man im Notfall ein Rettungsboot aus zwanzig Meter Höhe zu Wasser lassen konnte. Im Falle der Katastrophe müsste sie sich erst eine Leiter besorgen! Innerlich beschloss ich zu diesem Zeitpunkt, dass mir der Schutz der Rettungsweste ausreichen würde, und sphinxte aus den Augenwinkeln zu den anderen. Die jüngere Hälfte hörte ihr weiter aufmerksam zu, der Rest beäugte einander.

Eins hatten die alle gemein: Ihre Klamotten stammten aus Läden, die sicherlich keinen Kaffee nebenher verkauften. Sonnenbrillen baumelten vor der Brust oder waren über die Haare geschoben, wenn sie nicht perfekt passend auf der Nase saßen, als könnte irgendwo ein Paparazzo versteckt sein, um heimlich ein Foto von ihnen zu schießen, das er morgen der Regenbogenpresse feilbieten würde.

Zwei Mädels schafften es in das Universum meiner Aufmerksamkeit; unterschiedlicher hätten sie sie nicht sein können. Während die mit dem asiatischen Background ihren Blick ernst über die Reling hinweg auf das mallorquinische Hinterland bohrte, wippte die Blonde mit den langen Haaren neben mir leicht zu einer Melodie, die nur sie selbst hörte. Beide unerreichbar.

Meine Jeans klebte an den Beinen, das T-Shirt war von H&M, und eine Sonnenbrille einzupacken, hatte ich völlig vergessen. Ich rieb mir vorsichtig am Nacken, die Wunde juckte wegen des Schweißes.

Ich spürte den Ellbogen der Blonden an meinem, noch heute kann ich ihn spüren.

Sie flüsterte nach vorne, an mir vorbei: «Weißt du, dass es bei Notfallübungen mehr Tote und Verletzte gibt, als bei tatsächlichen Havarien?»

Ich schaute sie an. Der Traum hatte mit mir gesprochen. Und wie! Mit Humor.

Ihre Brille steckte vorne im gelben Shirt, was den V-Ausschnitt angenehm verstärkte. Ein kleiner Jadestein hing an einem hauchdünnen Kettchen, fast so dünn wie eine Angelschnur, ihre Unterlippe war etwas voller als die Oberlippe und ihre unterschiedlich großen Augen grün.

«Do you speak English?», fragte sie und drehte ihren Kopf zu mir.

«Nein, ich meine ja, ein … was, warum?»

«Ich dachte, du hättest mich nicht verstanden.»

Vielleicht schienen ihre Augen auch nur unterschiedlich groß, weil sie ihre schmalen Brauen derart getrimmt hatte, dass sie permanent aussah, als würde sie die Welt um sich herum anzweifeln.

«Doch, echt», ich guckte hoch zu dem Rettungsboot für sechzig Personen, das lediglich an ein paar Drahtseilen hing. «Macht Sinn. Wenn das Ding runterkommt.»

«Ist deine erste Kreuzfahrt?» Sie zupfte an der bunten gewebten Umhängetasche, die neben ihrer Hüfte baumelte und deren Trageriemen – ein geflochtener daumendicker Zopf – ihre Brüste unter dem Top betonten.

«Ja.» Boah, komm, Jörn: Konversation, Konversation. «Deine auch?»

«Nee, jedes Jahr zwei. Sommer, Winter.»

Anstatt zu gähnen, stellte sie sich auf ihre Fußspitzen und drückte ihren Rücken durch, dazu dehnte sie den Kopf zu allen Seiten, um mir ihren Hals zu zeigen oder um ihre Verspannung vom Flug zu lösen. Ich spürte, wie die anderen zu uns schauten. Die Asiatin warf sich das glatte Haar zurück. Ich wandte meinen Blick ab.

«Du magst wohl Kreuzfahrten?», fragte ich.

«Wohl eher meine Eltern, aber es gibt Schlimmeres.»

Ja, dachte ich, einen deutschen Sommer am Baggersee.

«Die Städte sind interessant», sagte sie.

«Ja.»

«Wie findest du Barcelona?»

«Da sind wir doch erst morgen.»

Die Augenbraue zog sich noch höher. «Du warst noch nie in Barcelona.»

Wir redeten wirklich miteinander. So ein Traumgirl von der Schule hatte sich mit mir noch nie unterhalten. So eine hatte es da gar nicht gegeben.

«Nein», gab ich zu.

«Cool ...» Sie legte den Kopf schief und las meinen Namen auf der Bordkarte. «... Jörn.»

«Aha ...» Ihre Bordkarte war nirgends zu sehen, die der anderen auch nicht.

«Elizabeth. Ich hab die Karte in der Tasche, ich will nicht mit einem Halsband rumrennen», flüsterte sie.

Wollte wohl keiner. Ich ebenfalls nicht. Trottel.

«Und was ist an Barcelona so cool, Elizabeth?»

«Du wirst Barcelona zum ersten Mal sehen. Alles neu, alleine das ist doch klasse!»

«Ach s...»

Ein Gong, so laut, als stünden wir in Tibet im Kloster.

Vor uns ließ Julia die Arme lächelnd hängen, die Lautsprecherstimme verkündete das Ende der Seenotrettungsübung und den Anfang einer unvergesslichen Zeit. Die Leute applaudierten, auch Elizabeth, und ich klatschte mit.

«Ja, Gott, jeder so, wie er kann», sagte Julia schmunzelnd, die rechts neben mir am großen runden Tisch im Buffetrestaurant saß und auf meinen Teller guckte. Der stammte von einem versenkten Tellerspender an der Theke. Nahm man einen ab, fehlte sein Gewicht, und der nächste schob sich nach oben. Dann reichte man den Teller über die Buffettheke und zeigte auf das gewünschte Essen. Schlaraffenland.

Und so dümpelte ein ketchuptriefender Tripleburger mit Käse und Bacon vor mir in einem Meer von Fritten. Es hieß doch nicht umsonst Buffet, alles inklusive.

Vor Julia stand ein kunterbunter Teller Salat mit einer Scheibe Zwiebelbrot. Sie hielt wohl Diät. Das gab ihr aber noch lange nicht das Recht, mir mein Essen madig zu machen. Oder verteidigte sie mich vor den anderen?

Ich wollte gerade etwas sagen, da meldete sich die Asiatin zu Wort. «Er war wohl an der Kindertheke.»

Alle lachten, außer Julia und Elizabeth, die zu meiner Linken saß. Ein mächtig feiner Zug von den beiden. Yoko Ono hatte sich gerade aus meiner Welt geschossen, diese Biatch.

Ich musste zugeben, dass niemand sonst ein Gericht auf dem Teller hatte, das ich benennen konnte. Exotisches Gemüse in seltsamen Saucen, Streifen von halbrohem Fleisch, die kaum als solches erkennbar waren. Und Elizabeth war wohl Vegetarierin.

«Sorry», wisperte Julia kurz zu mir, sie fühlte sich scheinbar verantwortlich für den Verlauf der Unterhaltung und zog dann die Aufmerksamkeit auf sich. «Also … ich würde sagen, dieser Tisch könnte unser Treffpunkt beim Essen sein auf dieser Reise. Da wir nicht so viele sind, passen wir hier wunderbar dran. Was denkt ihr?»

Wie die anderen fand auch ich die Idee gut. Ich saß in Fahrtrichtung zwischen Elizabeth und Julia, links von mir der Gang zu der silbernen Theke mit den versenkten

Tellertürmen und dem Buffet, rechts von uns einige kleinere Tische und die Panoramafensterscheibe.

«Gut, dann werde ich das mit der Restaurantleitung absprechen, damit er zu den Essenszeiten reserviert für uns ist. Und jetzt lasst es euch schmecken, wir können ja die Gelegenheit nutzen und eine ganz lockere Vorstellungsrunde machen.»

Es wurde wieder genickt.

«Ich fange einfach mal an und dann im Uhrzeigersinn», sagte sie, was bedeutete, dass ich als Nächster dran sein würde.

«Wie ich heiße, wisst ihr ja schon, Julia, ich bin seit ein paar Monaten für den Youthclub auf der Athene zuständig, eigentlich studiere ich Sport auf der Sporthochschule Freiburg, aber ich mache gerade ein Praxis-Semester. Ich bin eure Ansprechpartnerin auf der ganzen Reise. Auf dieser Reise sind wir nur so wenige, weil die Schulferien noch nicht offiziell angefangen haben, was mich neugierig macht, wie ihr überhaupt hier sein könnt. In den Sommerferien sind wir jedenfalls viel mehr, aber so eine kleine Gruppe ist spannend. Ich finde das toll. Und wie ihr wisst, besteht kein Zwang für den Youthclub. Das tägliche Programm liegt in der *Athener Eule* aus, dem Faltblatt, das ihr in euren Kabinen findet. Solltet ihr irgendwelche Fragen haben, egal zu was, könnt ihr euch gerne an mich wenden.» Sie nahm ihre Gabel und nickte mir zu.

An der Innenseite ihres rechten Armes erstreckte sich eine fiese lange Narbe vom Unterarm bis zum T-Shirt-Ansatz. Sie wischte sich über den Arm.

«Ich … ich heiße Jörn, bin siebzehn, und ich habe die

Schule zu Ende, deswegen habe ich schon frei.» Und Hunger, dachte ich.

Die anderen labten sich bereits an ihren erlesenen Speisen, während mein unangetasteter Tripleburger immer noch auf mich wartete.

Julias Timing war perfekt, gerade im richtigen Moment hatte sie den Mund frei. «Reist du mit deinen Eltern?»

Ja und nein, im Grunde genommen nur mit meinem Vater, also seiner Asche, und ihr so? «Nein.»

«Alleine?», fragte ein Typ, dessen modisches T-Shirt einen Halsausschnitt besaß, der beinahe seine Brustwarzen freilegte.

«Quasi.»

«Haben die dir die Reise geschenkt?»

«Quasi.»

«Wie cool ist das denn! Auf welches Internat gehst du?», fragte Julia.

«Internat?»

«Wir sind alle auf Internaten. Sonst wären wir nicht hier. Sind ja keine Sommerferien», sagte Brustwarze.

«Ich habe die Schule zu Ende, habe ich doch gesagt. Da beginnen die Ferien etwas eher.»

Jetzt legte der Letzte die Gabel ab.

«Mit siebzehn?», schnitt die Biatch dazwischen. «Hast du eine Klasse übersprungen, oder was?»

«Wieso Klasse übersprungen?» In der Tat hatte ich sogar eine Klasse wiederholen müssen.

«Abi mit siebzehn!»

«Ich habe kein Abi, Realschulabschluss.»

Sie guckten sich ungläubig an, offene Münder, verlegenes Grinsen.

«Na und?», meinte Elizabeth in das Staunen und vergrub ihre Gabel demonstrativ in ihrem Reis-Gemüse-Irgendwas.

Die Biatch grinste sie an. «Und aus Freude darüber haben seine Eltern ihm eine Kreuzfahrt spendiert?»

«Scheint so, Lan.»

Lan? Die kannten sich?

Elizabeth schaute mich an, ich zuckte mit den Schultern und versuchte mit meinem Kopf eine zustimmende Bewegung hinzubekommen.

Die Brustwarze fragte: «Und was machst du damit? Realschule!? Eine Lehre?»

«Nä, ich mach mich selbständig, Luftgitarren reparieren. Klar, eine Lehre, Automechatroniker.»

«Siehste», sagte Elizabeth und begann dann ohne weitere Pause mit ihrer Vorstellung.

Sie war gerade erst 17 geworden und ging auf ein deutschsprachiges Internat in Dänemark. Bis zu diesem Zeitpunkt hatte ich weder gewusst, dass es deutschsprachige Internate in Dänemark gab, noch jemanden gekannt, der überhaupt auf ein Internat ging. Nun lernte ich gleich acht kennen, denn das traf auf alle zu. Lan und Brustwarze besuchten ein Internat in England, ein weiterer in Schottland, zwei in der Schweiz und drei in Deutschland. Außerdem nannten sie alle ihre Hobbys, Elizabeths war Reiten, danach folgte Surfen, Rudern, Polo, Karambolage, Fechten, Cello, französisches Horn und Theremin. All das hörte ich mir an und mampfte dazu meinen Tripleburger mit Käse und Bacon.

Wie sich herausstellte, kannten sich die meisten, nämlich von früheren Kreuzfahrten: Karibik, Kanaren, Dubai, Griechenland, Skandinavien, es war alles vertreten, die hatten die Welt schon gesehen. Ein paar Anekdoten wurden angerissen, vielsagende Blicke ausgetauscht.

Als Nachtisch ließ ich mir fünf Ballen Schokoladeneis auf meine Waffel türmen, was wieder für ein paar Sprüche in der Runde sorgte, denn die hatte sich einstimmig für das Limetten-Champagner-Sorbet entschieden, einen MP3-Player-großen Schaumwürfel, dessen Qualität mit geschlossenen Augen und mehrmaligen, geradezu orchestrierten Mmmmhs kommuniziert wurde.

Auf die nicht ernstgemeinte Frage von Lan, wie mir mein Eis schmecke, antwortete ich ebenfalls mit geschlossenen Augen: «Mmmmh.»

Elizabeth gluckste und teilte grinsend ein Häppchen Sorbet auf ihrem Teller.

Dann wurde es regelrecht hektisch. Julia meinte, gleich würden wir ablegen, Leinen los also, und das Jugendprogramm würde morgen starten, zehn Uhr in der Chill-Lounge oder vorher hier am Tisch zum Frühstück.

Danach schienen alle zu wissen, wo sie hinwollten. Um nicht als Letzter dumm herumzustehen, verabschiedete ich mich auch und marschierte zu einem Ausgang, den niemand sonst anvisiert hatte.

Der Fahrstuhl hielt, und da ich an den Türen stand und alle rauswollten, schloss ich mich dem Treck an, indem ich vorausmarschierte durch die Schiebetüren auf die Promenade von Deck 12. Die Dämmerung hatte eingesetzt, die bunten, hoch über mir gespannten Lichterketten wippten erregt im leichten Abendwind. Von hier aus überblickte ich den Innenraum des darunterliegenden Decks mit seinem Swimmingpool unter freiem Himmel. Reisende mit Sektgläsern und Cocktails wuselten aufgebrezelt durcheinander, um das Ablegemanöver auch bestimmt von der richtigen Seite zu verfolgen.

Über meinem Kopf dröhnte das Nebelhorn los, als wollte es dem des Supertankers in dem Film *Madagascar* Konkurrenz machen. Gleichzeitig spürte ich die Bewegung des Schiffes. Musik setzte ein, ein Lied, das von nun an bei jedem Verlassen eines Hafens vom Band laufen würde. Mir wurde es zu laut, der Song entsprach nicht meinem Geschmack, und so passierte ich die kleine Cocktailbar Hades, von der aus mir der füllige Kellner freundlich zunickte, und erklomm die Treppe zum Deck 13, wo ich Richtung Heck marschierte, nur weg von der Musik.

Die verlor sich hier in dem Raunen des mächtigen Schornsteins und der Lüftungsschlitze der Klimaanlage. Eine Stimme quakte etwas durch die Lautsprecher.

An einer Stelle mit ein paar Metern Platz zu den nächsten Reisenden blieb ich stehen und stützte meine Arme auf die Balustrade. Der glatte Rumpf der Athene bewegte sich behäbig von der Mauer weg.

Die Menschen auf dem Kai sahen aus wie Spielfiguren, Angestellte der Reisegesellschaft winkten uns. Hafenarbeiter sortierten Taue und bugsierten mit Gabelstaplern Paletten voller Kisten zu offenen Garagen mit Wellblechdächern. Palma im Abendrot mit seiner Burg, wie gemalt.

Ich griff nach meiner Hosentasche und fischte den ersten Umschlag meines Vaters heraus. Die Umschläge sahen alle gleich aus, vermutlich hatte er extra eine

Packung für sein Vorhaben gekauft. Besonders gut verschlossen hatte er ihn nicht, mühelos glitt mein Zeigefinger hinein und riss die Klebestelle auf. Ich drehte mich seitlich zur Reling gegen den Wind, um den Brief und eine Postkarte herauszuziehen. Auf dem Bild fuhren zwei gelbe Straßenbahnen aneinander vorbei, in geschwungener Schrift las ich *Lisboa*.

Was sollte das? Kannte er nicht mal die Route, auf die er mich geschickt hatte?

Die Rückseite war beschrieben.

Jörn, herzlichen Glückwunsch zum Geburtstag, Liebe Grüße aus Lissabon, dein Papa!

Gemeint war mein zehnter Geburtstag, das Datum war sieben Jahre alt.

Was sollte das denn?

Ich steckte den Umschlag und die Postkarte zurück in meine Hosentasche und widmete mich dem Brief, ebenfalls mit der Hand geschrieben, aber, wie ich mir einbildete, mit Mühe, damit es jemand lesen konnte. Ich.

Lieber Jörn,

das will ich gleich vorwegsagen: Es tut mir leid, dass ich mich nicht eher gemeldet habe. Aber ich habe oft an dich gedacht, deswegen habe ich die alte Postkarte beigelegt. Abgeschickt habe ich sie nicht, ich hatte eure Adresse nicht mehr.

Ein Anruf beim Jugendamt hätte genügt.

Ich weiß nicht, wie das für dich war, ohne Vater aufzuwachsen.

Es war immer eine Leerstelle in meinem Leben.

Wäre ich ein guter Vater gewesen, ein schlechter Vater? Ich kann es nicht sagen. Vielleicht war ich als Vater besser abwesend. Vielleicht war es besser so.

Besser für dein Gewissen allemal.

Es gibt viele Väter, die besser nicht da wären, aber da sind, und sie machen alles und jeden kaputt. So gesehen war ich mit Sicherheit nicht der schlechteste Vater.

Aber der abwesendste.

Das ist Vergangenheit. Natürlich wünsche ich mir, dass du mir verzeihst, aber für uns gemeinsam gibt es nun keine Zukunft mehr ... Ich habe dich aber immer geliebt, du bist mein Sohn, und ich habe immer an dich gedacht.

Na klar.

Es tut mir leid, wenn ich dir weh getan habe, wenn ich dich enttäuscht habe. Ich hoffe, dass du versuchen wirst, zu verstehen. Auch dir wird im Leben nicht immer alles gelingen, aber ich wünsche mir, dass du nach vorne schaust, nicht zurück.

Kann man leicht sagen, wenn man die Vergangenheit verbockt hat.

Und so richtig lange hättest du sowieso nichts von mir gehabt.

Für mich hätte jeder Tag gezählt.

Wenn du diesen Brief liest, freue ich mich sehr darüber. Und ich hoffe, du hast eine schöne Reise. Danke, dass du mir meinen Wunsch erfüllst. Aber ich hoffe, auch ich erfülle dir einen kleinen, vielleicht auch nicht gewünschten Wunsch, nämlich mich ein wenig kennenzulernen. Und selbst wenn du nicht magst, dann genieße die Reise, das Meer ist ein unglaubliches Erlebnis.

Findest du.

Du wirst in den Briefen ein bisschen über mich erfahren, keine Angst, ausschweifen werde ich nicht, ich war nie ein großer Schreiber. Ein paar Songs, that's it.

Ich schloss kurz die Augen.

Ich bin froh, dass du unterwegs bist, dass deine Mutter dir das erlaubt hat. Es war sicherlich keine einfache Entscheidung. Natürlich auch nicht für dich, kann ich mir vorstellen.

Kannst du nicht.

Jetzt mach dir einen schönen Tag, geh schwimmen im Pool, guck auf das Meer hinaus oder geh in eine der Abendveranstaltungen, genieß die Live-Musik.

Ich habe dich immer geliebt, das sollst du wissen, dein Papa

Meine Hände knüllten das Papier zusammen, am liebsten hätte ich den Mist über Bord geworfen.

Machte der sich jetzt lustig über mich? Ich habe dich immer geliebt … einen schönen Abend … that's it!

Ohne je darüber einen weiteren Gedanken verloren zu haben, hatte ich ihn innerlich schon in meiner Kindheit begraben, an einem ortlosen Friedhof, in einem namenlosen Grab. Seine Abwesenheit war für mich eine Art vorweggenommener Tod gewesen.

Wütend stopfte ich den Brief in meine Hosentasche. Ich trat gegen das Geländer, es wummerte dunkel, die Menschen links und rechts drehten sich zu mir um. Mir war nach Laufen zumute, nach Abreagieren, Energieloswerden, Fahrradfahren. Ich wollte nicht länger hierbleiben, unruhig marschierte ich weiter Richtung Heck, vorbei an Paaren, die Selfies von sich schossen, eng umschlungen.

Eine Abgasschwade schaffte es runter bis zu mir, ich hielt den Atem an, bis ich am Heck angekommen war – dachte ich, doch das Heck dieses Decks endete nicht über dem Wasser, sondern tennisfeldbreit davor. Unter mir befand sich die Ikaros-Bar, von wo aus der Geruch nach frischgegrillten Krabben und Knoblauchbrot samt ausgelassenem Gelächter, Gläserklingen und seichten Reggae-Rhythmen zu mir hochwehte.

Ohne groß zu überlegen, eilte ich weiter, bis ich die andere Seite des Schiffes erreichte. Hier gab es nur die zu Türmen zusammengestellten weißen Plastikliegen, mich und den Wind, der nicht in Böen, sondern mit konstanter Stärke von der offenen See gegen die Athene blies. Kein Mensch weit und breit. Zu windig. Entspannt setzte ich meinen Weg fort, langsam, bis nichts mehr von der Bordmusik zu hören war, nur das Rauschen des Windes in meinen Ohrmuscheln.

Ich musste die Augen ein wenig zukneifen, dennoch begannen sie nach einer Weile zu tränen.

BARCELONA

Dem Menschen aber kann man zu Recht vorwerfen, dass er im Alltag solchen Zufällen gegenüber blind sei und dem Leben so die Dimension der Schönheit nehme.

Milan Kundera
(Die unerträgliche Leichtigkeit des Seins)

Der breite Strahl aus dem Duschkopf prasselte heiß und mit angenehmem Druck auf meinen Rücken. Eine Massage mit winzigen warmen Nadeln, als wären die Ingenieure dieser Dusche durch fernöstliche Gesundheitstechniken inspiriert worden, Akupunktur und Thai-Massage verschmolzen hier zu einem kleinen Wellnesserlebnis.

Mit geschlossenen Augen genoss ich eine der besten Duschen der Welt, dabei hatte ich diesem Teil meiner Morgenhygiene bisher nicht auch nur die kleinste Aufmerksamkeit geschenkt. Eine Dusche war eine Dusche. Allerdings hätte ein herkömmliches Bad nicht mit diesem verglichen werden können, selbst die Bodenkacheln unter meinen Füßen erinnerten mit ihrer aufgerauten Oberfläche an festgetretenen Sandstrand.

Nach der längsten Dusche meines Lebens rubbelte ich mich vor meinem Bett stehend mit dem flauschigen Handtuch ab. Ungewohnt war dabei, mein Spiegelbild ein Dutzend Mal von allen Seiten zu sehen. Nackt. Voyeurismus pur.

Gab es das überall ab fünf Sternen? Die totale Porno-Atmo.

Während ich mich anzog, packte ich gleichzeitig meinen Koffer aus. In ihn würden nun meine dreckigen Sachen fliegen, in die Außentasche steckte ich die Briefe. Er passte in den großen Schrank, die Angel lehnte ich daneben, meine Jacke hängte ich auf einen Bügel, ebenso die zwei Hemden, den Rest schmiss ich grob sortiert in die Regalfächer. Das schiere Ausmaß des Stauraums zeugte von all dem Kram, den andere mit sich herumschleppten. Mein Rucksack passte in ein Fach bei der Schwimmweste.

Der Rainmaker war zu dick, um ihn neben den Koffer zu stellen, und er war zu lang für das Regal. Ich schaute mich um, öffnete sämtliche Schubladen und Türen. Der Schrank unter dem Schreibtisch war nicht unterteilt, und ich platzierte den Rainmaker in der Mitte, als könnte er zerbrechen.

Kurz zog ich in Erwägung, den heutigen Brief zu lesen, ihn zum Frühstück mitzunehmen, verwarf die Idee aber schnell. Ich wollte mir nicht gleich am Morgen die Stimmung ruinieren. Heute Abend wäre auch noch Zeit dazu.

Außer dem zerwühlten Bett erinnerte nichts daran, dass hier zurzeit jemand wohnte. Bei uns daheim sah es eigentlich immer aus, als würden dort zwanzig Leute hausen.

Über mir summte die Klimaanlage, die Dieselmotoren rumorten, und mein Magen knurrte. Ich hatte tief wie ein Baby und ähnlich lange geschlafen, jetzt freute ich mich auf das Frühstücksbuffet.

Mit drei Spiegeleiern über sechs Scheiben Speck auf acht Frühstückswürstchen kehrte ich an den großen runden Tisch zurück. Zu meiner freudigen Überraschung saß Elizabeth alleine dort vor ihrem Kaffee und einer Schale Müsli. Sie schaute dem Kellner zu, wie er das dreckige Geschirr abräumte. Ich setzte mich neben sie auf meinen Platz von gestern. «Morgen!»

«Morgen.»

«Was ist mit den anderen?»

«Die sind gerade zurück in ihre …» Sie unterbrach sich selbst, und ihre Braue vergrößerte ihren Abstand zum Auge, als sie meinen Teller sah. «Machst du Muskelaufbautraining?»

«Wieso?»

«Wegen der … Proteinbombe da.»

Ich roch ihr süßes Parfüm, ihre Haare waren noch nass vom Duschen.

«Das habe ich nicht jeden Tag», sagte ich.

«Wenn dem so wäre, würdest du mit einundzwanzig Jahren an Herzverfettung sterben. Protein-Suicidebomber.»

«Was ihr alle habt.» Ich nahm mir Messer und Gabel von dem silbernen Besteckhalter in der Mitte des Tisches und säbelte einen Bissen ab, der sämtliche Geschmacksrichtungen beinhaltete. «Ich wachse noch.»

«Ja, in die Breite.»

«Werdn allsch Muschkeln», sprach ich mit vollem

Mund. Fett troff an meinem Kinn herab, ich wischte es mit dem Handrücken ab.

«Wie ein Neandertaler.»

«Wie ein staaka Mann inner Blüte scheinesch Lebensch.»

«Pff, immerhin schmatzt du nicht.»

«Wasch hascht du 'n gegeschn?»

«Vollkornbrot mit Paprika-Nuss-Aufstrich und das Obstmüsli.»

Ich hatte den Mund wieder leer. «Und was holst du dir als Nächstes?»

«Nichts!»

«Satt?»

«Ja!»

«Davon?»

«Ja-a! – Und du nennst also das da Frühstück?»

«Jo.»

«Jo, tss, geht auch ein einfaches Ja?», fragte sie.

Bei ihr klang ‹Jo› weniger cool. Aber mir war klar, dass meine Erklärung, ich hätte das von Jesse in *Breaking Bad*, bei ihr nicht ziehen würde. Ich spießte ein Würstchen auf und hielt es in ihre Richtung. «Willst du mal probieren?»

«Uäh, nein.»

«Vegetarierin?»

«Nein, ich esse nur Nahrungsmittel.»

«Pech.»

Das Würstchen verschwand quer in meinem Mund. Erst jetzt merkte ich, wie die Sonne durch die von einer feinen Salzschicht bedeckten Panoramafenster fiel. Selbst bei genauerem Hinsehen konnte ich lediglich Umrisse von Häusern dahinter erkennen.

«Schind wir schon im Hafn?»

«Ja.»

«Dasch … das ist Barcelona?»

«Nein, Zürich, der Captain hat in der Nacht rechts mit links verwechselt.»

«Haha.»

Sie trank ihren Kaffee leer und setzte ab. «Kommst du eigentlich mit?»

Meinem ersten Antrieb, einfach ja zu sagen, gab ich nicht nach. Wer weiß, in was ich mich da reingeritten hätte. «Wohin?»

«Den Landgang in die Stadt, mit Julia.»

«Okay?»

«Wusstest du das nicht?»

Ich schluckte. «Nein.»

«Hast du die *Athener Eule* nicht gelesen?!»

«Die was?»

«Die Broschüre, die immer auf dem Bett liegt, da steht das Programm für den nächsten Tag drin. Hat Julia doch auch gesagt.»

«Gesehen habe ich die wohl, gelesen nicht.»

«Guck ab und zu mal rein, wenn du was mitkriegen willst.» Elizabeth stand auf und warf sich ihre bunte Umhängetasche über die Schulter, die bis dahin über der Stuhllehne gehangen hatte. «Wir treffen uns in einer Dreiviertelstunde, gegenüber der Rezeption.»

«Wo ist die?»

«Orrr, Deck 8. Und schau dir mal den Plan von dem Schiff an. Sonst verläufst du dich noch.»

«Wie das denn? Auf hundertfünfzig Meter Länge und dreißig Meter Breite.»

«Bis gleich und sei pünktlich. Die warten in der Regel nicht», sagte sie und fädelte sich in den Strom der Menschen auf dem Gang ein.

«Bis gleich.» Aber sie hörte mich nicht mehr.

Ihre gelbe Hose schmiegte sich um ihren Po und zeichnete jede Bewegung nach.

Ein frischer Duft nach Reinigungsmittel umspielte meine Nase, als ich meine Kabine betrat. Während ich beim Frühstück saß, hatte das Raumpflegeteam die Zeit für seine Arbeit genutzt. Das Bett sah aus wie neu, die Handtücher ebenso, kein Spiegel mehr beschlagen, kein Tropfen Wasser an den Kacheln des Badezimmers. Den Zustand kriegten die in knapp einer Dreiviertelstunde hin, was wir zu Hause im Leben nicht schafften.

Ich wollte mir schnell mein Cap aus meinem Rucksack fischen, doch beim Rausziehen blieb ein Riemen an der Schwimmweste hängen, und alles kam mir entgegen. Die Weste fiel zu Boden und faltete sich auseinander. Fluchend entwirrte ich die Gurte. Bei dem Versuch, die Schwimmweste wieder in ihren ursprünglichen Zustand zusammenzufalten, musste ich kapitulieren, ein mir unbekannter Trick hielt mich davon ab. Also packte ich sie so wieder zurück in das Schrankfach. Nun passte der Rucksack nicht mehr hinein. Irgendwie typisch, dass jetzt noch was schiefgehen musste: Ich hatte noch fünf Minuten bis zum Treffen, und die würde ich allein für den Weg durch das Schiff zur Rezeption brauchen.

Nach kurzer Überlegung öffnete ich die beiden Türen

des Schreibtisches und wollte den Rucksack neben den Rainmaker pfeffern. Allerdings war der Rainmaker nicht mehr da.

«What the f…?» Ich fiel auf die Knie und schleuderte den Rucksack hinter mich auf das Bett.

Leer. Der Schrank gähnte mich an, kein versteckter Winkel. Kein Rainmaker.

Panisch schaute ich mich um, als könnte der Rainmaker hinter mir stehen, in einer der Ecken, irgendwo. Ich sprang hoch, um das Bett herum, hob die Decke an, die *Athener Eule* segelte zu Boden, riss alle Türen und Schubladen auf.

«Nein.»

Denk nach, sagte ich mir, das kann nicht sein, ich hatte ihn ganz sicher dort hineingelegt und seitdem den Schrank nicht mehr geöffnet. Einbrecher? Dann wäre auch mein Samsung weg gewesen, aber das lag noch in der Schublade.

Das Putzteam!

Mit einem Satz war ich aus der Tür und rannte den endlos langen Korridor hinunter, als hätte ich einen Wassereinbruch entdeckt.

Die aufmerksame indische Frau mit dem Wischtuch und den grünen Gummihandschuhen bemerkte mich und legte den Lappen neben sich auf den schmalen Wagen mit den frischen Laken und Bezügen am Ende des Ganges.

«Sie», sagte ich von Weitem.

Ihr Mund performte das geübte Service-Lächeln mit einer Prise Verzweiflung. «Ja. Was kann ich tun für …»

«Ich … waren Sie in Kabine 3177?»

«Kabine 3177, ja, etwas nicht in Ordnung?», fragte sie besorgt.

«Haben Sie den Rainmaker?»

«Was?»

«Rainmaker, ist weg, etwas fehlt in meiner Kabine!»

«Etwas fehlt?» Ihr Gesicht bekam weinerliche Züge. «Ich nicht geklaut.»

«Nein, nein, haben Sie nicht …» Natürlich musste mein aufgeregtes Gestammel sie verschrecken. «Der Rainmaker … ein Musikinstrument, war im Schrank, unter dem Schreibtisch, unter dem großen Spiegel.»

«Kein Musikinstrument gesehen.» Sie fummelte zittrig an den Spitzen ihrer Handschuhe herum.

«So», ich zeigte ihr die Länge. «Dick wie mein Arm, aus Holz.»

«Holz? Wie Stock?»

«Wie Stock? Ja, dicker Stock! Ja.»

«Warten!» Sie beugte sich hinunter und zog den Rainmaker aus einem Fach des Reinigungswagens hervor.

«Ja!» Ich nahm ihn und ließ mich vor Erleichterung mit dem Rücken gegen die Wand fallen.

«Entschuldigen Sie, ich nicht gewusst.»

«Ist okay, ich hab ihn wieder. Danke.»

«Entschuldigung, ich gedacht, Techniker haben vergessen, gestern, entsch…»

«Hauptsache, ich habe ihn wieder.»

Ihre Augen wurden groß, sie schaute an mir vorbei.

Ein Mann eilte zu uns, er fragte sie etwas in ihrer Sprache. Klang so Indisch? Die Silben blitzten wie Stroboskoplicht aus ihnen, dann wandte er sich an mich. «Gibt es ein Problem?»

«Nein, kein Problem.»

«Sind Sie mit irgendetwas nicht zufrieden?»

«Alles bestens.»

Er glaubte mir nicht, er fragte sie, sie schaute zu Boden, während sie antwortete.

Ich unterbrach sie. «Mir war nur mein Waschlappen ins Klo gefallen.» Mir fiel nichts Besseres ein. «Ich wollte fragen, ob ich einen neuen bekommen könnte.»

«Mit dem … Schlagstock?»

Ich umklammerte den Rainmaker wie ein Kuscheltier.

«Kein Schlagstock», sagte ich. «Ein Rainmaker, ein Musikinstrument.»

Ich drehte ihn um und ließ den Regen rauschen bis zum leisen Plock.

«Rainmaker», wiederholte die Frau.

Ihr Vorgesetzter entspannte sich.

Bevor ihm noch etwas einfiel, sagte ich: «Einen neuen Waschlappen bräuchte ich dann noch, bitte.»

Beide schauten mich an und sagten einstudiert: «Wird sofort in Ihre Kabine gebracht.»

Der Teppichboden vibrierte, als dieser Mohammad von der Security angestampft kam. Hinter ihm an den Wänden schwangen mehrere Bilder vor und zurück, die er mit seinen Schultern gestreift hatte. Der hatte keine Rasierklingen unter den Armen, sondern Harakirischwerter.

Wo kam der denn jetzt her? Ich konnte es nicht fassen, es war wie im Kasperletheater. Es hätte mich nicht überrascht, wenn noch das Krokodil und der Feuerwehrmann um die Ecke gekommen wären.

«Gibt es ein Problem?», fragte auch Mohammad als Erstes.

Wohl ein Standardsatz.

«Nein», bekam er dreistimmig zurück.

Der Schrank fixierte mich. «Macht er Ärger mit dem Ding?» Mit den beringten Fingern deutete er auf den Rainmaker in meiner Hand.

«Nein», beteuerten die beiden.

«Ich habe dich gewarnt.»

«Ich habe doch nichts gemacht!» Ich zuckte mit den Schultern, schaute die Raumpfleger an.

«Nichts, alle in Ordnung», sagte der Vorgesetzte. «Ist nur Musikinstrument.»

«Jaja, hat er mir auch erzählt, unser Rainmaker an Bord. Werde nicht zum Troublemaker.»

«Geht nur um Waschlappen», kam der Vorgesetzte mir wieder zu Hilfe.

«Und das Ding hast du so lieb, dass du es überall mit hinnimmst?»

«Zufall … ich …»

«'tschuldigung, muss Waschlappen», sagte die Frau, pflügte zwischen uns durch und rettete so meinen Satz, den ich nicht hätte beenden können. Seltsam lautlos lief sie den Gang runter.

«Ich will nicht, dass du mit dem Ding durch das Schiff spazierst», sagte Mohammad. «Verstanden?»

«Jo. Okay.»

«Was sollen da die anderen Passagiere denken. Ich möchte keine Beschwerden.»

«Kann ich …» Ich zeigte den Gang runter zu meiner Kabine.

Er nickte mit zusammengepressten Lippen.

Nachdem ich den Rainmaker wieder an seinen Platz gelegt hatte, jetzt neben dem Rucksack, rannte ich den Gang entlang und die Treppen die fünf Stockwerke hoch zur Rezeption. Zeit, um auf einen Fahrstuhl zu warten, hatte ich nicht, im Gegenteil, ich war viel zu spät dran. Und als würde das nicht reichen, kam ich am Heck raus, nicht in der Mitte. Ich war in die falsche Richtung gelaufen. Es sah wirklich alles gleich aus, diese Gänge ohne Fenster. Also musste ich weiter Gas geben und mit der nötigen Höflichkeit ältere Herren und Damen zur Seite schieben.

Dementsprechend kaputt stoppte ich vor der Rezeption, deren Wartebereich in hellem Marmor erstrahlte und von acht griechischen Säulen getragen wurde. Reisende erkundigten sich an den beiden Schaltern nach Ausflugsmöglichkeiten und Busverbindungen. Von Elizabeth und dem Youthclub keine Spur. Also runter zur Gangway auf Deck 4. Vielleicht könnte ich sie dort noch erwischen.

Gebremst wurde ich von der Security am Check-out, die vor dem Ausgang auf den Landesteg die Bordkarten einlasen, um zu registrieren, wer das Schiff verließ. Hektisch versuchte ich, einen Blick über die Köpfe der anderen Reisenden zu werfen, aber ich sah nur die Häuser der Stadt.

Erst als ich den Landesteg betrat und über das weite Feld der Hafenanlage bis zur breiten Küstenstraße schauen konnte, erkannte ich die Gruppe mit der weiß gekleideten Julia samt ihrem Kopftuch in der Mitte. Rufen war zwecklos, und so spurtete ich hinter ihnen her. Meine Lunge pumpte die spanische Morgenluft in meinen Blutkreislauf. Eigentlich war ich recht sportlich, aber Jogging in der Frühe mit Buffet im Magen war ich nicht gewohnt.

Ich hörte meinen Namen, ich hörte meinen Puls, spürte Seitenstiche. Mit einer Hand winkte ich schlapp in die Runde. Einhundert Meter weiter, und ich wäre zusammengebrochen.

«Schön, dass du es noch geschafft hast», sagte Julia, scheinbar wirklich erfreut.

Ich nickte, schnappte nach Luft, hielt mir die Seite.

Elizabeth fragte: «Hast du noch so lange gefrühstückt?»

Atemlos schüttelte ich den Kopf. Die Wahrheit konnte ich ihr nicht sagen. Ich suchte nach einer Ausrede, aber zum Glück nahm sie mir die Arbeit ab.

«Hattest du noch Nachtisch, oder was?»

Nickend hob ich die Hand als Zeichen, dass ich gerade ein paar Sekunden bräuchte, um mich zu erholen.

«Kommt, gehen wir langsam weiter. Dann fällst du uns nicht um hier», schlug Julia vor.

Ich rieb den Schweiß von meiner Stirn in den Ärmel meines T-Shirts.

Elizabeth beugte sich schräg vor, während wir hinter der Gruppe hergingen, und las den Aufdruck auf meinem Cap. «*Los Pollos Hermanos.* Ist das eine Fastfood-Kette?»

«J… ja.»

«Jobbst du da?»

Ich atmete tief aus, mein Puls beruhigte sich. «Kennst du *Breaking Bad*?»

«Die Serie?»

«Ja.»

«Nicht so richtig. Ich habe ein paar Folgen gesehen.»

Ich deutete auf das Logo über meiner Stirn. «Ist das Restaurant von Gus.»

«Aha», machte sie.

Es war klar, sie hatte keine Ahnung.

«Hast du so lange an deinen Vitaminen herumgekaut?», fragte sie.

«Ja, heißt es nicht, man soll jeden Bissen zweimal kauen?»

«Zwanzigmal! Aber das ist bei deiner Menüfolge auch egal.»

Trotz meines Caps musste ich die Augen zukneifen. Der helle Asphalt und die Fassaden der Gebäude reflektierten die Sonne.

Elizabeth sprach mich darauf an. «Sonnenbrille auf dem Schiff vergessen?»

«Nee, auf dem Regal zu Hause.»

«Du brauchst doch eine Sonnenbrille, heute, hier in der Stadt, morgen auf dem Schiff, für die Reise. Ohne geht gar nicht.»

Sie zeigte auf die anderen vor uns, alle trugen ihre Sonnenbrillen.

«Klar, ich hüpfe mal schnell in eine der Boutiquen in Barcelona und kaufe mir eine Sonnenbrille für 200 Euro.»

«Musst du nicht. Die kannst du billiger haben, bei einem der Straßenverkäufer.»

«Und das heißt?»

«Fünfzehn?»

«Five», blieb ich hart.

Der Schwarzafrikaner haderte in gebrochenem Englisch mit Gott und der Welt, das hätte er selbst bezahlt für die Brille. «Ten, man, ten.»

Die Gruppe war bereits weitergegangen, Elizabeth hatte gemeint, wir würden sie später auf den Ramblas wieder einholen, dem zentralen Boulevard Barcelonas, der am Hafen seinen Anfang nimmt. Und so blieben wir bei einem der Straßenhändler stehen, der seine Waren, hauptsächlich gefälschte Handtaschen und gefälschte Sonnenbrillen, auf einer Decke anbot, deren Enden mit langen Schnüren verknotet waren, die in seiner linken Hand zusammenliefen.

Elizabeths kritischen Blicken hielt kaum eine Brille stand, sie hatte komplett die Rolle der Sonnenbrillenfachverkäuferin übernommen und setzte mir ohne mein Zutun ein Modell nach dem anderen auf. Der Mann kommentierte allesamt euphorisch mit «Yes-yes-fantastiiic!».

Wegen mir hätte das ewig so weitergehen können, unsere flüchtigen Berührungen, ihre tiefen Blicke, wenn sie den Sitz einer Brille prüfte. Aber bei der gefakten Ray-Ban knipste sie mir kurz mit dem Auge zu.

Anfänglich sollte sie fünfundzwanzig Euro kosten, jetzt waren wir bei *ten* gelandet. Selbst das würde ein Loch in mein begrenztes Budget reißen. Wer weiß, wo die am Ende fehlen könnten? Daher verhandelte ich weiter, auch noch als mir Elizabeth anbot, sie würde fünf dazutun, wenn ich sie doch nur endlich nähme. Das ließ natürlich mein Stolz nicht zu, außerdem war ich ja nicht so pleite.

Mit der Ray-Ban auf der Nase zog ich einen Fünfer aus der Tasche und hielt ihn dem Mann hin. Manchmal wirkt nur der Anblick von Cash Wunder.

«Ten, man!» Er jodelte wie im Stimmbruch.

Ich kam mir vor wie Jesse bei seinem ersten Drogendeal. «Five, yo!»

«Jörn, los, nimm sie.»

Dann riss der Mann seine Augen auf und den Fünfer aus meiner Hand.

«Okayo!», sagte er laut und demonstrierte uns den Sinn der Schnüre an seiner Decke. Mit einer einzigen Bewegung seines Armes faltete sich sein Warentisch aus Stoff mit all den Handtaschen und Brillen zu einem Sack zusammen, den er sich über den Rücken warf, während er loslief.

Wir schauten in die entgegengesetzte Richtung. Von dort spurtete ein Polizist auf uns zu.

«Scheiße», sagte Elizabeth, griff meinen Arm und riss mich mit. Auch wir rannten nun, so schnell wir konnten, zickzack durch die Menschenmenge auf die Ramblas zu. Mit beiden Händen hielt sie ihre Tasche dabei fest, mir drohte der Verlust der Ray-Ban, im Laufen nahm ich sie ab. Ich wusste nicht, warum wir flüchteten, spürte aber den Ernst der Lage. Bei den ersten Postkartenständern blieb sie stehen und prüfte, ob wir verfolgt wurden.

«Puh, der ist hinter dem Verkäufer her», sagte sie erleichtert.

Ich hielt mir wieder keuchend mit einer Hand die Seite. «Was sollte das denn jetzt?»

«Das ist illegal.»

«Was?», fragte ich.

«Bei Straßenhändlern kaufen, gefälschte Ray-Bans, vor der Polizei flüchten … such dir was aus.»

«Spinnst du? Willst du mich in den Knast bringen?»

«Ist ja nix passiert.»

«Außer dass du meine Freiheit riskierst», sagte ich ernst und meinte damit gleichzeitig meine Mission mit der Asche und meine Zukunft beim Bund als Mechatroniker.

«Hättest du ihm gleich die zehn gegeben, wäre es gar nicht so weit gekommen. Näh, five!», äffte sie mich nach.

Wir stritten, und plötzlich dachte ich, ich mag mich sogar streiten mit ihr. Ein Gedanke wie eine Ohrfeige. Unangekündigt und laut. Selbst sauer wollte ich sie umarmen.

«Was ist? Habe ich recht?», fragte sie in meine Pause und strich ihre Haare zurück.

Ich hätte sie jetzt eigentlich fragen können, warum sie nicht so arrogant war wie die anderen, aber wer weiß, was ich damit losgetreten hätte, und ich mochte den Moment, ihre Augen, ihre Gesten; ich war verknallt in sie, also sagte ich: «Ja.»

«Los, setz mal auf.»

«Was?»

«Einen intelligenten Gesichtsausdruck.»

«Häh?»

«Mensch, die Brille! Lass dich mal in Ruhe anschauen.»

Ich hielt sie in meinen Fingern, drehte sie, schob die dünnen Bügel vorsichtig zwischen Cap und Ohren.

«Cool», kommentierte sie.

Ich grinste. Die Shades waren auf jeden Fall besser als die zu Hause.

«Jetzt kannst du die Narrenkappe abnehmen.»

«Die Narrenkappe?»

«Klar, die Brille hat 1200er UV-Faktor, die kannst du im Weltraum tragen.»

«Was hat das mit meinem Cap zu tun?»

«Ist dir die Ray-Ban nicht dunkel genug?»

«Doch.»

«Wozu dann die Hühner auf dem Schädel?»

«Hü… das ist das Logo von *Los Pollos Hermanos*!»

Sie zog beide Augenbrauen hoch. «Der Hühner-Hermann?»

«Das ist von …»

«*Breaking Bad*», sagten wir beide im Duett.

«Weiß ich», sagte sie. «Und?»

«Ist cool.»

«Hühner, rot-weiß.» Sie zog einen Flunsch.

«Du hast eben keine Ahnung von der Serie.»

«Und du hast keine Ahnung von Geschmack.»

«Ray-Ban und *Breaking Bad* schlägt alles.»

«Wenn du meinst!?» Sie ging weiter.

Ich folgte ihr. «Meine ich.»

◎

Wir holten die anderen bei einem der Straßenkünstler ein, der in einem phantasievollen Gewand voller Stacheln und Federn in Dunkelbraun und Bordeaux und verborgen hinter einer vogelhaften Maske vorbeiflanierende Touristen mit reptilähnlichen Bewegungen zum Verweilen verleitete. Auch überragte er die Menschen durch seine hohen Plateauschuhe oder Stelzen unter der schlackernden Hose um eine Armlänge. Münzen ließ er sich in eine hölzerne Kelle legen, die er in eine unsichtbare Tasche am Bauch leerte, gefolgt von einer unnatürlich tiefen und langen Verbeugung, bei der er die Gesetze der Schwerkraft auszuhebeln schien. Zwischen Angst und Faszination klammerten sich kleinere Kinder an die Beine ihrer Eltern, ohne die Augen von ihm zu lassen.

Ich dachte an den besoffenen Dicken mit der Quetschkommode vor unserem Tchibo. Wenn der sich die Schuhe zumachen wollte, fiel er um und kam nicht wieder hoch. Zweimal hatte ich ihm schon helfen müssen.

Niemandem war unsere Abwesenheit aufgefallen, oder sie ließen es sich nicht anmerken. Julia nickte uns lächelnd zu. In ihren schneeweißen Klamotten und dem roten Kopftuch war sie für alle bestens zu erkennen.

«Die vertraut uns ganz schön, wir hätten auch abhauen können», meinte ich.

«Wir sind ja keine Babys mehr. Das weiß sie, wir finden wieder zurück, der Hafen ist groß genug und die Athene nicht zu übersehen, die Uhr können wir auch lesen. Sie ist nur dabei, damit die Eltis keinen Stress machen, ohne Begleitung dürfte keiner von uns von Bord. Nicht jeder hat so coole Eltern wie du.»

«Hmh.»

«Alleine auf Kreuzfahrt, tss. Das ist das erste Mal, dass ich so was höre. Ich hoffe, du weißt, was du für ein Glück hast.»

«Ich zwicke mich jeden Tag.»

Julia erzeugte einen hellen Pfiff und winkte uns zu, es könnte weitergehen. Die Ramblas rochen um diese Uhrzeit nach teurem Parfüm, Blumen und Kaffee. Kellner hetzten von beiden Seiten über die Wege, die die Allee mit ihrem Verkehr flankierten. Die Kunden entspannten sich auf Plastikstühlen oder an Silbertischen unter den alten Platanen, deren Schatten zu Mittag die Hitze erträglich machten.

Das Sprachgewirr der Touristen mischte sich mit dem Spanisch der Geschäftsleute, an den Straßenständen war gebrochenes Englisch für Verhandlungen und Erklärungen zu hören. Hin und wieder blieb jemand aus unserer Gruppe stehen, um ein Andenken zu kaufen. Über die Köpfe der anderen hinweg rief Julia, wir würden gleich die Straße überqueren und sollten enger zusammenbleiben.

«Ah», sagte Elizabeth. «Jetzt geht's zum Boqueria-Markt.»

«Wie oft warst du schon hier?»

«Einmal, vor zwei Jahren.»

«Hat diese Kreuzfahrttour deinen Eltern so gut gefallen?»

«War eine andere Route, Barcelona liefen wir aber auch an.»

Barcelona sprach sie Spanisch aus, das C beinahe wie das TH im Englischen, gelispelt, wobei ich jedes Mal ihre süße Zungenspitze sehen konnte.

«Hast du was?», fragte sie.

«Nein.»

Wir warteten eine Rotphase ab, kreuzten die Straße und marschierten unterhalb des runden Tors aus farbigen Butzenscheiben in das Dunkel der Markthalle.

Julia gab den Reiseführer. «Neben der Rambla – was übrigens so viel heißt wie Flussbett, denn das war da mal, wo jetzt die Promenade ist – gibt es hier den Boqueria-Markt.»

Ihre Akzentuierung war mit Elizabeths identisch.

«Die Geschichte des Boqueria reicht zurück ins 13. Jahrhundert. Das Tor über uns stammt von dem Architekten Antoni di Falguera i Sivilla.»

Sie streute spanische Namen und Wörter ein, wo immer es passte. Mir war danach, ah und oh zu machen, aber ich konnte mich bremsen. Das Tor sah wirklich beeindruckend aus, und die betörenden Düfte, die über dem Markt lagen, waren exotisch und fremd.

Meine Augen gewöhnten sich rasch an das schummrige Licht in der Markthalle, in meiner Nase kitzelten Gewürze, Gebratenes und Gedünstetes. Kein Parfüm kam dagegen an. Hier gab es alles, nur keinen Platz. Obwohl die Ausmaße der Halle gigantisch waren, musste man sich durch die engen Gässchen drängeln. Permanenter Körperkontakt. Elizabeth und ich blieben stets beieinander, ich genoss die Wärme ihrer Arme an meinen, die zufälligen unvermeidlichen Berührungen unserer Hände und das viel zu nahe miteinander Reden.

«Das ist ein Eldorado für Taschendiebe», raunte ich ihr zu.

«Ein Dorado.»

«Was? Das heißt Eldorado. Das Eldorado.»

«Vielleicht in Duisburg. El ist der Artikel, der fällt weg.»

«Kannst du Spanisch, oder was?»

«Ja, klar.»

«Klar, wie konnte ich nur fragen. Wenn ich Messi treffe, übersetzt du.»

Vor uns war ein kleiner Stau entstanden, zwei Spanierinnen stritten sich, die nachfolgenden Leute schoben sich ineinander und lauschten dem Disput, verkeilt wie eine Traube aus Autoscootern auf dem Jahrmarkt.

«So ist das hier», sagte die dauergutgelaunte Julia.

Hinter ihr lag ein Fleischerstand; ganze Haxen mit Hufen hingen über die gesamte Breite des Daches, angestrahlt von speziell ausgerichteten Scheinwerfern, als handelte es sich um die Oberschenkel von Filmstars. In der Auslage die leuchtend rote Chorizo, andere Salami und Serrano-Schinken, und ein energischer Metzger fuchtelte dahinter mit einem Fleischermesser der Marke Psycho herum.

Neben Elizabeth erstreckte sich ein buntes Feld von Kisten mit Zimt, Pfeffer, Muskat, Paprika und einhundert unbekannten Gewürzen, die ihre Düfte verströmten, ein Festival der Gerüche.

Auf der anderen Seite ein Süßigkeitenstand mit getrockneten und gelierten Früchten, Zwetschgen und Datteln, selbsthergestellter Schokolade und Erdnüssen, Walnüssen, Pistazien und Mandeln.

Ihr Unterarm presste gegen meinen. Meine Phantasie unterstellte ihr eine Intention, doch in der Realität konnte sie gar nicht anders wegen der nachrückenden Menschenmenge. Wir lächelten uns verlegen an und schauten sofort in entgegengesetzte Richtungen, vielleicht dachte sie dasselbe.

Sie hätte ihren Arm natürlich auch vor sich halten können, zwischen sich und die schwarz gekleidete Witwe, deren graue Haare wie Fussel unter dem Kopftuch hervorlugten.

Mit einer mehr oder minder zufälligen Bewegung hätten sich unsere Finger ineinander verhaken können.

Es blieb bei der Überlegung. Bevor ich meinen Plan ausarbeiten und in die Tat umsetzen konnte, verstummte das spanische Gekeife, und es ging so überraschend weiter, dass ich beinahe der Länge nach hingeflogen wäre.

◎

Über unserem silbernen Tisch spannte sich ein quadratischer beigefarbener Sonnenschirm. Elizabeth und ich hatten uns – in Absprache mit Julia, unter einem Vorwand, den ich akustisch nicht verstanden hatte und der mich, ehrlich gesagt, auch nicht interessierte – von der Gruppe abgesetzt und saßen nun, nach einem wirren Marsch durch die Gassen des gotischen Viertels, vor einer Tapas-Bar.

Das war ihre Idee gewesen. In Anbetracht meiner begrenzten Reisekasse entgegnete ich, wir könnten genauso gut auf dem Schiff etwas essen, kostenlos, *all inclusive*. Doch sie wollte nicht deswegen jetzt schon zurück zum Schiff, wir wären morgen während des Seetages die ganze Zeit auf der Athene. Schließlich meinte sie, ich wäre eingeladen. Ich sagte, ich bräuchte keine Almosen, und sie sagte tatsächlich: «Und ich brauche kein Geld.»

Damit war die Diskussion für mich beendet, es gab Argumente, denen ich nichts entgegensetzen konnte. Bisher hatte ich noch nie jemanden getroffen, der kein Geld brauchte.

Sie bestellte eine kleine Platte von zwölf gemischten Tapas mit Chorizo, Fisch und vegetarisch, dazu zwei

Cortado-Kaffees und eine Karaffe Wasser. Sämtliche Tische um uns herum waren besetzt, hauptsächlich mit Spaniern, die in ihrer späten Mittagspause einen Snack zu sich nahmen, ein Glas Kaffee oder Wein tranken und sich dabei leise und wohlklingend unterhielten. Und plötzlich – in einer unserer Gesprächspausen, die nicht häufig vorkamen und nie lange dauerten – traf mich die einschneidende Erkenntnis: Ich saß mit einem wahnsinnig sexy Girl in einer sexy Bar in einer sexy Großstadt unter freiem sexy blauen Himmel bei sexy 28 Grad im sexy Schatten.

«Was gibt es zu grinsen?», fragte Elizabeth.

«Chorizo ist klasse.»

«Besser als Frühstückswürstchen und Hamburger?»

«Ja. Aber auch das ganze Drumherum.»

«Zum Beispiel?»

«Wo wir sind, diese Bar, dieser Platz mit seinen Bäumen, die Luft, die Fassaden», ich deutete auf die kleinen rostigen Balkone, auf denen Wäsche trocknete und Pflanzen sich um die Geländer rankten. «Die Leute hier, der Cortado.»

«Noch was?»

Sie wippte mit ihrem Bein, das sie über das andere geschlagen hatte.

Meine Kehle schnürte sich zu, mein Mund war so trocken, dass ich mein Schnapsglas mit dem Wasser exte.

Der Kellner kam und fragte, ob wir noch etwas wünschten, sie schüttelte ihren Kopf zu ihrer spanischen Verneinung. Dann stand sie auf. «Ich geh mir die Hände waschen, bin gleich wieder da.»

Ihr Shirt schmiegte sich halb über ihren Po, sodass seine Rundungen nur im Ansatz zu erkennen waren. Am Nachbartisch bemerkte eine ältere Frau meinen Blick und knipste mir lächelnd zu, erwischt, während sie sich weiterhin mit ihrer Freundin unterhielt. Von wegen Entrüstung – Lebensgefühl statt Verbitterung! Barcelona hatte das Zeug dazu, meine Lieblingsstadt zu werden. Elizabeth verschwand in der Bar.

Unglaublich. Ich ließ mir das Wort Silbe für Silbe auf der Zunge zergehen: un-glaub-lich. Vor ein paar Tagen hatte ich noch im Nieselregen am Baggersee gesessen. Okay, übertrieben, aber nicht sehr.

Der Cortado-Kaffee schmeckte stark, nussig und weich, der beste Kaffee, den ich je getrunken hatte, irgendwo zwischen Espresso und Cappuccino.

Ein Foto von diesem Café als Erinnerung. Ich zückte mein Samsung und rahmte es so, dass der Tisch mit der leeren Platte und den Tassen und Gläsern darauf zu erkennen war und die Theke der Tapas-Bar im Hintergrund.

Das Handy in der Hand erinnerte mich daran, dass ich direkt schnell meine Mutter anrufen könnte.

Sie ging nach dem zweiten Klingelton ran. «Ja?»

«Mama. Ich bin's.»

«Pst, lass mich jetzt mal kurz mit deinem Bruder reden», sagte meine Mutter vom Telefonhörer weg und dann zu mir: «Jörn? Wo bist du?»

«Barcelona.» Ich lispelte das C wie Elizabeth und Julia. So schnell ging das.

«Das freut mich so. Wie ist das Wetter?»

«Blauer Himmel, 28 Grad.»

Ein Motorrad knatterte vorbei.

«Bist du auf dem Schiff?», fragte sie.

«Nein, auf Deck sind Kawasakis verboten. Ich bin in Barcelona, in der Stadt.»

«Ist das ein Ausflug?»

«Ja, eine geführte Tour, mit dem Youthclub.»

«Dem was?»

«Dem Verein für verlassene Jugendliche, also, der Club für die Jugendlichen an Bord, mit Julia, einer …» Ja, was war sie eigentlich? «Einer sportlichen Pädagogin als Begleiterin.»

«Ist sie nett?»

«Die frühstückt jeden Morgen einen Clown.»

«Was macht ihr denn gerade?»

«Pause. Wir haben gegessen.»

Elizabeth pellte sich aus der Dunkelheit der Bar, während sie federnd über die Fliesen schwebte, als wäre die Gasse zwischen Theke und hölzernen Tischen der Laufsteg einer Modenschau für Naturschönheiten.

«Und, Post vom Bund?»

«Nein. Der Br…»

«Oh, du … wir müssen jetzt weiter, Mama.»

Elizabeth setzte sich an den Tisch, lächelte mir zu und tat so, als würde sie nicht zuhören.

«Alles klar, danke für deinen Anruf. Ruf mich morgen wieder …»

«Morgen ist Seetag. Da geht's nicht. Übermorgen von Korsika.» Ich höre mich an wie jemand anders.

«Gut.»

Wir verabschiedeten uns, und ich steckte mein Telefon weg.

Elizabeth schwang den Kopf zu mir herum, ihre Augen

blitzten. «Na, hast du deine heimliche Liebe zu Hause angerufen?»

«Meine Mutter.»

Sie zeigte kreisend mit dem Zeigefinger auf mich. «Ich glaube dir mal. Ist das die einzige Abmachung: dass du sie jeden Tag anrufst?»

«Sí.»

«Wow. Bei Gelegenheit müssen wir mal die Eltern tauschen.»

«Dann tauschen wir auch die Konten.»

«Haha, oder wir treffen uns in der Mitte: die Hälfte vom Konto, und wir tauschen nur unsere Väter.»

Mein Mund ging auf, ich wollte etwas sagen, ich wollte wirklich etwas sagen, aber was?

«Hey, hab ich was Falsches gesagt?» Sie guckte mich irritiert an.

«Lustiger Vorschlag», sagte ich, aber Betonung und Mimik entgleisten mir völlig.

«Alles in Ordnung?»

«Doch, alles okay.»

Sie kratzte sich am Kopf. «Na, na ja, ich hab schon bezahlt, sollen wir weiter?»

Immer wieder blieben wir stehen, schossen Fotos mit unseren Handykameras: streunende Hunde, braun-weiße Kätzchen auf Balkonen, skurrile Fassaden und von uns gegenseitig vor der Seufzerbrücke, eine Attraktion, meinte Elizabeth. Es war, als wollten wir Barcelona nicht verlassen. Und ich muss zugeben, dass ich am liebsten den ganzen Abend und die Nacht und den nächsten Tag und für alle Ewigkeit mit Elizabeth durch die Stadt gestrichen wäre. Streuner der Liebe.

Wir schlenderten an den Geschäften vorbei, alberten mit Hüten und Mützen herum, weil sie – wie sie offen zugab – generell keine Caps mochte, bis uns der geduldige Besitzer hinauswarf, vielleicht weil wir ihn an seine eigene Jugend erinnerten und er unser Erlebnis krönen wollte.

Erst spät kehrten wir zur Athene zurück. Die Security an der Kontrolle zog lange Gesichter, als sie uns sahen, allen voran dieser Mohammad. Aber sagen konnten sie nichts, dafür waren wir zu pünktlich. Fünf Minuten vor der Zeit. Vorschriftsmäßig desinfizierten wir uns die Hände.

Danach fuhren Elizabeth und ich mit dem Fahrstuhl hinauf bis zum Deck 12. Dort befand sich der Phönix-Grill, der ausschließlich Speisen mit Huhn servierte, und wir aßen unter freiem Himmel scharfe Chicken Fajitas. Entlang der Reling garten halb benommen die Reisenden, die Barcelona nicht für einen Tagesausflug genutzt und stattdessen in der Sonne gebraten hatten. Die Luft roch nach abgestandenem Sonnenöl, Schweiß und Whisky Sour.

Ich vermisste Barcelona, obwohl wir noch im Hafen lagen.

Als hätte der Kapitän meinen Gedanken gelesen, meldete er sich über die Lautsprecher nach dem obligatorischen Ding-Dong mit seinem Schweizer Akzent, der mir schon gestern aufgefallen war. «Guten Abend, hier spricht ihr Kapitän Peter Ryg. Ich hoffe, Sie hatten einen grandiosen Aufenthalt in Barcelona oder auf der Athene. Wir werden in Kürze ablegen, und ich kann Ihnen versprechen, dass Sie morgen einen wunderschönen Seetag verbringen werden. Die Wetterstation hat gemeldet: Voraussichtlich 28 Grad mit nur ein paar ganz wenigen Wattewölkchen. In der Nacht kühlt es sich auf angenehme 18 Grad ab, bei leichtem Südwestwind. Wir werden wie auf Schienen Richtung Korsika reisen.»

Leises Gelächter um uns herum.

«Übrigens möchte ich Sie auch mit der nautischen Sprache auf See bekannt machen. Wir sagen nicht links und rechts, sondern Backbord und Steuerbord. So, nun haben Sie auch etwas gelernt, ich wünsche Ihnen einen wunderschönen Abend auf der Athene, unterhalten Sie sich gut, feiern Sie oder entspannen Sie sich, bis morgen, ahoi.»

«Ahoi», sagte ich und schmatzte meine Finger sauber. «Ich wette, das ist der einzige Schweizer Kapitän auf den Weltmeeren.»

«Warum?»

«Hallo? Schweiz, nur Berge, nix Meer.»

«Na und?»

«Wie ist er auf die Idee gekommen? Als er den Bodensee sah? Genau, ich werde Kapitän eines Kreuzfahrtschiffs.»

«Er hat es geschafft. Der ist mir lieber als ein Italiener.»

«Wieso?»

«Na, wegen der Costa Concordia! Die hat der Kapitän gegen eine Insel gefahren, und als das Schiff sank, ist er als Erster von Bord. Hast du nicht davon gehört?»

«Doch.»

«Wenn alles gutgeht, machen die italienischen Männer auf dicke Hose, und wenn der Baum brennt, ziehen sie den Schwanz ein, um ihren kleinen Hintern zu retten.»

Ich konnte ihr noch nicht mal widersprechen. Genau das traf auf meinen Vater zu. Verallgemeinern sollte sie das trotzdem nicht, es gab sicherlich auch mutige Italiener. Mit Sicherheit. Ganz bestimmt sogar. Mir fiel nur gerade keiner ein.

Elizabeth tupfte sich mit einer Serviette die Lippen ab. Ich überlegte, ihr aus Spaß dafür meine Hand anzubieten.

«So, wie unser Kapitän klingt, geht der mit seinem Schiff unter», sagte sie.

«Ich hoffe doch nicht! Zumindest nicht in den nächsten Tagen.»

«Du weißt, wie ich das meine.»

Das Signalhorn ließ alle an Deck verstummen, das Lied zum Ablegen erklang, Barcelona bewegte sich.

Wir gingen ins Schiffsinnere, weil dort die Musik leiser war. Das ganze Schiff bestand aus Spiegeln, Glas, Marmor, Edelholz und Goldbeschlägen. Ziellos stromerten wir von Deck zu Deck, vorbei an Boutiquen für Markenklamotten, Schmuck und Reiseutensilien, einem Friseur, dem Wellnessbereich mit Spa, Sauna, Gym, Massage und Nagelpflege, und zahllosen Bars und Restaurants, japanische, mexikanische, griechische, all-inclusive oder extra, mit hellem Holz, mit dunklem Holz, in Weiß, in Blau, in Grün, in Braun, stets auf weichem Teppich, über den gutgelaunte Pärchen und kleine Grüppchen flanierten und lächelnde Angestellte eilten.

Elizabeth kommentierte einen weiß gekleideten

Schiffsoffizier mit Schulterklappen. «Je heller die Kleidung, desto höher ihr Rang in der Mannschaft.»

«Dann ist Julia hier der Häuptling.»

«Die ist eine Ausnahme. Damit sie besser gesehen wird. Ansonsten gilt das bei der Crew.»

Das stimmte, zumindest hatte heute Morgen die Kleidung des Vorgesetzten der Putzfrau eine hellere Schattierung gehabt als ihre.

«Wo wohl die anderen sind?», fragte ich.

Sie wusste, dass ich damit den Youthclub meinte. «Vermisst du wen?»

«Nein.»

«Nicht?», sagte sie und blieb herausfordernd grinsend stehen. «Jemand Bestimmtes?»

«Nein. Ich meine nur.»

«Die hängen wahrscheinlich ab.»

Wir wanderten weiter, wie durch ein Museum.

«Gucken wir mal dahinten», sie zeigte auf eine Tür am Ende des Ganges.

Auf den letzten zehn Metern davor hockten Kinder und zockten an frei zugänglichen Spielkonsolen. Was ein Service!

«Sollen wir?», fragte ich sie.

Wenig begeistert zog sie mich weiter. Hinter der Tür begann der Bereich für Jugendliche zwischen 14 und 18 Jahren. Es gab eine Cocktailbar mit alkoholfreien Getränken – also eigentlich eine Saftbar –, den Danceclub, Kicker, Tischtennisplatte, Beanbags, Liegen und Sitzecken. Und verteilt über das gesamte Areal fanden wir unsere Gruppe. Besonders großes Interesse brachten wir nicht füreinander auf, und weil hier nicht gerade die Merkel auf dem Segway Donuts drehte, verließen wir den Bereich schleunigst wieder.

Spanien war zu einem schmalen Strich am Horizont geschrumpft. Lichter flimmerten müde auf dem dunklen Streifen, Yachten kreuzten davor. Das satte Marineblau des Dämmerungshimmels stülpte sich über das Mittelmeer und ließ die ersten Sterne funkeln. Das orangefarbene Glühen der untergegangenen Sonne war nur noch als Idee im Osten zu erahnen.

Laut flatterte die bettlakengroße Fahne Bermudas ein paar Meter weiter links von uns am Heck. Elizabeth und ich hatten uns auf Deck 8 in die Morpheus-Bar zurückgezogen und schlürften nebeneinander in einem der kreisrunden Bastkörbe liegend unsere alkoholfreien Kai-Pirinha, die uns der Kellner nach draußen gebracht hatte.

Jeweils vier dieser Körbe, in die wir zu zweit mühelos passten, standen auf beiden Seiten des Außeneingangs zur Bar aufgereiht am Heck. Nur ein weiterer am anderen Ende war besetzt. Da man in ihnen wie in einer aufgeklappten Muschel lag, erreichte einen der Wind nicht.

Auf der weichen Unterlage lungerten wir umgeben von einer Kissenburg Schulter an Schulter mit angezogenen Beinen.

Anstatt einer metallenen Balustrade, wie überall sonst, schützte hier eine Plexiglasscheibe über die gesamte Breite des Schiffes die sich gelegentlich hierher verirrenden Passagiere. Raviolidosendicke, den griechischen Säulen nachempfundene Holzpfosten trugen das Dach.

Uns ließ das Glas sogar liegend auf das Meer und den Horizont blicken, und nur wenn man sich darauf konzentrierte, sah man, dass sich die Athene endlos langsam und leicht zu beiden Seiten neigte. Fühlen konnte man es nicht. Wie auf Schienen.

Möwen stürzten hin und wieder gen Meer und drehten ab, manche flogen beharrlich eine Weile hinter dem Schiff her, als erwarteten sie Futter von uns oder eine Erklärung.

«Ich verstehe nicht, dass wir hier so gut wie alleine sind», sagte ich.

«Sollen wir hoch, auf Deck 12, da ist mehr los …»

«Nein, nein, ich meine nur, es ist so schön hier, warum sind hier nicht mehr Leute, ich wundere mich nur.» Ich nahm mein Cap ab und legte es zur Seite.

«Stimmt.»

«Ich könnte hier einpennen», sagte ich.

«'tschuldigung, dass ich so langweilig bin.»

«Quatsch …»

«Ich gesell mich zu denen da oben, dann kannst du hier in Ruhe dein Nickerchen machen.»

Sie tat so, als wollte sie sich aufrappeln.

«Hör auf», sagte ich und wünschte, die Klappe gehalten zu haben. Bei dem Gedanken, unser Moment in dem Muschelkorb wäre vorbei, verwandelte sich die Plexiglasscheibe in eine selten kitschige Notlösung, schmeckte der Kai-Pirinha zu warm und nervte das Flattern der Fahne.

Ich zupfte an ihrem Shirt, sie stellte ihren Drink auf ein Tischchen neben dem Korb und ließ sich zurückfallen.

Durch die Erschütterung klimperten die Eiswürfel in meinem, und ich stellte ihn auf den Holzboden.

«Bin ich nicht der ödeste Mensch mit den langweiligsten Geschichten und dem Humor eines Bestattungsunternehmers?», fragte sie.

Wie kam sie auf den Vergleich? Ausgerechnet Bestattungsunternehmer. Oder waren mir diese Worte bis vor ein paar Tagen nur einfach nicht aufgefallen?

Unsere Schultern berührten sich wieder.

«Ist es okay, wenn ich ein Foto von uns mache?», fragte sie.

«Klar.»

Wir zwei nebeneinanderliegend, das war so was wie ein Vor-Freundschaftsring.

Sie zog ihr iPhone aus der bunten Tasche und drehte es flink mit ihren schmalen Fingern. «Titel: Ich mit Typpes, kurz bevor er neben mir einknackte.»

Der Blitz flackerte in unser Gelächter. Gleich danach schauten wir das Foto an, und unsere Münder, vor Lachen unnatürlich weit aufgesperrt, sahen riesig aus, weil die Kameralinse sie leicht verzerrte.

Sie meinte: «Oh Mann, wenn ich da einen Comic-Effekt drüberlaufen lasse, sehen wir aus wie die gescheiterten Schauspieler beim Online-Casting um die Hauptrolle in *Trolle 4*.»

Ich konnte mich gar nicht mehr einkriegen, weil es einfach lächerlich und übertrieben war und weil es überzogen und verrückt aussehen musste, sie und ich, sie so witzig und gut aussehend, und ich musste mich noch nicht einmal anstrengen, damit ich es nicht war, der sie langweilte, auf einem Kreuzfahrtschiff auf dem Mittelmeer mit Kai-Pirinha und der Asche meines verdammten Vaters.

Nur wegen ihm war ich hier, ihm hatte ich das zu verdanken, seiner Asche, seinem Tod, das störte, und ich kriegte mich wieder ein, wischte mir die Tränen aus den Augen.

«Wow», sagte sie. «Ich dachte schon, ich müsste den Bordarzt verständigen. Meinst du, ich kann daraus eine Karriere basteln? Leute zum Lachen zu bringen?»

«Ja.»

«Hatte ich bis eben noch nie in Erwägung gezogen. Ich werde Komikerin. Stand-up Comedian. Was könnte mein Soloprogramm sein?»

«Erzähl aus deinem Leben.»

«Stimmt allerdings, da gäbe es wirklich was zu erzählen.»

«Schieß los.»

«Ein anderes Mal.»

«Los.»

«Nein.»

«Du hast mich neugierig gemacht.»

«Worauf?», fragte sie leise, denn während des Hin und Hers waren unsere Köpfe immer dichter zusammengerückt.

Ich dachte, wenn ich jetzt versuche, sie zu küssen, und sie wäre negativ überrascht, spränge ich einfach über die Reling acht Stock in die Tiefe und sterbe den theatralischen Tod eines unglücklich Verliebten.

Meine Mundwinkel zuckten bei dem Gedanken. Ihre auch. Ich beugte mich vor, sie wich nicht zurück, sie schloss die Augen, und ich spürte ihren Atem, wir küssten uns und lösten uns, wir staunten einander verwundert an, lächelten, küssten uns, umarmten uns und sanken zurück in unsere Muschelschale.

Platzregen in meinem Kopf.

Mein Vater kriegt ein Staatsbegräbnis, mit Salutschüssen, Überflug einer F-16-Staffel mit bunten Rauchwolken in den Farben der italienischen Fahne und Grabrede vom Papst.

Was dachte ich bloß immer nur für einen Scheiß im falschen Augenblick.

Die Zeit verging, wir schwiegen und küssten uns, während unsere Hände über Rücken und Arme strichen. Unter ihrem Shirt fühlte ich einen Gürtel um ihre Taille, aber ich sagte nichts, genoss den Moment, den ich nicht mit einer blöden Frage zerstören wollte. Dazu das Flattern der Flagge und das Brummen der Schiffsdiesel. Manchmal streifte der Wind über meine Füße, manchmal ihre. Meine Hand fand ihren Po und ihre meinen.

Hätte ich einen Herzklappenfehler gehabt, wäre das spätestens jetzt aufgefallen.

Das Herz schlug weiter, ich überlebte, auch mit der Gewissheit, keinen Schwellkörperfehler zu haben.

Ich musste grinsen.

«Was?», fragte sie.

Meine Lippen waren taub. «Sorry, ich bin nur glücklich.»

Sie lächelte, schüttelte ungläubig den Kopf, um mich im nächsten Moment anzuschauen, als könnte sie meine Gedanken lesen, wenn sie sich nur genug anstrengte.

Wir lagen einander zugedreht, jeder gleichzeitig auf seinem und dem Arm des anderen, während unsere freien Hände über die Oberarme wanderten. Es gab nichts mehr zu sagen.

Schritte. Ein älteres Ehepaar flanierte vorbei, aus den Augenwinkeln sahen wir sie lächeln, und sie hakte sich fester bei ihm ein. Wir verströmten das Glück der Glücklichen. Die Sonnenseite meines Lebens fand ich bei Nacht auf dem Heck eines Schiffes.

Elizabeth flüsterte: «Du, ich küss normal nicht so schnell jeden Jungen.»

«Ich küss normal auch nicht so schnell jeden Jungen», sagte ich.

Sie klapste mir auf den Hintern. Es knisterte, und sie sagte: «Was haben wir denn hier?»

Bevor ich wusste, was sie da tat, hatte sie den Brief herausgezogen, faltete ihn auseinander.

«Ein Liebesbrief?», fragte sie, im Scherz.

Dennoch brauchte sie das nicht zu wissen. «Gib her!»

«Oh, Volltreffer!» Sie setzte sich auf.

Als ich aufspringen wollte, ließ sie ihren Rücken auf mich sinken, damit ich nicht so schnell hochkam, und streckte ihre Arme mit dem Brief aus, sodass ich ihn nicht erreichen konnte. Das Papier knickte im Wind ein.

«Nein!», sagte ich. «Elizabeth. Man liest nicht …»

«Wie heißt sie denn?»

«Eli… nicht!»

«Ts, ts, ts, auf dem Schiff die Mädels abschlecken, und zu Hause wartet die Liebe am Herd.»

«E…»

Das Papier flatterte zwischen ihren Händen im Wind.

«Du bist mir ein schöner Matrose», sie lachte. «In jedem Hafen eine Braut. Heißt das nicht so?»

Ich versuchte es ruhiger. «Komm, ist gut, gib ihn mir wieder.»

Wir rangen miteinander in der Muschel. Ich bekam ihren rechten Arm zu fassen, zerrte an ihm, es machte zupp, und wie aus der Hand geschossen riss der Wind den Brief mit sich. Ich schmiss sie von mir runter, sprang hoch und stand mit einem Satz an der Reling.

Das Meer, der Himmel, eine gähnende Dunkelheit. Trotzdem gab ich die Suche nicht auf, den peitschenden Wind im Rücken bückte ich mich, prüfte jede Ritze zwischen den anderen Körben, ob sich der Brief darin womöglich verfangen hatte, hörte Elizabeth hinter mir meinen Namen sagen, immer ernster, leiser. Auch an der windabgewandten Seite klebte der Brief nirgends, nicht an dem letzten Holzpfosten, nicht an der Reling, nicht auf dem hölzernen Boden der Promenade. Ich stützte mich ab und bohrte meinen Blick vergeblich in das Dunkel. Mein Shirt schlackerte an meinem Körper. Ich fröstelte. Gänsehaut. Ihre Hand kurz darauf auf meinem Arm, ich zog ihn zurück.

«Jörn», sagte sie neben mir und schaute mich zweifelnd an.

Mir war schlecht. Die Worte meines Vaters. Verschwunden. Sein letzter Wille. Geschändet. Unwiderruflich. Unerfüllbar. Ihre Schuld. Wie konnte sie nur? Etwas höhlte meinen Magen aus. Was hatte er mir sagen wollen? Welchen Teil von ihm würde ich nun nie mehr kennenlernen? Welchen Teil von mir? Wie konnte sie mir das antun? Ich knirschte mit den Zähnen, um sie nicht anzuschreien. Mit der Hand schlug ich auf die Reling.

Aber war es nicht meine Schuld? So etwas Wichtiges

den ganzen Tag mit mir herumzutragen? Hatte ich mir vielleicht sogar unbewusst gewünscht, dass mir der Brief verloren gehen oder geklaut werden würde? Zumindest schien es, als interessierte es mich nicht, was in dem Brief gestanden hätte. Und er? Mein Vater? Er hätte es mir ja auch einfach sagen können, irgendwann, wegen mir am Telefon.

Genau, es sollte mir egal sein, schließlich hatte er nie mit mir gesprochen. Warum regte ich mich überhaupt auf? Sie schuld, ich schuld – er war schuld!

«Entschuldigung», sagte Elizabeth.

«Vergiss es», hörte ich mich sagen. Eher ein Krächzen.

Ich umkrampfte das Geländer, als wollte ich Saft aus dem Stahl pressen.

Sie beugte sich vor, um mir besser ins Gesicht schauen zu können, wobei sie den Kopf zur Seite legte und ihre langen Haare wie lodernde Flammen in die Dunkelheit züngelten.

«Von wem war er?»

«Egal.»

«Jörn. Was war das für ein Brief?»

Ich räusperte mich. «Was macht das schon. Er ist weg.»

«Komm, lass uns reingehen und den Kellner nach einem Blatt Papier fragen, und du kannst alles aufschreiben, woran du dich noch erinnerst.»

Wieder griff sie nach meinem Handgelenk, diesmal zog ich nicht zurück, doch ich bewegte mich auch nicht.

«Nein. Ich weiß es nicht, ich weiß nicht, was drinstand. Ich weiß es nicht.»

«Du hast ihn doch schon gelesen, oder?»

«Nein.»

Ihre Stimme überschlug sich. «Nicht? Du hattest ihn noch nicht gelesen? Den Brief?»

«Nein.»

«Von wem war er denn?»

Der Wind rauschte in meinen Ohren. Mir war kalt, ich wankte ein paar Schritte und lehnte mich in den Windschatten an die noch von der Sonne aufgewärmte Stahlwand. Elizabeth folgte mir; sobald sie aus dem Wind trat, legten sich ihre Haare auf ihre Schultern. Sie blieb neben mir stehen, als wollte sie nicht meinen Blick über das unsichtbare Meer kreuzen.

«Von wem war er?», fragte sie wieder und sah mich an.

Sie konnte rein gar nichts dafür. Es war nicht ihre Schuld, dass ich mich so fühlte, das war seine. Was wusste sie schon? Wie hätte sie es wissen können? Nur wenn ich es ihr vorher gesagt hätte. Sie wusste nicht, was mir der Brief bedeutete, ich wusste es nicht mal selbst.

«Jörn, bitte, sag was, ich fühle mich richtig mies, der war wichtig für dich, stimmt's? Das spüre ich. Es tut mir so leid, ich sterbe hier eintausend Tode, los, rede mit mir, ich …»

«Ist kompliziert.»

«Was?»

Wenn ich ihr jetzt erzählte, der war von meinem toten Vater, quasi ein Erbstück, ungelesen, würde sie sich so richtig schlecht fühlen, und das zu Unrecht. Das hatte sie nicht verdient, es war von ihr als Witz gemeint. Vor ein paar Minuten hatte ich die beste Zeit meines Lebens gehabt. Das sollte ich wegen ein paar Zeilen von einem nie da gewesenen Vater zerstören?

Was konnte er darin schon geschrieben haben? Der

Brief gestern hatte auch nicht vor Weisheiten, Einsicht und Bescheidenheit gestrotzt. Was erwartete ich eigentlich? Was erwartete er?

«Jörn, wenn du …»

«Ist nicht so schlimm», sagte ich, und ein Lächeln verunglückte in meinem Gesicht.

«Nicht so schlimm, das sehe ich, das habe ich gesehen, ich möchte wissen, was ich da vergeigt habe.»

«Glaub es mir einfach, vergiss es, es ist nicht so schlimm. Vergessen und vergeben.»

«Vergeben? Du vergibst mir? Sünden vergibt man!»

«Nur ein Spruch.»

«Was war das für ein Brief?»

«Nicht wichtig.»

«Das ist nicht fair», sagte sie und verschränkte die Arme.

«Wieso? Du wolltest mir eben auch nichts aus deinem Leben erzählen.»

«Was hat das denn mit …?»

«So hat jeder von uns sein Geheimnis. Eins zu eins. Und du hast damit angefangen.»

«Einfach so, oder wie?»

«Ja. Erzähl mir deine große Geschichte, und ich erzähl dir meine.»

«Meine würdest du nicht glauben.»

«Na, da hast du mich jetzt auch nicht weniger neugierig gemacht. Unentschieden, easy.»

«Easy sah das vorhin nicht aus bei dir.»

«Haben wir eben jeder ein Geheimnis.»

«Das geht ja gut los.»

SEETAG

Das Meer ist der Spiegel unserer Seele

Elizabeth Mann Borgese

Lieber Jörn,
nachdem du im gestrigen Brief alles über Frauen erfahren hast, was du wissen musst, …

«Was?», entfuhr es mir laut, und ich schaute mich um, aber niemand hatte mich bemerkt, den jugendlichen Einzelgänger auf Deck 14, Steuerbord. Die meisten Passagiere genossen bereits die wärmenden Strahlen der frühen Vormittagssonne oder lasen in Büchern und eReadern. Kaum jemand unterhielt sich, nur von Backbord drang das Genörgel einer dauergewellten Mittfünfzigerin herüber, die auf ihren Mann einknöterte, der auf der Liege neben ihr lag und den Eindruck vermittelte, er wäre frisch aus dem OP-Saal an jene Stelle gerollt worden und würde seine Lobotomie auskurieren, beide Handrücken schlaff auf dem Boden.

Für alle anderen herrschte eine geradezu sonntägliche Ruhe. Entweder waren sie müde, weil sie sich soeben am Frühstücksbuffet die Bäuche vollgeschlagen hatten, oder sie hatten schlichtweg einen Hangover vom gestrigen All-inklusive-Alk. Bei nicht wenigen vermutete ich beides.

Da ich in der Nacht noch lange wachgelegen und den

Geräuschen der Motoren gelauscht hatte, hatte ich das Youthclub-Frühstück verschlafen und mich erst mal mit einem Schinken-Baguette auf das Oberdeck verzogen, ohne Elizabeth und die anderen zu suchen. Heute wollte ich nichts mit dem Brief riskieren, er stand am Anfang des Tages.

Ich las den Satz abermals, langsamer, vielleicht war ich noch nicht ganz wach, schließlich handelte es sich gerademal um meinen ersten Kaffee, der in meiner rechten Hand dampfte.

... nachdem du in dem gestrigen Brief alles über Frauen erfahren hast, was du wissen musst, ...

Das hatte ich nicht. Elizabeth hatte ihn dem Wind und dem Meer geschenkt.

Sollte jener gestrige Brief doch einen größeren Verlust darstellen als zunächst angenommen? Jetzt hätte ich doch zu gerne gewusst, was mein Vater zu dem Thema zu sagen gehabt hatte. Falsch wäre es ja nicht, fand ich, ein paar Erfahrungen austauschen, dann muss nicht jede Männergeneration die gleichen Fehler machen. Offenbar hatte ich gestern diesen Schlüssel zu Liebe und zwischenmenschlichen Beziehungen die ganze Zeit in meiner Hosentasche herumgetragen. Bis ich zuschauen musste, wie er vor meinen Augen in der Bedeutungslosigkeit verschwand. Dank Elizabeth Hotzenplotz ... und wieder unterbrach ich meine eigenen Gedanken: Nicht sie war schuld. Er!

Das hatte sich dieser Rocco so vorgestellt: Ich schreibe meinem Sohn ein paar Briefe, dann weiß er alles. Dass Briefe verloren gehen können, war ihm nicht in den Sinn gekommen.

Okay, was geschehen ist, ist geschehen. Was hatte er mir heute mitzuteilen?

Nur eins noch zu dem Thema: Gay ist okay.

Ach nein, so was, wer hätte das gedacht? Ich bin doch keine zwölf mehr! Was denkt der denn?

Ich weiß ja nicht, wie das bei dir ist. Du sollst das nur nicht missverstehen.

Hervorragend. Er lässt sich aus über Mädels, und alles, was bei mir ankommt, ist: Gay ist okay. Ganz groß.

Und über Martina weißt du nun auch Bescheid.

Nein, weiß ich nicht, aber ich kann es mir denken, und deine Liebesaffären interessieren mich nicht.

Ich habe mich auch gefragt, inwieweit dich meine Vergangenheit interessiert.

Schon.

Ich wurde in Viaggio geboren, bei Rom. Wenn du diesen Brief liest, wirst du den Ort ja bald kennenlernen. Mit neun Jahren sind wir nach Deutschland gezogen. Ich musste die Sprache lernen.

Hauptschule, Lehre abgebrochen, dann habe ich angefangen zu kellnern.

Was für eine Lehre?

Meine erste Gitarre bekam ich von meinen Eltern geschenkt nach unserem Umzug. 1994 gingen meine Eltern zurück nach Italien. 2008 starb mein Vater, Paulo, ein Jahr später meine Mutter, Valentina.

Meine Großeltern.

Ich arbeitete in Cafés und Bars, trat aber auch als Musiker auf mit eigenen Songs und Coverversionen. Im Winter 1995–96 lernte ich so deine Mutter kennen. Kurze Zeit später warst du unterwegs, ungeplant, aber ein Kind der Liebe.

Schleimer.

Ich nehme an, sie hat dir erzählt, warum es mit uns nicht geklappt hat.

Nein. Hat sie nicht.

Sie hat mit Sicherheit kein gutes Haar an mir gelassen.

Das stimmt, aber warum?

1997 hatte ich meinen ersten Gig auf See. Es folgte einer nach dem anderen, auf allen möglichen Kreuzfahrtschiffen, auf allen Meeren der Welt, fünfzehn Jahre bin ich zur See gefahren.

Warum hat es bei euch nicht geklappt?

Lebenslänglich sozusagen. Ich habe es geliebt. Jeden Tag.

Warum habt ihr euch getrennt?

Ich hoffe, du hast eine gute Zeit auf der Athene. *Genieße sie. Man ist nur einmal jung.*

Rocco

Warum, wollte ich rufen, warum schreibst du mir nicht einfach, warum ihr euch getrennt habt?

Mein Blick klebte auf dem Brief. Geschrieben mit einem Kugelschreiber. Seine Handschrift nahm die Zeilen auf ihrer gesamten Höhe ein, dennoch waren sie an der Grenze des lesbaren. Eher eckig, die Schleifen unter Buchstaben wie dem kleinen G formten oft Dreiecke, die sich mit den Buchstaben darunter verhakten wie Seemannsknoten. Platz ließ er weder links noch rechts auf dem Blatt. Es gab Spezialisten, die Handschriften analysierten. Was sagte seine aus über ihn?

Ich faltete den Brief zweimal öfter als notwendig und steckte ihn vorne in die Hosentasche. Meine Hand ließ ich gleich dort und begrub die andere ebenfalls tief in der Jeans.

Die Wellen des Meeres schienen von hier oben unwesentlich höher als die auf unserem See bei leichtem Wind. Manchmal zauberte eine Böe einen Regenbogen in die weggewehte Gischt neben dem Bug.

Schiffe gab es keine zu sehen, auch keine Wolken, blau leuchtete der Himmel, und warm brannte die Sonne in meinem Nacken.

Da hätte ich gerne mal deinen Arm gespürt.

Ich hob ab und flog auf meinem Skateboard über die gut fünfzig Meter breite Erdspalte. Schroff fielen die Felsen ab in die Tiefe. Das Board klebte unter meinen Füßen, und bunte Bonusballons explodierten um mich herum. Hart setzte ich wieder auf. Ein Junge hinter mir jubelte mir zu. Skateflight hatte ich schon seit der ersten Version für die Playsi gezockt. Von mir konnte er etwas lernen.

Ballerspiele gab es nicht im Angebot der Konsolenecke, das fand ich etwas lahm, Skateflight war das Nächstbeste. Ich umkurvte die entgegenkommenden Autos und Lastwagen wie Slalomstangen, bling, wieder ein Extraleben.

Auch die anderen Stationen links und rechts von mir waren besetzt, allerdings war ich der Älteste. Aber das war mir im Augenblick egal, das Abreagieren tat gut. Im Moment hatte ich das Gefühl, jeder Brief würde mehr Fragen aufwerfen als Antworten geben.

Ich nutzte die Rampe des stehenden Autotransporters als Absprungschanze, performte in der Luft eine Rolle rückwärts, noch mal 500 Punkte.

«Jörn?»

Elizabeths Stimme hinter mir. Ich suchte ihre Reflexion auf dem Flachbildschirm, und dieser eine unkonzentrierte Augenblick reichte, um beim Aufsetzen die Asphaltwalze zu übersehen, schnirks, platt. Ich gab dem Kleinen die Konsole. «Ab jetzt ist er dir, Chef.»

«Echt? Wow. Danke … da war ich noch nie …» Seine Finger zitterten schon.

«Was machst du denn da?», fragte Elizabeth.

Ihr beigefarbener Rock endete über den Knien. An jedem anderen Mädel sähe der altbacken aus, bei ihr nicht. Darüber trug sie ein weißes schulterfreies Shirt. Und ihre bunte Lieblingstasche.

«Du hast richtig gesehen, ich habe gezockt.»

«Du bist auf einem Schiff, auf dem Mittelmeer, draußen scheint die Sonne, und du spielst Playsi?»

«Macht Spaß.»

«Wie oft zockst du sonst so?»

«Keine Ahnung, zu wenig, hehehe.»

«Eher nicht, das ist doch wie tot sein.»

«Was?»

«Zocken.»

«Wie, tot?»

«Zocken ist, als würde man für sich selbst die Zeit anhalten, das Leben geht weiter, aber man verpasst es, wie unter Drogen. Kennst du doch … von deinem *Breaking Bad*», sie zeigte auf mein Cap.

«Na ja, Drogen oder Zocken ist schon …»

«Du wirst bestimmt nicht irgendwann mal auf deinem Sterbebett liegen und sagen: Hätte ich bloß mehr Playsi gezockt.»

«Woher hast du das? Aus deinem Internat?»

«Nee, aus meinem Verstand.»

«Außerdem lebe ich noch!»

«Ja, jetzt wieder, wo du aufgehört hast.»

«Eieiei.» Ich sah schon, damit konnte ich bei ihr nicht punkten.

Die Teilnehmer des Youthclubs tröpfelten aus der Türe, die Julia als Letzte hinter sich zumachte. Elizabeth und ich standen voreinander, als würden wir uns gerade kennenlernen. Weder sie noch ich war heiß darauf, den anderen den Gefallen zu tun, eine innige Willkommensshow abzuziehen, und so gerieten wir reservierter, als wir uns fühlten.

Die anderen nickten uns zu, Lan rollte mit den Augen.

Irgendwie wussten sie von uns, da war ich mir sicher. Nachdem wir uns in Barcelona abgesetzt hatten, brutzelte es in der Gerüchteküche, wir waren ständiges Thema. Es konnte auch sein, dass uns jemand auf dem Schiff gesehen hatte.

Julia strahlte mich an. «Hi Jörn, wir wollen in den Pool. Eine Runde Wasserball. Kommst du mit?»

Der Kleine an der Playsi fluchte laut: «Och, schschschmmmmmanno.»

«Jetzt?»

«Ja, wir treffen uns dort. Es gehen sich alle nur schnell umziehen.»

«Wasserball klingt gut.»

«Prima, bis gleich.»

Sie ging weiter, die anderen im Schlepptau, während Elizabeth vor mir stehen blieb, als würde sie immer noch auf eine Antwort warten. Stattdessen flüsterte sie: «Bist du noch sauer wegen gestern.»

«Wegen was?»

«Dem Brief.»

Weltmännisch winkte ich ab. «Pah, hab ich doch schon längst vergessen.»

Sie lächelte mich an und zwitscherte: «Ich glaub dir kein Wort.»

Der Kleine schrie: «Scheiße-Scheiße-Scheiße!»

Wir schauten den Gang runter, Lan warf einen Blick über die Schulter und drehte sich rasch wieder um.

«Den Gefallen tun wir dir nicht», sagte Elizabeth leise. «Oder?»

«Nein.»

Von wegen uns beim Knutschen erwischen.

Der Kleine stöhnte laut auf, er hatte sein Leben an einem Laternenpfahl gelassen.

«Die haben mich vielleicht angeguckt beim Frühstück», sagte Elizabeth.

«Wie?»

«Als wäre ich eine … Steuerbordsteinschwalbe.»

«Muhaha, die sind nur neidisch.»

Ich spürte, wie sehr ich mich von ihr angezogen fühlte. Ich schwankte beinahe nach vorne.

«Ist was?», fragte sie.

«Ist die Elizabethanziehungskraft.»

Sie lachte. «Lass uns unsere Sachen holen und am Pool treffen.»

Unsere Finger fanden sich auf dem Weg zum Fahrstuhl, wo es für sie dann nach oben ging und für mich nach unten.

Der Pool war tatsächlich nur für uns reserviert, eine Stunde lang. Ein Netz spannte sich mittig über das Becken und teilte es in zwei Hälften. Fünf spielten gegen fünf, jedes Team auf einer Seite, Julia machte mit, und irgendwie hatte sie es geschafft, dass Elizabeth und ich nicht zusammen in einer Mannschaft waren.

Nicht nur Elizabeth machte eine gute Figur im Wasser, das stärker chloriert war als in unserem Hallenbad, sondern auch Lan – was abzusehen war – und Julia, die sich als Sportstudentin im achten Semester bis in die letzte Muskelfaser durchtrainiert präsentierte. Gerade wenn sie sich nach einem Ball reckte, setzte bei einigen Zuschauern sicherlich der Herzschrittmacher aus.

Man konnte es keinem verdenken, schließlich befand sich der Pool im Zentrum von Deck 12 und war somit von allen Seiten und Promenaden der Decks 12 bis 14 einsehbar. Ich schätzte unser Publikum locker auf eintausend Leute, hauptsächlich Männer, manche mit dem Anstand, wenigstens so zu tun, als würden sie lesen oder auf ihren Liegen schlafen. Es war auch auffallend still, so beschäftigt waren die Gehirne mit der Phantasie ihrer Eigentümer – selbst leichte Konversation schien nicht mehr drin zu sein. Die Mädels schwammen und sprangen halbnackt auf dem Präsentierteller herum. Und ich mittendrin.

Ich musste allerdings zugeben, dass wir Jungs in der ersten halben Stunde jede Menge Bälle verhauen hatten, weil wir uns auf unsere peripheren Sehkräfte konzentrierten anstatt auf den Sieg. Zum Glück befanden sich auf beiden Seiten drei Jungs, sodass das Spiel spannend blieb, bis wir uns an den Anblick gewöhnt hatten – wenn man das überhaupt so nennen konnte.

Wir pritschten den Ball, wir schlugen und köpften ihn über das Netz, eigentlich war alles erlaubt, außer ihn zu fangen und zu werfen. Wir lachten eine Menge und drückten uns Sprüche rein. Wir feuerten uns an und klatschten uns ab bei einem gelungenen Spielzug und entwickelten von Satz zu Satz Jubelarien und Winner-Moves, die fortlaufend weiter ausgefeilt wurden.

Meine Mannschaft mit Julia verlor mit zwei zu drei Sätzen. Ich war mir sicher, mit Elizabeth hätten wir gewonnen, denn ich hätte weniger an sie denken und aus den Augenwinkeln anschauen müssen. Ich spürte meine Wunde im Nacken, ließ mir aber nichts anmerken.

Nach dem Abpfiff guckten wir uns alle außer Atem an, mit roten Köpfen, meine Arme und Beine wie Pudding. Julia ließ sich den Ball zuwerfen und verkündete, dass wir uns später beim Mittagessen wieder treffen könnten, bekannter Tisch.

Elizabeth kraulte unter dem Netz durch und stoppte vor Julia, um ihr Bescheid zu geben, dass sie nicht mitessen würde, weil sie heute mit ihren Eltern im Hesperidon, einem der Edelrestaurants, speiste. Ich winkte auch ab, ich hatte von dem Chicken-Wing Special im Phönix-Grill gelesen. Das konnte ich mir nicht entgehen lassen.

Die anderen stiegen aus dem Wasser, außer Enno, die Brustwarze, er zögerte, aber wir gaben ihm mit Blicken zu verstehen, dass er alles andere als willkommen war, und so verabschiedete er sich auch. Nacheinander schnappten sie sich die Handtücher von dem bereitgestellten Wagen.

«Hey», Elizabeth stupste mich mit ihren Fingern seitlich in die Rippen.

«Auuua, was soll das?»

«Du hast ihr auf den Hintern geguckt.»

«Wem?»

«Julia! Tu nicht so», sagte sie.

«Deiner war ja nicht da.»

Unter Wasser griffen wir unsere Hände und lehnten uns mit den Rücken an den Beckenrand.

«Wo sollte ich denn hingucken?», fragte ich.

«Mir in die Augen.»

«Dann schmelze ich.»

«Schleimer!»

«Das ist immer so eine Sauerei im Pool.»

Von den Seiten kletterten ältere Damen und Herren die Stufen herab in das Becken, ihr Parfüm so beißend wie eine Senfgaswolke.

«Komm, schmelz, schmelz, schmelz», sagte sie mit ihrer nassen Nasenspitze an meiner, sodass ich keine Chance hatte, woanders hinzuschauen als in ihre Augen.

Als würde ich schmelzen, ließ ich mich unter Wasser sinken, wo ich durch das brennende Chlor ihren phantastischen Körper in dem sportlichen Einteiler betrachtete, bis sie ebenfalls tauchte, wobei ihre langen Haare wie Algen im Wasser schwebten.

Sie stützte die Hände in die Hüfte und tat empört. Ich zuckte mit den Schultern und hob übertrieben die Arme. Glucksen in den Ohren, Druck im Kopf. So bewegten wir uns aufeinander zu, rieben die Nasen aneinander wie die Inuit und küssten uns, während uns die Luftblasen aus den Mündern blubberten. Prustend schossen wir aus dem Wasser und schüttelten die Köpfe. Das hätte ich bei ihr gern in Zeitlupe gesehen.

Sobald das Wasser aus den Ohren gelaufen war, hörten wir unser Gelächter, das Schiff und die anderen Menschen, die sich mittlerweile in den Pool dazugesellt hatten. Der Bademeister zog das Netz aus dem Wasser.

Wir konnten uns gerade noch beherrschen, nicht hier vor allen Leuten loszuknutschen.

«Schön, dich wieder so gut gelaunt zu sehen», sagte sie.

«Wasserball war der Knaller.»

«Find ich auch. Mach ich bei jeder Kreuzfahrt mit.»

«War mein erstes Mal.»

«Echt?»

«Ja. Bin nicht so häufig auf Kreuzfahrt.»

«Dann wirst du bestimmt noch andere Dinge zum ersten Mal tun, die du sonst noch nie gemacht hast.»

«Stimmt», ich überlegte, suchte nach einem Beispiel, aber ich müsste mir erst noch einmal das Programmheft anschauen.

Elizabeth strich sich die Haare mit beiden Händen nach hinten. «Na ja, Wasserball kann man aber auch zu Hause spielen, im Freibad oder Hallenbad.»

«Nicht mal so eben. Man braucht Platz, ein Netz und die richtigen Leute.»

«Wer weiß, vielleicht machen wir das ja noch mal hier.»

«Ich wäre sofort dabei.»

«Fragen wir Julia später.»

Ich schaute mich um, irgendwie hatte jeder gute Laune, die Reisenden, die Angestellten, das Wetter, sogar ich, schon zwei Tage in Folge.

«Perfekt, mit dir im Pool, fehlt nur noch, dass mir einer Weintrauben reicht», sagte ich.

«Leben wie die Römer? Kennst dich ja aus! Hast du das Latinum auf deiner Realschule gemacht?»

«Nee, hab früher immer Asterix und Obelix gelesen, die alten Comics von Andreas, unserem Nachbarn.»

Sie lachte. «Du und Weintrauben!»

«Und du isst mit deinen Eltern Mittag?»

«Ja, Fünf-Gänge-Menü mit Hummer.»

«Oh.»

«Oder so», schwächte sie ihren Ausrutscher in die Angeberei ab.

«Hmh.»

«Hast du Zeit nachher?», fragte sie.

«Wann?»

«Um vier. Da gibt es Basketball, spielst du?»

«Klar.»

«Super. Ich geh jetzt raus. Kommst du mit?»

«Ich bleibe noch ein bisschen im Wasser.» Bis du weg bist und mein Körper sich wieder entspannt hat.

Sie gab mir einen flüchtigen Kuss auf die Wange. «Bis nachher dann.»

Ich schaute ihr nach, ihrem Hintern, und sie wusste das, und ich wusste, dass sie das wusste. Die Augen der Mitschwimmer hafteten auf mir, dem Glückspilz. Neben mir röchelte der verstopfte Poolfilter schlürfend um Hilfe. Eine Serviette verdeckte den Gitterrost, ich legte das nasse Tuch auf den Beckenrand.

In dem Moment tropfte es von oben auf mich herab. Regnete es aus heiterem Himmel? Nein. Das Wasser tropfte aus Elizabeths Haaren, die mich verschmitzt angrinste.

Ich blinzelte hoch, weil die Sonne hinter ihr blendete.

Wassertropfen landeten überall in meinem Gesicht. Es war, als würde das Leben auf mich herabregnen.

«Hast du was vergessen?», hörte ich mich fragen, bekam aber keine Antwort.

Sie kniete sich auf die Kacheln, beugte sich zu mir herunter und lehnte sich vor zu einem Kuss, und ich dachte, wenn das mal nicht das Süßeste ist, was mir je passiert war. Und dann küssten wir uns, und ich nahm an, es wäre ein einfacher weiterer Abschiedskuss, doch sie öffnete ihre Lippen und schob mir mit ihrer Zunge eine Weintraube in den Mund, die sie in ihrem versteckt hatte.

Verblüfft biss ich auf die Frucht, süß spritzte es in meine Wangen.

Und sie fragte: «Schmecken die so gut, wie sie aussahen?»

«Besser.»

«Perfekt?»

«Mh-mmh!»

Was für ein Girl.

Sie winkte diesmal mit einer Hand, und ich schaute ihr nach und schluckte die Weintraube herunter. Wäre ich an ihr erstickt, hätte niemand um mich trauern müssen.

Ich schätzte, es würde eine halbe Stunde dauern, bis ich auch nur daran denken konnte, eventuell das Becken zu verlassen, ohne einen größeren Tumult zu verursachen.

Vor dem Becken baute sich eine durchtrainierte Athene-Angestellte auf und klatschte über ihrem Kopf mit ausgestreckten Armen dreimal in die Hände. Alle im Wasser drehten sich in ihre Richtung, Gespräche verstummten.

«Willkommen zu Fit-for-Fifty, dem Fitnessprogramm für alle Junggebliebenen und die, die es wieder werden wollen.»

Fifty, dachte ich, hier ist niemand fünfzig, eher das Doppelte. Am liebsten wäre ich sofort aus dem Becken gesprungen, erfüllte allerdings im Hüftbereich noch nicht alle Voraussetzungen.

«Als Erstes heben wir die Arme aus dem Wasser», sie streckte ihre makellos braun gebrannten Arme in die Waagerechte.

Um mich herum taten es ihr die Rentner und Rentnerinnen nach.

Ein Mann neben mir stach mir beinahe in die Wange mit seinen Gichtpranken.

Ich wollte mich gerade abwenden, da hörte ich die Trainerin: «Hey, mitmachen! Alle im Wasser müssen mitmachen, ob jung oder spätjung, oder das Becken verlassen», und dabei trug sie ihr schönstes Service-Lächeln zur Schau.

Raus konnte ich nicht und erklären auch nichts, ich war gefangen zwischen Gerontosauriern und dem Animationsprogramm der Athene.

«Na!», machte sie.

Ich spreizte zögerlich und verunglückt grinsend meine Arme ab.

«Prima», sagte sie künstlich begeistert. «Man kann nie früh genug anfangen.»

Meine Augen kreisten über das Deck. Hoffentlich sah mich niemand vom Youthclub.

«Und jetzt, liebe Damen und Herren, jetzt geht es los und laufen-laufen-laufen … ja, schön die Knie hoch, sooo, ja, laufen-laufen, das ist gut für die Beine und die Pomuskeln, ja-ha, und laufen-laufen-laufen …»

Mit abgespreizten Armen liefen wir auf der Stelle, das Wasser brodelte geradezu.

Wenn jemand aus dem Youthclub mich hier so sehen sollte, würde ich einfach untertauchen, wenn nötig, bis mir die Luft ausging.

Der verlängerte Aufenthalt im Pool bescherte mir die Idee zum nächsten ersten Mal. Ein Rentnerehepaar neben mir sprach laut davon, wie schön die Sauna auf der Athene wäre. Und gesaunt hatte ich noch nie. Neues ausprobieren, Elizabeth hatte recht. Wenn nicht hier, wann dann?

Nachdem ich zwanzig scharfe Chicken-Wings verputzt und mich danach umgezogen hatte, schlurfte ich standesgemäß in Bademantel und weißen Stoffschlappen durch das Schiff. Eine Aura königlicher Erhabenheit umgab mich, so gekleidet musste man einfach Höherem entgegenstreben.

Saunen stand für mich stellvertretend für den Gipfel des Nichtstuns, die Königin der luxuriösen Tatenlosigkeit und Zeitverschwendung, erfunden von frierenden Finnen, während einem ihrer apokalyptisch dunklen Winter, trostlos betrunken den Frühling herbeisehnend.

Eine nette junge Frau an der Rezeption des Wellnessbereichs erklärte mir die Regeln und die Verhaltensweisen beim Saunen. Schritt für Schritt zählte sie mit ihren lackierten Nosferatufingernägeln vor mir ab: «Also als Erstes gut duschen vorher …»

«Ich komme grade aus dem Pool.»

«Duschen.»

«Okay.»

«Drei Saunagänge à fünfzehn Minuten, als Anfänger nimm mal die Sechzig-Grad-Sauna, und Handtuch mitnehmen zum Draufsetzen, danach warm-kalte Wechseldusche, das ist gut für den Kreislauf, und, wichtig, immer an den äußeren Extremitäten anfangen, Füße, Hände, und von dort langsam zum Herzen hin mit dem Schlauch, die Eiswanne ist nur für Profis, die wissen, was sie tun, dann eine halbe Stunde in den Ruheraum, relaxen.»

Klang ganz nach mir.

Auf meiner Suche nach der Sechzig-Grad-Sauna setzte ich ein möglichst entspanntes Gesicht auf zwischen all den nackten Greisen. Wie stark musste der Geist sein, wenn der Körper schon so schwach war? Der Wille versetzte Berge und den Zeitpunkt des Ablebens, aber nicht das Verfallsdatum.

Rund um die Eiswanne der Saunaprofis in der Mitte des Saunabereichs, gefüllt mit gummibärchengroßen Eiswürfeln, befanden sich die Duschen und die Schläuche mit dem kalten Wasser. Das sah ich dem schmerzverzerrten Truthahngesicht eines Hundertjährigen an, der vor Anspannung sein Unterkiefergebiss rotieren ließ. Körperlich war er in Topform, also er lebte noch, das bedeutete bei einem Hundertjährigen Topform. Seine Haut spannte sich über sein Gerippe wie eine riesige geplatzte Kaugummiblase. Die braunen Altersflecken überwogen auf seiner blassen Haut, man könnte eher sagen, er besaß einige Jugendflecken; während die letzten spröden Haare so stibbelig vom Schädel abstanden, wie man es ansonsten nur von mumifizierten Schrumpfköpfen in Völkerkundemuseen kennt.

Dennoch war mir unwohl, und ich fröstelte unwillkürlich, als ich den Bademantel neben der Milchglastür der Achtzig-Grad-Sauna – wennschon, dennschon, ich war ja kein Weichei – an einen Haken hängte und meinen Astralkörper entblößte. Nicht, dass ich prüde oder zur Scham erzogen worden war, aber ich konnte mich nicht mit solch einer Selbstverständlichkeit wie die anderen Besucher nackt bewegen. Vielleicht lag es auch an meinem Alter. Zwischen Kindergarten und Seniorenheim entwickelte man eben eine gesunde körperliche Zurückhaltung, gespeist aus Respekt und Bescheidenheit vor denjenigen, mit denen es die Natur weniger gut gemeint hatte. Es war mir ein Rätsel, wie man diese Einstellung wieder verlieren konnte.

In der dunklen Scheibe der Tür stand ich mir selbst gegenüber, gebückt, die Schultern nach vorne gezogen, dem Hundertjährigen nicht unähnlich. Ich richtete mich auf, nahm mein Handtuch und öffnete die Tür.

Bereits als ich sie schloss, fror ich nicht mehr. Der Ofen befand sich direkt neben der Tür und glühte mir seine Hitze entgegen, wohlige Wärme umhüllte meine Haut. Auf den Holzbänken hockten zusammengesunken eine ältere Dame und ein ergrauter Chewbacca mit dem Platz des Anstands zweier Fremden zwischen sich – oder sie mit der Distanz der schieren Angst.

Das Fell des klatschnass geschwitzten Primaten klebte an seinem Körper und zeugte von unserer engen Verwandtschaft mit den baumliebenden Kollegen. Jeder religiöse Fanatiker, der das Alter der Erde auf 3000 Jahre datierte, würde durch die bloße Anwesenheit dieses nackten Halbgorillas zum Erzdarwinisten bekehrt.

Beide schauten friedlich auf ihre Fußspitzen. Also jeder auf die eigenen, sonst wäre er wirklich ein Creep.

Hätte er hier alleine gesessen, ich hätte mich nicht dazugesellt, ich wäre zur Rezeption gegangen, um zu fragen, wo die richtige Tür zu den Saunen wäre, ich hätte die für den Zoo erwischt.

Die Bänke waren stufenartig angelegt, ich setzte mich auf die mittlere der drei, gleich an die Tür. Falls ich vor ihm fliehen musste. Unter mir knackte das Holz bei jedem Schritt. Stille, als ich saß. Der Raum kaum größer als unsere Küche. Ich nahm die Haltung der beiden anderen ein, vielleicht gehörte sich das so. Keine Ahnung.

Ich wartete. Bewegte meine Zehen. Die Nägel könnte ich mir mal wieder schneiden. Ich blickte zu dem Ofen, von dem hin und wieder ein leises Knacken zu vernehmen war.

Woher sollte ich eigentlich wissen, wann fünfzehn Minuten um waren? Ich schaute mich unauffällig um, direkt über mir hing an der Wand eine Art Sanduhr. Aber aufstehen wollte ich jetzt nicht mehr, und mein Arm war zu kurz.

Ich wartete auf den magischen Moment, von dem alle Saunagänger so schwärmen. Im Augenblick kam ich mir vor, als würde ich an einer außer Betrieb genommenen Bushaltestelle im Hochsommer auf den Bus warten. Einfach sinnlos. Da saß ich lieber am Wasser und angelte.

Das hatte ich über Elizabeth total vergessen, ich wollte doch mal einen Haken vom Schiff aus ins Meer werfen. Hochseeangeln. Jörn beim Megadrill.

Endlich quetschten sich die ersten Schweißtropfen durch meine Poren. Immerhin, ein Effekt.

Chewbacca streckte einen Arm aus zu der wehrlosen Frau, doch anstatt sie sich zu greifen und zu fressen, begann er mit der anderen Hand an seinem Arm entlangzustreifen. Ich brauchte eine Weile, bis ich den Sinn dahinter fand, er wischte sich den Schweiß ab. Und abgestoßene Haare.

Es folgte der andere Arm, die Beine, Brust und Bauch. Ich bekam Panik, dass er mich fragen würde, ob ich ihm bei seinem Rücken helfen könnte.

Er fragte nicht, er ging irgendwann, zwei Pärchen um die fünfzig kamen herein, und ich hatte genug geschwitzt beim ersten Saunagang meines Lebens, auch weil mir das Salz in die aufgeweichte Wunde im Nacken biss.

Schnurstracks marschierte ich auf den grauen Schlauch in der Dusche zu und drehte ihn auf. Das Wasser spritzte auf meine Füße, und es fühlte sich an wie ein Flammenwerfer. Vor Kälte! Das Wasser war so kalt, dass es genauso gut hätte heiß sein können.

Der Hundertjährige hatte am gleichen Schlauch gestanden. Einen Regler gab es nicht. Ich hängte den Schlauch wieder an seinen Platz und nahm eine ausgedehnte lauwarme Dusche, schlüpfte in meinen Bademantel und schlurfte mit meinen Schlappen in den Ruheraum. Dort kuschelte mich auf einer Liege vor dem wandbreiten Panoramafenster ein.

Wenn etwas seinen Namen verdiente, dann der Ruheraum. Dies musste der stillste Platz des Schiffes sein. Lediglich die gut isolierte Klimaanlage erinnerte an das schüchterne Summen einer soeben geschlüpften Mücke. Das Atmen der Leute war lauter. Auf der Nachbarliege hatte sich der Hundertjährige aufgebahrt, daneben Kollege Chewbacca. Auf der anderen Seite schlief ein langhaariger Schlunz, der genau in diesem Moment anfing zu schnarchen. Schlaff hielt er ein Buch, seine Finger verdeckten den Titel auf dem schwarzen Umschlag mit der Frau.

«Der liegt hier schon seit heute Morgen», flüsterte der Hundertjährige mir zu.

«Ah», machte ich.

Er widmete sich wieder seinem Zeitungsmagazin.

Das Panoramafenster war gigantisch, beinahe so, als stünde man auf Deck an der Reling, nur ohne Wind. Die Kopflehne meiner Liege ermöglichte mir einen entspannten Blick aufs Meer. Schaute man in die Ferne, gewann man den Eindruck, sich im Penthouse eines Fünfsternehotels am Strand zu befinden.

Noch nie hatte ich ein solches Gefühl gehabt. Mit dem Blick begannen auch die Gedanken zu schweifen, verschwand der Alltag hinter dem Horizont, nahmen die Wellen die Gedanken mit auf ihre Reise.

Dachte man anders in einer luxuriösen Umgebung? Dachte ich schon anders?

Es war jedenfalls nicht mit dem Baggersee zu vergleichen. Hier gab es Weite, Luft zum Atmen, Möglichkeiten, das Meer und der Himmel als Oberfläche, auf die man seine Träume projizieren konnte, bis sie vorstellbar waren, greifbarer wurden. Ich dachte in anderen Dimensionen. Zeit. Aufgehoben im schwerelosen Seetaglimbo, unstrukturiert und nicht an feste Abläufe gebunden. Frei.

Konnte ich verdenken, dass dies meinem Vater gefallen hatte? Jeden Tag ein solches Leben, losgelöst von der Engstirnigkeit verstädterter Landratten, die durch ihre eckigen Straßenschluchten huschten, Termine und Verpflichtungen im Genick anstatt Sonne, Zeit und Müßiggang.

Verantwortungslos. Auch das war es, ja, aber Rocco war Musiker gewesen, das ist doch etwas, was man machen möchte. Hatte er seinen Traum gelebt?

Und war es verantwortungslos, für die Unterhaltung ebenjener zuständig zu sein, die sich diesen Luxus leisten können? Das musste man erst mal hinkriegen, ein solch guter Musiker zu sein.

Die wirkliche Frage war doch: Ist es fair, dass sich diesen Lifestyle nicht jeder wenigstens ein Mal im Leben ermöglichen kann? Sind manche Leben so viel mehr wert als andere? Als meines? Als das meiner Mutter, die nicht mit dabei sein konnte? Mein unbekannter Vater musste sterben, damit ich dies erleben durfte. Ich wäre vermutlich niemals auf einem solchen Kreuzfahrtschiff mitgefahren. In meinem ganzen Leben nicht.

So hatte ich noch nie gedacht. Gut, ich kannte den Vergleich nicht. Man kann sich das vielleicht vorstellen, wie es ist, auf einem Kreuzfahrtschiff mitzufahren, aber hier an diesem Panoramafenster zu liegen, die Haut kribbelig erfrischt von der Sauna und dem kalten Wasser, den weiten Horizont vor Augen, das muss man erlebt haben. Niemals kommt die Vorstellung auch nur nah an die Wirklichkeit heran.

Oder hätte er mich vorher mal mitnehmen können?

Wäre ich gegangen?

Eine Möwe überholte langsam die Athene vor unserem Fenster. Ich richtete mich auf und beobachtete das mühelose Zusammenspiel ihrer Flügel und wie sich ihr Rücken dabei verbog. Wann konnte man einer Möwe im Flug schon mal von oben zuschauen?

Knisternd klappte der Hundertjährige sein Magazin zu. Er und der Haarige flüsterten seit kurzem miteinander. Ich hörte den Alten sagen: «Ich sehe ihn noch genau vor mir, wie er über unsere Hauptstraße schlich. Er trug einen schwarzen Anzug, der ihm an den Armen und Beinen zu kurz und in der Taille zu weit war …»

Ich wollte seine Geschichte nicht hören, ich fühlte mich nach meinem zweiten Saunagang.

Als ich die Sauna betrat, blickte ich zu Boden, als könnte ich barfuß in irgendetwas hineintreten. So richtig wohl fühlte ich mich immer noch nicht, mit fremden Nackten in einem Raum eingepfercht zu sein. Doch die Wärme umschloss meine angeregte Haut, und ich setzte mich in gebührendem Abstand zur nächsten Person. Ich hatte das Handtuch vergessen, egal, zu spät, das nächste Mal.

Ich saß kaum, da rückte diese Person zu mir auf und sprach mich flüsternd an. «Überraschung.»

Elizabeth. Nackt. Haut. Beine. Brüste. Augen. Ihre lächelnden Lippen. Ihre Brü… Augen. Superaugen. Stirn. Tolle Stirn. Die Saunadecke ist aus Holz. Viel Holz. Ich wusste nicht, wo ich hingucken sollte.

«Ah, hi», sagte ich zur gegenüberliegenden Wand.

Auf so eine Situation bereitet einen niemand vor. Ehrlich, ich habe schon viele perverse Träume gehabt, aber meine Phantasie reichte nicht aus, mir vorstellen zu können, mit jemandem wie Elizabeth so was wie zusammen zu sein und sie dann noch beiläufig in der Sauna zu treffen. Ich meine, sind da nicht ein paar Schritte dazwischen: zwischen ein paar Küssen und hemmungsloser Nacktheit, bereit zu allem, was die Natur an niedrigen Trieben zu bieten hat?

Hätte die Dame an der Rezeption ihr nicht sowieso den Zugang zur Sauna verbieten müssen? Tut mir leid, im Moment ist Primatensaunen, Sie dürfen morgen erst wieder rein, dann müssen Alte, Bucklige, Haarige und Picklige draußen bleiben. Diese Rücksicht betrifft ja beide Seiten. Sie müsste nicht diesen Anblick aushalten, während wir uns nicht ganz so von der Natur verarscht vorkommen würden. Neben ihr war ich einer von ihnen, den Benachteiligten. Ein bisschen Taktgefühl, das war doch nicht zu viel verlangt. Das hatte auch mit Menschenwürde zu tun.

«Hey, Jörn, ich hab dich was gefragt?»

«Was?», schoss es aus mir heraus.

«Saunst du das erste Mal?»

«Das erste Mal, eigentlich das zweite Mal, ich war grade im Ruheraum, weißt du, da habe ich geruht, so, chill, pfh, und dann bin ich wieder hier rein, und hier bin ich, das zweite Mal saunen.»

«Du sitzt so zusammengekrümmt.»

«Ich doch nicht!»

Sie lehnte sich mit dem Rücken an die Stufe über uns,

ihre Beine schmiegten sich aneinander, ihr Oberkörper aufrecht, die Arme neben sich auf dem Holz.

Freier Blick v-v-von … ich lenkte meinen Blick auf meine Füße, ihre Oberschenkel, ihre Brüste, meingottwarendieschön.

Ich fixierte wieder meine Füße und richtete mich etwas auf. «So besser?»

Hatte sie meinen Blick bemerkt? Wie konnte sie nicht. Gab ja keine Ablenkung. War ja keine Blaskapelle zu Besuch in der Sauna.

«Tss, du», sagte sie.

«Saunst du oft?»

«Mindestens einmal pro Woche. Ist gut für die Haut.»

«Jahaaaa, das sehe ich, uhm, ist dein Essen schon vorbei mit deinen Eltern?»

«Die hatten plötzlich andere Pläne. Und weil ich dich nirgends gefunden hatte, dachte ich, saune ich eben. Was ein Zufall.»

«Ja-ha-ha.»

Ihre Brustwarzen, dunkel im schummrigen Licht, wohlgeformt auf Brüsten, die für meine Hände gegossen schienen.

Zucken zwischen meinen Beinen. Alarmstufe Rot.

Die Sauna ist mit Brettern ausgestattet, wie viele Bretter sind an der gegenüberliegenden Wand? Eins, zwei, drei, vier, fünf, sechs, zählt ein halbes Brett über dem Ofen als ganzes oder nicht …

«Entspann dich, du sitzt so angespannt. Eine Sauna ist zum Entspannen.»

«Ich bin völlig entspannt, völlig, total, ich bin der absolute Entspanner.»

Ihre Hand landete auf meiner Schulter. Mein ganzer Körper sackte weiter zusammen, als könnte er so ihrer weichen Hand entkommen. Meine Kernschmelze.

Sie berührte mich anzüglich. Nackt. In der Sauna. Das ist sexuelle Belästigung. Ich könnte den roten Notknopf drücken neben der Tür. Die Security würde kommen, und man würde sie auf dem Basketballfeld auf dem Scheiterhaufen verbrennen, oder sie würde einfach über Bord geworfen, für alle Zeiten im Wasser treiben, in der Sonne, nackt, ihre Brüste wie … wie … wie viele Bretter? Konzentrier dich, Jörn, zähl die Bretter, jetzt zählten nur noch die Bretter.

«Weißt du schon, was du heute Abend machst?», fragte sie.

«Bretter zählen.»

«Häh?»

«Heute Abend?»

Zwölf Bretter.

«Ja», sagte sie.

«Ist doch noch lang hin.»

«Na ja.»

«Eine Ewigkeit. Eine totale Ewigkeit.»

Siebzehn Bretter.

Meinen Kopf hielt ich starr geradeaus. Ein älterer Mann ging an mir vorbei zur Tür.

Er lässt uns alleine. Alleine, zu zweit, nackt. Sie und ich und vierundzwanzig Bretter. Die Seitenwände sind kürzer. Ich muss die an meiner Seite zählen, weil ich sonst Elizabeth mit all ihren nackten Beinen und Brüsten anschauen müsste.

Eins, zwei …

«Was drehst du dich denn jetzt von mir ab.»

«Tu ich doch nicht.»

Ich wandte meinen Kopf wieder nach vorne, meine Augen zählten die Bretter aus den Augenwinkeln. Es tat schon weh.

«Du bist süß», hauchte sie, und mit einem Mal rückte sie an mich heran, sodass sich unsere Beine und der ganze restliche Schlamassel berührten, als würden wir nebeneinander nackt im Bett liegen.

«Küsschen, wir sind alleine ...» Sie schlang ihren Arm um mich.

«Willst – du – mich – umbringen?», presste ich hervor und meine Beine zusammen wie eine alte Jungfer in der Umkleide von Real Madrid.

«Wieso?»

Hah, die Verblüffte, Ahnungslose, Unschuldige!

Ich fokussierte ihre Nasenwurzel. «Wir sind in der Sauna.»

«Ja und? Jörn, übrigens ist es okay, wenn du einen Blick auf meine Brüste wirfst.»

Freifahrtschein. Glotz. Mund auf, Zunge raushängen lassen, übertreiben. Wennschon, dennschon. Schweißperlen auf ihrer Haut.

Sie lachte hell und spitz. «Ist doch nichts Schlimmes dabei.»

«Nnnnöhöhö.»

Ich bin der Hauptdarsteller in einer Tierfilmdoku über Paviane.

Alarmstufe Grellrot.

Ich musste raus.

«Ich glaube, ich habe genug gesaunt.»

«Du bist doch grad erst rein, nach mir! Zwei Minuten nach mir.»

Alarmstufe Supernova.

Schmerzen. Ich musste mir Schmerzen zufügen.

Ich biss mir auf die Zunge.

«Sollen wir uns nach dem Saunen auf dem Oberdeck eine Free Margarita gönnen?»

«Woran du denken kannst!», sagte ich. Free stand für alkoholfrei.

«Woran denkst du denn?»

Sie streichelte mir über den Oberschenkel, keine Flugsekunde von meinem lüsternen Lurch entfernt, der sich nun mit aller Macht seinen Weg durch meine Oberschenkel zu bahnen drohte.

Reißleine.

Ich stand auf, murmelte gebückt: «Wir sehen uns», und mit den Oberschenkeln meinen Schwanz eingepresst, wackelte ich wie ein Kleinkind, dass mal nötig Pipi muss, zur Tür. Hinter mir ihr Kichern.

Vor dem Saunaraum riss ich meinen Bademantel vom Haken und bedeckte damit meinen lüsternen Körper, meine schmutzigen Gedanken. Seine Hülle vermittelte mir wieder ein Gefühl von Schutz und Geborgenheit. Bis Chewbacca neben mir auftauchte.

«Das ist meiner», sagte er von oben herab, ungefähr doppelt so groß wie ich.

Elizabeth kam grinsend aus der Tür. Gerade aufgerichtet, einen Kopf größer als ich, der Unwürdige, ihr Handtuch lässig über den Arm gehängt. Hätte ich bloß daran gedacht.

«Bis gleich im Ruheraum», sagte sie und schwenkte zur

anderen Seite, sodass ich das Spiel ihrer Pobacken beobachten konnte.

«Bis gleich», quetschte ich an dem Knoten in meinem Hals vorbei.

Ein Traum.

Chewbacca zerrte am Bademantel. «Gib jetzt her!»

Ein Albtraum.

«Hier!» Ich pellte mich umständlich und steif heraus.

Dann wieselte ich so schnell, wie es mein verkrampfter Körper zuließ, an dem grauen Schlauch vorbei. Mein Körper bedurfte professioneller Abkühlung. Kopfüber tauchte ich in die Eiswanne ein. Es zischte, brodelte, Eiswürfel knirschten, knackten und barsten, bissen in meine Haut, bis das Schmelzwasser auch die letzte Hautfalte erreichte, kälter als kaltes Wasser. Was folgte, war der hellste Männerschrei, der jemals in einer Sauna gehört wurde. Danach leuchtete alles orangefarben auf, bevor die Dunkelheit gewann.

«Gut, dass seine Füße noch rausguckten», hörte ich leise eine fremde Frauenstimme sagen.

Und eine andere: «Seine Zehen zeigten da noch in alle Richtungen.»

«Jetzt geht's wieder.»

Ein älterer Herr: «Der kommt durch. Bin ich auch damals am Dnjepr-Brückenkopf.»

Ich öffnete die Augen. Zwei Rentnerinnen und ein Rentner belagerten mich. Alle drei waren nackt und meine Froschperspektive nicht die vorteilhafteste.

«Ah, da ist der Junge wieder», sagte er. «Beim Fit-for-Fifty hat er auch schon keine gute Figur gemacht. Er hat sich überanstrengt. Nix los mehr mit der Jugend von heute.»

Ich lag auf dem Boden neben der Eiswanne, splitternackt und rot wie ein Fußball im Winter. Aber entspannt.

«Mach langsam. Du warst ohnmächtig», sagte die eine Frau.

Elizabeth war nirgends zu sehen. Ich richtete mich auf, Eiswürfel klickerten über die Kacheln. «Was …?»

«Der Arzt ist auf dem Weg», sagte die andere.

Ich setzte mich. «Welcher Arzt?»

«Der nach dir schauen wird. Den haben wir gerufen.»

«Danke, ich brauche keinen Arzt!» Ich stand auf. «Danke für Ihre Hilfe.»

«Aber …»

Mich an den Wänden abstützend, wackelte ich mit weichen Knien davon.

Damit war meine Saunakarriere beendet. Zumindest hier auf dem Schiff. Zum Glück hatte Elizabeth diesen Teil meiner Performance nicht mehr mitbekommen, auch nicht mein überstürztes Verlassen des Saunabereiches.

Den Ruheraum schenkte ich mir. Stattdessen zog ich mich in der Kabine um, aß einen Snack und wartete unweit auf einer altgriechischen Steinbank, dass Elizabeth die Wellnessoase verließ, um ihr alles zu erklären.

Definitiv handelte es sich bei ihr um einen Saunaprofi. Als sie in dem breiten Gang mit den griechischen Olympiamalereien im Stile der Frühzeit erschien, sah sie noch blendender als sonst aus.

«Wo warst du denn?», fragte sie erstaunt mit einer Sporttasche über der Schulter. Auf den Bademantel hatte sie wohl verzichtet. Stattdessen Jogginghose, T-Shirt und Flipflops.

«Okay, ich gebe es zu, ich will gar nicht um den heißen Brei reden, ich musste mal tierisch aufs Klo.»

«Na und? Warum bist du nicht zurückgekommen?»

Entweder sie hatte wirklich nichts von meiner prekären Lage mitbekommen, oder sie ließ es sich nicht anmerken.

«Mir war übel, ich musste mich erst mal hinlegen in meiner Kabine, ehrlich.»

Sie verzog das Gesicht. «Jetzt besser?»

«Viel besser.»

«Dann war es kein Virus. Vielleicht ist dir die Sauna nicht bekommen? Oder du hast etwas Falsches gegessen. Wahrscheinlich. Du solltest dich besser ernähren. Bei dem ganzen Fett.»

Meine Freude darüber, dass sie mir die Geschichte abnahm, untermauerte ich mit dem Zugeständnis: «Ja, du hast ja recht.»

Sie bewegte sich zur Treppe.

«Wohin?», fragte ich.

«Ich schmeiß nur meine Tasche in die Suite. In die Kabine. Die will ich nicht die ganze Zeit rumtragen.»

«Zu Fuß?»

«Es sind nur zwei Stock.»

Stimmt, im zwölften. Nebeneinander gingen wir gemächlich die breite Treppe hinunter, meine Hand glitt über das goldene Geländer. Auf Deck 13 konnten wir uns in den Spiegeln der geschlossenen Fahrstuhltüren zusehen, wie wir die Stufen hinabschritten, angezogen, harmlos, unschuldig, als hätte es die Nacktheit und all die räudigen Gedanken zwischen uns nie gegeben.

Sie lächelte mich über den Spiegel an und gab mir einen Stups. Kaum ein Mensch nahm die Treppe.

Auf Deck 12 fiel mir eines als Erstes auf: Es gab weitaus weniger Türen auf dem Gang. Die Kabinen mussten dreimal so groß sein. Und ein Angestellter stand teilnahmslos am Ende des Flures wie ein Butler auf Abruf.

Elizabeth hielt ihre Kabinenkarte 1202 vor den Sensor und öffnete die Tür. Sie rief nicht Hallo, sie betrat nicht die Kabine, sie warf einfach ihre Sporttasche mit Schwung hinein.

Ich erkannte über ihre Schulter hinweg nur, dass die Kabine nicht nach ein paar Metern endete. Ihre Tasche landete im Flurbereich, an den sich ein lichtdurchflutetes Wohnzimmer anschloss, denn die Jalousien der Fensterfront mit den Schiebetüren zum Balkon der Suite – sie hatte sich ja selbst korrigiert vorhin – waren alle hochgezogen. Ein Bett sah ich nirgends.

«So!» Sie knallte die Tür zu, wir standen dicht beieinander. «Hunger?»

Ich roch ihr Duschgel. Aprikose.

◎

Den Snack verschwieg ich, richtig hungrig war ich nicht, aber essen konnte man immer auf der Athene, vor allem in ihrer Begleitung.

Wir gesellten uns beim Abendessen zu den anderen

an den runden Tisch. Da Elizabeth und ich bei weitem nicht jeden Programmpunkt des Youthclubs mitmachten und auch Basketball um vier hatten sausenlassen, kristallisierte sich eine gewisse Gruppendynamik heraus. Man sprach natürlich mit uns, aber ich glaube, noch mehr über uns, wenn wir nicht da waren.

Julia war das egal. Sie freute sich, dass wir am Tisch saßen, und fragte mich über unseren Tag aus, ohne aufdringlich oder falsch und neugierig zu wirken. Sie schien die erste Person zu sein, die ich kannte, die ihren Beruf gerne ausübte und glücklich dabei war.

Lans spitze Kommentare prallten an uns ab. Ich bildete mir ein, sie wäre neidisch oder gar eifersüchtig. Dabei hatte sie das gar nicht nötig, denn alle anderen schienen sie zu vergöttern.

Ich aß gedünsteten Lachs mit Salat, und ich würde lügen, wenn das nicht genial schmeckte, ganz anders als der Räucherlachs aus den zugeschweißten Plastikpackungen, den es manchmal zu Hause gab. Ich holte mir eine zweite Portion. Nebenbei beeindruckte mein kulinarischer Wandel Elizabeth, die davon schmunzelnd Notiz nahm.

Als Julia vorschlug, gemeinsam das Musical im Theatersaal zu besuchen, schauten Elizabeth und ich uns kurz an und nickten. Andere Pläne hatten wir nicht, und den Saal hatte ich noch nicht von innen gesehen.

Geschlossen marschierten wir als Gruppe durch das Schiff, vorbei an den ersten angeheiterten Passagieren, die dem Wein und Bier beim Abendessen gefrönt hatten. Auch ich hatte Durst, tierischen Durst, um genau zu sein. Das sagte ich Elizabeth, die meinte, das wäre so nach dem Saunen.

Nirgendwo kam ich mir weniger auf einem Schiff vor als in diesem pompösen Theatersaal. Die nicht vorhandenen Fenster ließen keine Orientierung zu, und die Ausmaße schienen über die eigentliche Breite des Schiffes hinauszugehen. Von der Bewegung der Athene war sowieso nichts zu spüren. Angelegt wie ein Terrassensaal im Stile eines griechischen Theaters mit mehr oder weniger dekorativen Säulen, betrug die gesamte Höhe sechs Decks. Die auf alt getrimmten Fresken an den Wänden erzählten die Odyssee in bunten Bildern nach. Ich erkannte den Zyklopen und auch die Sirenen, wie sie von den Klippen zu Odysseus' Mannen sangen. Die dezente Beleuchtung imitierte das warme Licht von Fackeln, ohne zu flackern.

Wir saßen ziemlich in der Mitte in weichen Sesseln, die komfortabler waren als der bequemste Stuhl im neuesten Kinokomplex. Auf der gläsernen Ablage vor uns standen Wassergläser, und die Armlehne zwischen Elizabeth und mir teilten wir uns, indem sich unsere Unterarme berührten.

Ich vermied jede Bewegung, die unsere Berührung unterbrechen würde. Was da auf der riesigen Bühne passierte, interessierte mich ehrlich gesagt nur wenig. Die Sänger und Tänzer hatten ihr halbes Programm hinter sich, da bemerkte ich erst, dass es sich nicht um ein einziges Musical handelte, sondern um ein Best-of. Ich hatte mich schon gewundert, warum sie in so unterschiedlichen Kostümen erschienen und welche Geschichte dahinterstecken sollte.

Während Elizabeth buchstäblich jedes Lied mitsingen konnte, erkannte ich nur Waterloo von Abba. Ich glaube, sie bekam das irgendwann mit und flüsterte mir bei jedem Ensemblewechsel bereits nach den ersten Akkorden der Musik den Titel des Stückes und des dazugehörigen Musicals zu.

Ich meine, es war schon beeindruckend: gute Schauspieler, klasse gesungen und die Akustik 1a, aber auch wenn ich bis dahin erst ein Mal in der siebten Klasse im Theater gewesen war, wusste ich von nun an, dass Musicals mich nie vom Hocker reißen würden. Entweder-oder. Theater oder Konzert.

Beim Verlassen des Theaters trennten wir uns im Gedränge von Julia und der Gruppe. So brauchten wir nicht ihre Blicke bei einem offiziellen Abseilakt über uns ergehen zu lassen.

«Hast du etwas Bestimmtes vor?», fragte sie mich, als sich die Menschenmenge im Gang lichtete und ich schneller gehen konnte.

«Ich würde mir jetzt gern ein Bier genehmigen.»

«Ein Bier? Wir dürfen an Bord keinen Alkohol trinken. Schon vergessen?»

Wir umkurvten langsamere Passagiere und achteten nicht auf die gläsernen Auslagen der glitzernden Boutiquen von Joop, Versace, Bugatti und Jack Wolfskin im Shoppingbereich.

«Das ist mir klar», sagte ich, «deswegen nicht auf Deck. Da sind zu viele Leute, und wir müssten bei einem Kellner bestellen. Ich wollte den herrenlosen, einsamen, auf mich wartenden Zapfhahn im Restaurant ausprobieren. Unbeobachtet.»

«Ein richtiger Plan.» Sie funkelte mich an.

Anstatt einen der überfüllten Fahrstühle zu nehmen, sprangen wir die Stufen hoch, zwei auf einmal nehmend.

«Wie fandst du eigentlich das Best-of-Musical?», fragte sie.

«Na ja.»

«Es war nett gemacht, aber nichts geht über ein komplettes Musical.»

«Ich weiß nicht.»

«Welches hast du gesehen?»

«Keines.»

«Noch nie?»

«Nein, stell dir vor.»

«Sind auch nicht alle gut, aber ein paar sind wirklich richtig gut.»

«Höchstens wenn du neben mir sitzt.»

«Danke, gleich werde ich rot», scherzte sie.

«Du wirst nie rot.»

Wir durchquerten das leere Restaurant. In zwanzig Minuten würde es schließen, damit es gereinigt werden konnte.

«Das sieht gut aus», kommentierte ich, im Vorbeigehen schnappte ich mir zwei Gläser aus dem Regal. Wäre der Schaum erst mal weg, würde es aussehen, als tränken wir Apfelschorle.

Sie guckte sich um.

Ich flüsterte: «Benimm dich nicht so auffällig, tu selbstverständlich, stell dir vor, du bist achtzehn.»

«Okay», sie pfiff leise.

Ich wollte schon etwas sagen, aber pfeifen war besser, als sich wie eine Gejagte umzuschauen.

Das Bier rauschte in das erste Glas, ich stellte es ab auf die silberne Theke mit dem Abtropfsieb. Freibier. Wenn ich das Basti erzählen würde. Und der gurkte jeden Tag in die Schule, armer Kerl.

Das zweite gelang mir besser, richtig mit Schaum. Ich reichte es ihr.

«Prost, auf dich!», sagte ich.

«Auf dich!»

«Auf mich», brummte Mohammad und schlich hinter einem Türpfosten hervor.

Unsere Lippen hatten noch nicht einmal die Gläser berührt.

Er kam auf uns zu mit der Überheblichkeit aller Security-Uniformierten. «Ich wette, keiner von euch beiden ist volljährig.»

«Aber bald», sagte ich.

«Nicht wenn du das Glas nicht gleich abstellst.»

«Wie reden Sie denn mit einem Gast der Athene?» Elizabeths Frage klang wie ein Vorwurf.

Unter dem Gesichtspunkt hätte ich das nie gesehen.

«Wir hatten schon das Vergnügen miteinander, stimmt's, Jörn?», sagte er.

«Ja.»

«Mehrmals.»

Ich zuckte mit den Schultern. Wir stellten unsere Biere ab.

«Bordkarten», er schaute Elizabeth an. «Bitte.»

Er hielt die Karten ins Licht und nuschelte etwas, das nur er verstehen sollte.

Ich fragte ihn: «Haben Sie mich eigentlich auf dem Kieker?» Den konnte ich nicht duzen. «Stalken Sie mich?

Da zapfe ich ein einziges», ich betonte es besonders, «ein *einziges* Bier, nur ein …»

«Alkohol. Ist nicht gesund. Und ist hier nicht erlaubt, für dich.»

«Zu Hause darf ich.»

«Klar.»

Er gab uns die Bordkarten zurück.

«Anhauchen», sagte er und beugte sich vor.

Ich pustete ihn an.

«Glück gehabt», sagte er. «Scheinbar noch nichts getrunken.»

«Habe ich doch gesagt.»

Er wandte sich an Elizabeth. «Jetzt du.»

«Das können Sie vergessen.»

«Wenn ich …»

«Da haben Sie gar keine Berechtigung dazu. Und wenn Sie darauf bestehen, dann im Büro mit Ihrem Vorgesetzten und meinen Eltern, während das Ganze für unseren Rechtsanwalt gefilmt wird.»

Ich glaubte, mich verhört zu haben. Wie war die denn drauf?

Mohammad schien weniger beeindruckt. «Ihr kommt mit einer Verwarnung davon. Weil ihr noch nichts getrunken habt.»

Erst wollte ich mich bedanken, aber weil Elizabeth schwieg, schwieg ich auch.

«Dann kippt das Bier jetzt weg.»

«Wer von uns trägt hier eine Athene-Uniform?», sagte Elizabeth.

Boah, was?

«Tschüs», setzte sie nach.

«Tschüs», sagte ich schnell und holte auf, denn sie hatte sofort abgedreht.

«Wow», hauchte ich im Gehen.

Ihre Lippen bewegten sich, aber ich konnte sie nicht verstehen.

Ich hörte das Plätschern des Bieres im Ausguss hinter uns. Durst, Duuuurst.

«Plan B ist meiner», sagte sie ernst.

Wir standen an der Theke der Hades-Bar auf der Backbordseite mittig von Deck 12 vor dem fülligen Kellner, und ich fragte ihn: «Was knallt gut, schmeckt gut und ist umsonst?»

«Ich», sagte Elizabeth und grinste mich an.

Auch der Kellner schlug mit der Hand auf das Holz. «Der war gut.»

Mir wurde warm.

«Geht auf mich», sagte sie. «Zwei Tequila Sunrise.» Mit zwei Fingern deutete sie das Zeichen für Anführungsstriche in der Luft an. «Ohne Schirmchen.» Und sie legte ihre Hand mit einem Fünfeuroschein auf die Theke.

«Sofort.» Der Mann mit den angegrauten Haaren widmete sich den bunten Flaschen im Regal, und mit einer Reihe eleganter Bewegungen mixte er unsere Tequila Sunrise. Man hätte behaupten können, eine eigene Performance, die, untermalt mit leiser Jazzmusik, dem Musical von eben in nichts nachstand.

«Ist doch all-inclusive!», sagte ich.

«Lass mich mal machen. Außerdem gehören Trinkgelder dazu.»

Ich wisperte: «Ich hätte vielleicht lieber ein Bier.»

Sie flüsterte zurück: «Willst du deinen Drink auch trinken oder wieder von deinem Freund erwischt werden?»

«Der kann mich auch wunderbar mit einem Tequila Sunrise erwischen!»

«Kann er nicht. Ohne Schirmchen bedeutet: Free. Kein Alkohol.»

«Näh.»

«Jäh.»

«Bitte schön.» Der Mann platzierte so elegant und freundlich die hohen Cocktailgläser mit der rotgelben Mischung vor uns, als wären wir seine besten Stammkunden, und fischte sich ebenso elegant wie unauffällig das Trinkgeld von der Theke.

«So, noch mal, auf dich», sagte sie.

«Auf dich!»

Wir schauten uns in die Augen, bis sich der erste Schluck Tequila Sunrise in meinem Mund verteilte. Mein allererster Tequila Sunrise. Er schmeckte wie von einer anderen Welt. Wie auch nicht? Ich stand mit Elizabeth an einer Cocktailbar auf einem Kreuzfahrtschiff unter dem Sternenhimmel einer lauwarmen Nacht, begleitet von den fröhlichen Gesprächen gutgekleideter Passagiere und leiser Jazzmusik. Manchmal wehte der Duft eines teuren Parfüms oder einer After-Sun-Lotion herüber, manchmal das Salz des Meeres. Viel zu beeindruckt vom Moment, blieb ich zu lange still.

«Und? Wie schmeckt er dir?», fragte sie.

«Göttlich.»

«Ja», sagte sie, «der ist wirklich nicht schlecht. Sollen wir uns da drüben an den Tisch setzen?»

Ein Tisch ganz außen war noch frei. Sie setzte sich mit dem Rücken zum Meer, als sollte ich mit aller Macht dieses Bild in Erinnerung behalten.

Es waren einfache kleine Holztische, und die Stühle besaßen dicke Kissen. Von hier aus konnte man den Pool überblicken, dessen Wellen das Licht reflektierten, als hätten wir eine Aurora borealis auf dem Schiff. Der Phönix-Grill lag dunkel und geschlossen auf der anderen Seite, unruhig illuminiert von dem fluoreszierenden Blau des Poolwassers. Und wenn ich genau hinhörte, vernahm ich das Klatschen einzelner Wellen, die am Schiffsrumpf brachen.

Zwischen uns standen die beiden Tequila Sunrise ohne Schirmchen. Unauffällig. Keine Security würde uns verdächtigen, kein Mohammad. Dem hatte sie ziemlich eins reingewürgt. Argumente und Sprüche aus einer ganz anderen Perspektive. So im Nachhinein fand ich das schon eine Spur zu hart.

«Hallo? Wo bist du? Alle Leute unterhalten sich. Haut dich der Tequila schon um?» Sie deutete auf mein halbleeres Glas.

«Nein, nein …» Du, dachte ich, du haust mich um, obwohl ich den Alkohol bereits leicht merkte. «Es ist das alles hier, für mich unfassbar und du und …» Ich unterbrach mich selbst.

«Und ich und was?»

Ein Teil von mir wollte sie darauf ansprechen, der andere Teil wollte mich abhalten, und genau das sah sie mir an.

«Und was? Was ist?»

«Elizabeth, vorhin, das mit dem Typen von der Security, das war schon ... hmh, etwas hart, oder? Wie du den ... abgefertigt hat, ich meine, der macht auch nur seinen Job.»

Sie ließ mit einem Mal den Kopf hängen. «Ich weiß, ich weiß, ich habe mir danach das Gleiche gedacht, aber in dem Moment konnte ich nicht anders. Außerdem wollte ich ihn nicht ... anhauchen.»

«Okay, ich dachte schon.»

«Manchmal passiert mir das, obwohl ich es gar nicht will, aber es ist irgendwie drinnen, in mir, und manchmal platzt das heraus, und ich bereue es im nächsten Moment. Es kommt genau so rüber, wie ich nicht sein will.»

«Ist schon gut. Das war alles, was ich hören wollte. Ich meine, Arsch hin, Arsch her, er macht eben seinen Job, und ich meine, bisher ging alles gut aus zwischen ihm und mir.»

«Wie oft hattest du denn schon mit ihm zu tun?»

«Ach, er hat einfach übertrieben. Nur beim Einchecken und ... als die Reinigungsfrau ... versehentlich was mitgenommen hat.»

«Was haben die? Versehentlich etwas mitgenommen? Von dir? Aus deiner Kabine?»

«Nein, war ja nix.»

«Was denn?»

«Nichts weiter.»

«Komm.»

«Nein.»

«Jörn.»

Ich schnappte mir mein Glas. «Prost, auf ...»

«Ey, noch ein Geheimnis? Wie viele Geheimnisse willst du vor mir haben?»

Ich trank, um Zeit zu gewinnen. Am Ende war das Glas leer.

Sie drehte sich beleidigt weg und nippte an ihrem Tequila.

Zeit für ein Einlenkmanöver. «Glaub mir, ist nichts Dolles.» Ich überlegte, weil sie schwieg, und ich wollte ihre Stimme hören, ich wollte mehr über sie wissen. «Was machst du eigentlich, wenn du nicht gut aussehend an einem Tisch auf hoher See Tequila Sunrise schlürfst?»

Ihr Fuß traf mein Schienbein. Gewonnen.

«Mal sehen ... Was hab ich schon erzählt über mich? Du weißt von dem Internat in Dänemark. Und Pferde, wir haben Pferde, ich reite gerne, wenn ich zu Hause bin, nach dieser Reise werde ich das wieder jeden Tag tun, von morgens bis abends, wenn es geht.»

«Ihr habt Pferde? Wie viele?»

Sie überlegte. «Zweiundvierzig.»

«Wie bitte?»

«Mein Vater hat vor einem Jahr den Reitstall gekauft. Ist eine gute Wertanlage.»

Der Kellner kam und räumte mein Glas vom Tisch, «Darf es noch etwas sein?»

«Zweimal das Gleiche bitte», sagte Elizabeth. Dabei drehte sie den Kopf zu ihm, und der leichte Wind blies eine Haarsträhne in ihr Gesicht, die sie mit dem Finger zurückstrich.

«Kommt sofort.»

Ich wartete, bis der Mann verschwunden war. «Was macht dein Vater? Ist er Manager oder Banker?»

«Bauingenieur, in Doha.»

«Aha.»

Sie schlürfte ihr Glas leer. «Arabien, die Ecke.»

«Er in Arabien, du in Dänemark, deine Mutter in …»

«Leverkusen, außerhalb.»

«Jetzt auf einer Kreuzfahrt im Mittelmeer. Ihr habt ein Leben.»

«Hurra», machte sie gekünstelt und leerte den Rest Tequila Sunrise.

Darauf wusste ich nicht so recht, was ich sagen sollte. Über uns spannten sich die Birnen einer bunten Lichterkette vom mächtigen Schornstein quer über den Pool zum höchsten Mast bei den vorderen Schiffsaufbauten. Der Abgasqualm zog mit dem Wind weit auf das offene Meer.

Um uns herum hatten die Leute ihren Gutenachttrunk geleert, oder es war ihnen zu kalt geworden. Ein Tisch nach dem anderen verwaiste, lediglich am letzten hielt sich ausgerechnet der langhaarige Schlunz an seinem Wein fest. Klar, dass der nicht schlafen konnte. Pennte ja den ganzen Tag in der Sauna.

Der Kellner kehrte mit unseren Getränken wieder – ohne Schirmchen. Nachdem er sie vor uns platziert hatte, fragte er: «Alles gut hier am Tisch?»

«Danke, alles bestens», antwortete Elizabeth ihm freundlich, als könnte sie bei ihm gutmachen, was Mohammad abgekriegt hatte.

Ich spürte, dass der Kellner mir mehr Aufmerksamkeit schenkte, ungewöhnlich für einen Kerl, wenn Elizabeth in der Nähe war. Er könnte natürlich gay sein. Gay war ja okay.

Den Gedanken hatte ich noch nicht zu Ende gedacht, da fragte er: «Verzeihung, eine persönliche Frage – kennst du Rocco … Rocco Capoccia, den Boss?»

Es war, als spülte mich eine Welle von Deck hinaus auf die See. Der Mann, ich las *Carlo* auf seinem Namensschild, kannte meinen Vater. Meinen Vater, Rocco. Den Boss?

«J-ja.»

«Verwandt?»

«Ja.»

«Bist du der Sohn, Jörn?»

«Ja!»

Er tat erleichtert, als fiele ihm ein kleiner Stein vom Herzen. «Das wäre nämlich jetzt ein Ding gewesen, wenn nicht. Ihr seht euch wirklich ähnlich.»

Tun wir das?, fragte ich mich und wusste nicht, ob ich mich darüber freuen sollte oder nicht.

«Was für ein Zufall», sagte die ahnungslose Elizabeth erfreut.

«Darf ich?» Seine Hand legte sich auf eine Stuhllehne.

«Natürlich!», sagte ich.

Während er den Stuhl zurechtrückte, meinte er zu dem Schlunz: «Sie melden sich einfach, wenn Sie noch etwas möchten.»

«Sicher.»

Carlo stellte sich vor und strahlte mich an. «Jörn, der Sohn von Rocco.»

«So ist es.»

Elizabeth nippte an ihrem Tequila Sunrise. Ich hörte sie leise sagen: «Der schmeckt definitiv nach Schirmchen.»

Er schlug ein Bein über das andere, sein Bauch war ihm dabei noch nicht im Weg. «Wie geht es dir? Wie gefällt dir die Reise?»

«Gut, danke.» Eins musste ich wissen. «Boss. Wieso der Boss?»

«Na, den hat er doch perfekt nachgespielt, rauf und runter, Bruce Springsteen, genannt der Boss. Sämtliche Songs, Coverversionen, auch auf Zuruf, der Boss war auch der Spitzname von Rocco.»

«Aha.»

«Und bei jeder Reise dauerte es keine zweite Strophe lang, da kamen von einem der Zuhörer die Boss-Rufe.»

Diesen Bruce Springsteen kannte ich von einer Schallplatte, die meine Mutter mit einem Dutzend anderer in einer Kiste im Keller aufbewahrte, da war der Typ drauf, mit E-Gitarre, das Cover aufklappbar, mit einem schwarzen Saxophonisten.

«Den spielte er immer nach?»

«Nicht nur, auch eigene Songs, wenn die Leute mochten, und andere Coverversionen, aber hauptsächlich war er für seine Springsteen-Abende bekannt, in der Midas-Bar.»

Elizabeth fragte mich nun: «Wusstest du das nicht von deinem Vater?»

«Ich kannte meinen Vater nicht.»

«Oh.»

Und Carlo meinte: «Fares hat mir Bescheid gesagt, dass du …», er blickte kurz zu Elizabeth, er war sich nicht sicher, was er vor ihr sagen durfte.

«Ist er etwa auch an Bord?», fragte sie unschuldig. «Dein Vater?»

Ich hätte Ja antworten können, aber dann wäre alles nur komplizierter geworden. «Nein.»

«Nicht?», entfuhr es Carlo überrascht.

Ich riss meine Augen auf, in seine Richtung.

«Dann hast du auch die Briefe?»

Elizabeth schaute ihn an.

«Ja», sagte ich.

«Du weißt von Martina?»

«Jaja», winkte ich ab.

«Mich würde brennend interessieren, was er dir zu sagen hatte.»

«Warum? Sie kannten ihn doch.»

«Schon, aber ich habe auch eine Tochter, Evelyn, die ich nie zu sehen bekomme. Und so …»

«Telefonieren Sie denn mit ihr?»

«Ja.»

«Na, das ist doch super. Hat mein Vater nie für nötig gehalten. Nicht ein Anruf.»

«Dann rufen wir ihn morgen an, von Korsika», schlug Elizabeth vor.

Carlo guckte sie nur an.

Ich musste es ihr erklären, sonst sähe das später ganz schlecht aus. «Er ist verstorben.»

«Dein Vater?»

«Ja.»

In ihrem Kopf arbeitete es. «Tut mir leid», sie setzte ihr Cocktailglas auf dem Tisch ab, langsam entstellten sich ihre Gesichtszüge. «Die … Briefe … der Brief … der … am Heck … der war von deinem verstorbenen Vater?»

Ich nickte.

Nun beobachtete Carlo unsere Unterhaltung.

«Und du hattest den Brief noch nicht gelesen?», fragte sie.

Ich wollte sie nicht anlügen. «Nein, aber …»

«Ich …» Weiter kam sie nicht, ihre Kinnlade klappte runter, und sie sprang vom Stuhl auf, dass die Gläser auf dem Tisch schwankten und Carlo und ich jeweils eins mit beiden Händen festhielten.

Sie lief die Promenade entlang, ich entschuldigte mich bei dem verblüfften Carlo und folgte ihr.

Elizabeth gab richtig Gas, wir ließen den Pool links von uns liegen, sie rannte die Treppe neben dem Phönix-Grill hoch und ich jagte hinterher.

Weiter ging es um einige uns nachfluchende Passagiere herum Richtung Heck. Wir flitzten an vergessenen Plastikstühlen und beleuchteten Fenstern vorbei, hinter denen Gäste ein spätes Dinner speisten, Zigarren in der Cigar-Lounge qualmten und ihr Geld im dunklen Kasino verspielten. Irgendwann war das Schiff zu Ende, und sie bremste bereits vorher bei einem Stapel Sonnenliegen ab, die blass wie ein Skelett in der Nacht schimmerten.

Sie wartete nicht darauf, dass ich etwas sagte, sie legte gleich los, während sie sich mit einer Hand an den Liegen festhielt, so außer Atem war sie. «Ich habe den Brief … den ungelesenen Brief deines verstorbenen Vaters über Bord geschmissen.»

Ich stoppte ein paar Meter vor ihr, wollte ihr keinen Grund zum Weiterlaufen bieten. «So war es nicht. Du hast …»

«Oh Gott, Entschuldigung. Jörn, es tut mir so …»

«Du hast ihn nicht geschmissen, Elizabeth.»

«Du musst mich hassen. Wie …»

«Nein, stopp, Eliza…»

«Warum hast du nichts gesagt?» Sie griff sich an die Stirn, ihr Körper schwankte, gehalten von der Hand an den Sonnenliegen, vor und zurück. Ihre Knie knickten leicht ein, um ihren Worten mehr Gewicht zu verleihen.

Ich spürte nach dem Lauf den Tequila im Hirn. «Das hätte ihn mir auch nicht zurückgebracht.»

«Vorher. Als ich ihn dir aus der Hose gezogen hatte. Du hättest doch sagen können …»

«Das war kein Moment, wo ich über meinen toten Vater reden wollte.»

«Aber der Brief …»

«Ist weg. Ich habe noch andere. Ist nicht so schlimm. So ist es eben. Das ist nicht deine Schuld. Das ist seine Schuld. Ich habe ihn nie gesehen. Er hätte mich mal treffen können. Du bist nicht schuld. Null. Hast du gehört? Null.»

Sie stellte sich an die Reling mit dem Rücken zu mir und schlug sich die Hände vor das Gesicht. Hier war es windiger, ihre Haare wirbelten durcheinander.

Ich legte ihr meinen Arm um die Schulter, sie rührte sich nicht.

«Es tut mir so leid.» Sie klang weinerlich.

«Hey, nicht, das ist er nicht wert.»

«Weißt du doch nicht. Hast den Brief ja nicht gelesen.»

«Ich meinte meinen Vater.»

Sie schniefte.

Ich zog ihre Hand vom Gesicht.

«Ist gut», sagte ich.

«Ich … was musst du von mir denken?»

«Es war Pech, das heißt, vielleicht war es sogar Glück, vielleicht ist es besser, dass der Brief weg ist.»

«Warum?»

Ich kratzte meinen Kopf. «In dem von heute stand, dass er mir in dem von gestern alles über Frauen erzählt hat, was ich so wissen sollte.»

Eine Sekunde verstrich, in der sie mich ausdruckslos anschaute, wartete, auf eine Reaktion, eine Regung, einen Kommentar, und dann lachten wir schallend los, dass die Fische im Wasser erschraken. Wir lachten all unsere Anspannung und die Traurigkeit weg, und ich presste dazwischen ein paar Worte heraus, die uns nur noch stärker lachen ließen. «Alles … was … ich … über Frauen … wissen muss … von einem Typ … der nie verheiratet war … abgehauen ist … nachdem …»

Und sie: «Oh nein … die Frauenwelt … wird diesen Brief … vermissen … was machst … du … jetzt nur?»

Wir lachten, bis die Tränen liefen. Wir keuchten vor Lachen, mir tat der Bauch weh.

«Kannst du mir … verzeihen?» Sie nahm meine Worte von gestern und prustete noch einmal los, schüttelte den Kopf und versuchte dann mit beiden Händen Ordnung in ihre Haare zu bringen.

«Ist vergessen.»

«Übertreibe nicht», sagte sie ernster.

«Ist okay.»

«Wann ist er gestorben?»

Den genauen Tag wusste ich noch nicht einmal, also sagte ich: «Vor einer Woche.»

«Und?»

«Nix und. Kannte ihn ja nicht. Nur vom Nichterscheinen und fehlenden Unterhaltszahlungen.»

Sie überlegte. «Und du hast mehrere Briefe?»

«Ja. Für jeden Tag der Reise einen.»

«Und die Reise? War das …»

«Ein Geschenk von ihm.»

«Immerhin.»

«Na ja», machte ich und bereute es sofort.

«Wie na ja?»

«Na ja, einfach so na ja.»

«Also hat er dir einfach so eine Reise geschenkt, auf der du die Briefe lesen sollst, die er dir geschrieben hat.»

«Gewissermaßen.»

Es war mir nicht wohl mit der halben Lüge, aber ich brachte es einfach nicht fertig, ihr zu sagen, dass sich in meiner Kabine die Asche meines Vaters befand.

«Und was stand heute drin?», sagte sie und schickte schnell ein «Ach, das geht mich nichts an» hinterher.

Aber ich antwortete ihr, wahrscheinlich weil ich mich wegen der Lüge so mies fühlte: «Er hat mir erzählt, wo er geboren wurde, er war gebürtiger Italiener, und wie er meine Mutter kennengelernt hat.»

«Das ist schön.»

Genug von dem Thema, dachte ich. «Wo haben sich deine Eltern denn kennengelernt? Las Vegas?»

«Weiß ich gar nicht.» Sie wandte sich irritiert von mir ab. «Und ich weiß gar nicht, warum ich das nicht weiß.» Sie sprach zum Meer, als wäre das der bessere Zuhörer.

Ich stand neben ihr an der Reling und schaute auf die dunkle See mit ihren seltenen hellen Wellenspitzen.

«Ich sollte so was wissen, findest du nicht?», sagte sie.

«Ja, denke ich.»

Aber ich wusste nicht, ob sie überhaupt eine Antwort haben wollte.

«Meine Eltern scheinen über alles andere zu reden als über sich. Über das Essen, wenn sie essen, über das Theater, wenn sie im Theater waren, über mich, wenn es die Schule betrifft, das Reiten, alles wird abgehandelt wie das Finanzielle, check, check, check. Nur nichts Persönliches.»

Sie legte ihr Kinn auf die gekreuzten Arme auf der Reling. «Ich muss die doch nicht fragen, wie oder wo sie sich kennengelernt haben und solche Dinge. Das sollte irgendwann von alleine fallen.»

Bis zu dem Brief wusste ich das von meinen Eltern auch nicht, aber das war was anderes.

«Und dann schicken die mich in ein Internat. Weil es das Beste für mich ist, genauso wie», sie ahmte ihren Vater mit tieferer Stimme nach, «bei den Zinsen ist es am besten, wir investieren in Immobilien», und dann schaute sie mich kurz an. «Und du hast noch einen Bruder und eine Schwester?»

«Daran erinnerst du dich?», fragte ich, denn das hatte ich irgendwann nebenbei erwähnt.

«Wenn man keine hat und sich sowieso vorkommt wie ein Statussymbol», die hellere Stimme ihrer Mutter imitierend, «Elizabeth besucht eines der besten Internate Europas, der Cayenne ist eines der sichersten Autos der Welt, unser Reitstall ist der bestgeführte in Deutschland, mein Mann ist der gefragteste Bauingenieur im Nahen Osten.»

Mir fiel was ein. «Kannst du eigentlich reiten, wenn du im Internat bist?»

«Ja, darauf hatte ich bestanden, wer weiß, wo ich sonst gelandet wäre. Ich hatte das Gefühl, je weiter weg, desto besser für sie.»

«Na ja, komm, so schlimm können sie nicht sein, Dänemark ist nicht aus der Welt, und außerdem macht ihr eine Kreuzfahrt zusammen.»

Sie wich einen Schritt von der Reling zurück. «Zusammen? Ja, wir machen eine Kreuzfahrt. Aber zusammen? Siehst du sie hier vielleicht irgendwo?» Sie schaute sich um, als suchte sie sie. «Huhu, wo seid ihr?»

«W…»

«Jörn, meine Eltern hatten sich heute zum Mittagessen mit mir verabredet. Als wir uns dann in der Sauna getroffen haben.»

«Ich erinnere mich.»

«Ein Termin! Um als Familie zu Mittag zu essen, und dann hatten die in letzter Minute was Besseres vor. Was Besseres.»

Sie spuckte die beiden Worte förmlich aus. Hinter ihrer Schulter verlor sich das aufgewirbelte Wasser der Schrauben im Dunkel der Nacht. Der Schrei einer Möwe.

Ich musste zugeben, ich konnte da kaum mitreden. Aus meiner Sicht hatten sie alles. Außer sich selbst.

«Seit wann bist du eigentlich im Internat?», lenkte ich ab.

«Seit der Achten. Und seit ich in dem Internat bin, komme ich nur noch in den Ferien nach Hause.»

«Jetzt sind aber keine Ferien! Wieso bist du …»

«Bin zwei Wochen befreit. Weil mein Vater eben nur

jetzt Urlaub machen kann. Er bezahlt schließlich dafür, für das Internat, ich muss den Stoff der zwei Wochen jetzt lernen oder nachholen.»

«Du lernst hier auf dem Schiff?»

«Das denken zumindest meine Eltern. Ich habe aber Lernweh.»

Ich lachte los, den Ausdruck hatte ich noch nicht gehört.

Elizabeth freute sich über meine Reaktion. «Und du und deine Mutter?»

Bis gerade hatte ich wirklich gar nicht an sie gedacht, und es hatte sich gut angefühlt, ungewohnt anders.

«Normal, denke ich, vielleicht ist sie manchmal etwas zu viel.»

«Wie jetzt?»

«Sie ist … dauernd hinter mir her, wenn ich zu Hause bin. Ohne Lea wäre es sicherlich noch schlimmer. Die ist echt anstrengend.»

Ich sah, dass Elizabeth wieder zu grübeln begann, und meinte: «Hey, sollen wir zurück zu den Tequila Sunrise?»

«Ja», nahm sie dankend den Vorschlag an.

KORSIKA

Irgendwas drückte mein Herz aus, als wäre es eine Zitrone

Lars Saabye Christensen
(Der falsche Tote)

«... spricht Ihr Kapitän Peter Ryg ...», schweizerte es aus dem Bordlautsprecher in meiner Kabine.

Erschrocken schlug ich meine Augen auf, suchte Orientierung in meiner zeitlosen Schlafkapsel im Bauch des Schiffes. Es konnte Mitternacht sein und draußen das Eismeer, ich hätte keine Ahnung.

«Willkommen im schönen Hafen von Ajaccio auf Korsika.»

Das Geräusch der Schiffsschrauben im Leerlauf.

Ich fischte nach meinem Samsung, checkte die Uhrzeit, 9:01 Uhr, ich hatte vergessen, den Wecker zu stellen, und prompt verpennt. Zig Textmessages hatte ich: Nachrichten über die geänderten Gebühren von Spanien, offene See, Frankreich.

«Ich wünsche Ihnen einen wunderbaren Aufenthalt auf der Insel Napoleons voller Geschichte und heute für Sie auch voller Sonne.»

9:30 Uhr, Treffpunkt Rezeption für den Landausflug mit dem Youthclub, erinnerte ich mich an die Worte von

Elizabeth gestern Abend. Die Worte des Kapitäns rückten in den Hintergrund, ich entledigte mich des T-Shirts, der Boxershorts, sprang unter die Dusche, gleichzeitiges Zähneputzen, halb benommen vom Schlaf, der so tief gewesen sein musste wegen der Tequila Sunrise.

Rein in die Klamotten, den etwas steifen Brief gefaltet, vorne in die Hosentasche gestopft, wo man ihn nicht einfach so rausziehen konnte, Basecap auf, Sonnenbrille ins Shirt, Wettercheck über den Bildschirm, der neben der Klimaanlage hing, Bugkamerakanal gewählt. Blauer Himmel, kleine Häuser, Palmen, 22 Grad, super, es würde warm werden, dabei Schuhe angezogen, 9:34 Uhr war ich unterwegs zur Rezeption.

Ich schlängelte mich zügig durch die Passagiere, die mit ihren Kameras und Rucksäcken alle dem Ausgangsdeck entgegenstrebten. Einen Fahrstuhl versuchte ich erst gar nicht, sondern nahm die Treppen. Diesmal landete ich zwar auf Deck 8 und lief in die richtige Richtung, allerdings auf der falschen Seite, sodass ich irgendwann umkehren musste und den Weg steuerbord zur Rezeption zurücklegte, um nicht wieder an ihr vorbeizulaufen.

Da die Gruppe gerade aufbrach, schloss ich mich schweigend an, indem ich Elizabeth, die sich als Letzte auf den Weg machte – ich bildete mir ein, weil sie auf mich gewartet hatte –, im Gleichschritt und viel zu nahe folgte. Sie trug wieder ihren Rock, nur in einer anderen Farbe, Orange, und ein hellgrünes Top, gekreuzt von dem Stoffgurt ihrer Umhängetasche. Ihre Haare waren heute zu einem Pferdeschwanz gebunden, der vor mir hin und her wippte und jedes Mal ihren sonnenbraunen Nacken streifte.

Nach wenigen Schritten bemerkte sie mich. «Stalker!»

«Hi.»

«Ich dachte schon, du hättest keinen Bock.»

«Ich wollte es spannend machen. Hat Julia irgendwelche Infos über den Ausflug rausgelassen?»

«Nein, nichts Besonderes. Wir gehen erst einmal rein in die Stadt. Deine Haare sind ja noch nass, hast du gerade erst geduscht?»

«Ja.»

Mein Magen knurrte.

Und sie hörte es, ein Wunder bei all dem Trubel um uns herum. «Hast du schon wieder Hunger?»

«Na ja …»

«Du hast nicht gefrühstückt? Stimmt's? Du hast verpennt? Verpennt? Bis eben?»

«Ja.»

«Oh, was hast du gestern noch gemacht? Party?»

«Nein, ich weiß nicht, einfach nur tief geknackt, bis mich die Durchsage vom Kapitän geweckt hat.»

«Pff.»

Ich griff mir im Vorbeigehen einen Apfel und eine Banane aus einem Obstkorb, der am Ende des Rezeptionsbereiches neben einer Säule stand.

«Siehst du, ich ernähre mich gesund!»

«Weil du verpennt hast.»

Wie Entenküken ihrer Mutter folgten wir Julia über den Kai, Elizabeth und ich mit Abstand am Ende. Rechts von uns wies der schneeweiße Bug der Athene den Weg in die

Innenstadt. Ein Arbeiter saß auf einem Brett, das an ein paar Seilen hing, und besserte mit Farbe eine Stelle am Schriftzug aus. Miniaturklein, unwirklich sah er aus.

Links von uns tuckerte ein Fischer mit seinem Außenborder durch das Hafenbecken, um weiter draußen sein Netz auszuwerfen. Mir drängte sich die Vermutung auf, dass er von Korsikas Touristenbüro bezahlt wurde und dieses Manöver nur vollzog, wenn ein Kreuzfahrtschiff anlegte. Zu klischeehaft wirkte der Bogen, den er um die Anlegestege mit den Segelbooten und Yachten fuhr, die abblätternde Farbe seines Holzbootes und das unberührte wettergegerbte Gesicht. Wie ein Schauspieler bei einem Open-Air-Theater auf türkisem Meer. Grüne Hügel thronten über Ajaccio, dessen Altstadt mit den roten Dächern ineinander verschachtelt vor uns lag.

Hafenangestellte winkten uns durch ein Tor, während Julia ihnen freundlich zulächelte. Ein junger Typ knipste ihr zu. Ich enthauptete ihn innerlich.

Wir bogen auf die Avenue Antoine Serafini ein, passierten ein rosa Haus und überquerten die Straße. Gesäumt von großen Palmen erstreckte sich die Avenue bis zu einem Kreisverkehr, dessen Mittelpunkt eine Statue Napoleons war. Auch wenn Korsika zu Frankreich gehörte, hatte ich nicht das Gefühl, französischen Boden unter meinen Füßen zu haben. Frankreich stellte ich mir anders vor, Korsika fühlte sich italienisch an, obwohl ich in keinem der beiden Länder je gewesen war; einfach alles: die Menschen, die Geräusche, die Gerüche. Aber ich würde den Vergleich bald ziehen können, übermorgen Neapel.

Eine filmende Touristentruppe belagerte Napoleon,

und manche schossen strahlende Selfies oder zogen Gesichter, die dem Feldherrn nachempfunden waren. Die berühmte Armhaltung durfte dabei natürlich nicht fehlen. Wir warteten darauf, dass sie weitergingen und Platz machten. Hinter uns beim rosa Haus vor dem Hafen bog schon die nächste Athene-Gruppe um die Ecke. Ich stöhnte auf.

«Was ist?», fragte Elizabeth.

«Das finde ich jetzt nicht so prickelnd.»

«Was?»

«Diesen Weg abzulatschen, den alle nehmen. Ich meine, okay, eine Statue von Napoleon. Als Nächstes stehen wir vor seinem Geburtshaus oder so.»

«So ist es geplant.»

«Oh Mann. Willst du Fotos knipsen?»

«Nicht unbedingt. Du?»

«Nein.»

«Was dann?»

«Nur nicht den Touristenpfad, ich glaube, das liegt mir nicht.»

«Vorschlag?»

Ich kannte Ajaccio nicht, hatte aber vom Schiff aus gesehen, dass man, wenn man dem Küstenverlauf folgte, irgendwann auf einen kleinen Sandstrand stieß. «Ich würde lieber am Wasser entlang.»

«Klingt gut. Darf ich mit?», fragte Elizabeth, obwohl sie die Antwort kannte.

«Du musst», sagte ich.

«Einen Moment.»

Sie meldete uns bei Julia ab, die zum Glück wieder cool genug war, uns alleine losziehen zu lassen. Wir entfernten uns von der Gruppe und tauchten ein in die Altstadt neben der Avenue, deren Gebäude und gewundene Straßen kühlen Schatten versprachen. Sobald wir uns außer Sichtweite befanden, gingen wir Arm in Arm, und ich spürte wieder den Gürtel unter ihrem Shirt.

Ich tippte darauf. «Was ist das, dadrunter?»

«Ein Keuschheitsgürtel.»

Ich musste ziemlich dumm geglotzt haben, denn sie lachte los. «Ein Geldgürtel, da bewahre ich mein Geld auf und die Kreditkarte, hier …», sie deutete auf ihre Umhängetasche, «ist nur Kleingeld drin, Münzen, mein iPhone und so Zeug.»

«Aha.»

«Den Gürtel trage ich bei Landtagen.»

«Wo ist die Tasche eigentlich her, die sieht …»

«Tunesien, letztes Jahr.»

«Aha.»

Und dann sprudelte es nur so aus Elizabeth heraus, wenn sie etwas Sehenswertes entdeckte, was an jeder Ecke vorkam. Alte Frauen in Schwarz, die mit Bastkörben auf Obstverkäufer einredeten, blaue hölzerne Fensterläden mit Lüftungsschlitzen, all die verbeulten Kleinwagen, die selbst in den engsten Gassen Stoßstange an Stoßstange parkten, geflickte Motorroller der Marke Eigenbau, Straßenlaternen aus dem 19. Jahrhundert und verzierte Balkone, von denen das Wasser frischgegossener Pflanzen tropfte.

Menschen saßen auf Stühlen vor kleinen Bars und Cafés und tranken ihre Kaffees und aßen süßes Gebäck. Sie lasen Zeitung oder tauschten sich mit einem Nachbarn gestenreich über Politik, Sport und Bekannte aus.

Ich mochte das. Ich hatte nie überlegt, wie mein Tagesablauf als Erwachsener mal aussehen könnte, doch den Tag ohne Eile im Schatten einer Palme vor einem Café zu beginnen, in Sichtweite des Meeres, das hatte etwas; etwas, das ich nicht so schnell vergessen würde.

Mir knurrte wieder der Magen. Elizabeth wollte sofort in eine Trattoria und frisches Gebäck besorgen, ich wäre eingeladen, da zeigte ich zu einem Spar-Supermarkt auf der anderen Seite. Bei meinem Hunger wäre das die günstigere Variante. Und diesmal würde ich sie einladen, auf einen Snack am Meer.

Wir verließen die Promenade mit den Palmen und dem Straßenverkehr und hörten bereits nach wenigen Schritten keine Autos mehr, nur die knatternden Mopeds. Elizabeth zog ihre Espadrilles aus, und ich tat es ihr gleich mit meinen Sneakers und den Socken und krempelte dazu meine Jeans hoch.

Lautlos schwappten die niedrigen Wellen an den Strand, der nur hier und da von Felsen durchbrochen wurde.

Der Sand kitzelte zunächst unter den Füßen, doch das ungewohnte Gefühl legte sich rasch, und wir schlenderten nebeneinander über den menschenleeren Strand wie ein Paar in einem alten französischen Film an einem Sonntagnachmittag, wo die Rebellen amerikanische Wagen fuhren und die Handlung nicht nachvollziehbar war.

Das Wasser umspülte kalt meine Knöchel, und der Grund schwand sämig weich unter unserem Gewicht.

Die Spuren, die wir hinterließen, waren verschwunden, sobald ich mich danach umdrehte.

Ich hätte ewig so weitergehen können, auch wenn uns gerade das Gesprächsthema abhandengekommen war. Selbst schweigen gefiel mir neben ihr. Ich hatte das Gefühl, als würden uns Hunderte Augen verfolgen, sie und mich; ich, der Depp, der kaum wusste, was er für ein Glück hatte. Doch, er wusste es.

Die Plastiktüte mit den Apfelsinen – sie hatte auf das Obst bestanden –, den Waffeln und den beiden Flaschen Cola schleppte ich abwechselnd in der einen und der anderen Hand.

«Siehst du eine Stelle, die dir gefällt?», fragte sie.

«Da bei den Steinen?»

Sie steuerte darauf zu, und als wir davorstanden, wussten wir, dass wir den besten Platz für unseren Snack an der korsischen Küste gefunden hatten. Die Steine boten zudem Schutz vor Flugsand, sollte der Wind auffrischen, und formten mit wenig Phantasie ein steinernes Nest mit drei Ausgängen. Würde ich in der Nähe wohnen, es wäre meine Lieblingsstelle am Strand.

Ich schmiss meine Schuhe neben ihre und riss die Packung Waffeln auf. Die Plastiktüte diente als Tischdecke für das Gebäck und die Mandarinen. Als ich mir die erste Waffel nahm, landete ein Kuss auf meiner Wange. Keine Chance, darauf zu reagieren – sie hatte sich ihre Cola gegriffen und setzte an. Mein Mund war so trocken, dass die Waffel zu Staub zerfiel und ich Cola beimischen musste.

Fünf Meter vor uns rollten die flachen Wellen aus, die kaum als solche zu bezeichnen waren. Die Wasseroberfläche in der Bucht glich einem türkisfarbenen Spiegel. Bewaldete Hügel am anderen Ende.

Kurz dachte ich daran, dass man in der Bucht angeln könnte, aber die Gedanken verflogen, sobald mein Blick auf Elizabeth fiel. Sie streckte ihre Beine aus, spielte mit ihren Zehen auf einem Luftklavier.

«Ich hatte auch keine Lust, in der Gruppe durch die Stadt zu wandern», sagte sie und legte den Kopf zurück, damit die Sonne ihn halb beschien, die Augen geschlossen, die Arme durchgestreckt; ein Bild, das ich am liebsten mit der Kamera festgehalten hätte – eher als die Statue eines irren Heerführers.

Wäre es möglich, diesen Anblick nie zu vergessen? Hatte es in meiner Vergangenheit solche Momente gegeben, wie sie mir auf dieser Reise täglich begegneten? Natürlich erinnerte ich mich an Tausende Dinge, aber wann hatte ich vor dieser Reise, vor Elizabeth, jemals daran gedacht, einen Augenblick nicht vergessen zu wollen? Nie.

«Ich hatte gehofft, du hättest wenigstens ausgeschlafen», sagte sie.

«Hab ich, warum?»

«Weil du träumst.»

«Das stimmt.»

«Woran denkst du?»

Ich stellte meine Cola ab und schluckte meinen letzten Bissen Waffel herunter. «Ich habe mich gefragt, warum ich das Glück habe, mit dir hier zu sitzen, und kein anderer.»

«Wie wer zum Beispiel?»

«Die Brustwarze.»

«Wer?»

«Enno.»

Sie lachte auf. «Der hat nicht gefragt, ob ich mich mit ihm abseile.»

«Ach so, wer als Erster fragt, der …»

«Du weißt schon.»

«Da hab ich ja wieder Glück gehabt.»

«Glück muss man provozieren.»

«Muss man?»

«Enno hat es nicht provoziert, wenn du denkst, dass das hier Glück ist, die letzten Tage.»

Jetzt schaute sie mich an.

Ich schraubte die Colaflasche wieder auf.

«Find ich», sagte ich leise, weil ich mir nicht ganz sicher war, ob das angebracht war.

«Da! Schon wieder», sagte sie.

«Was?»

«Du hast es gesagt.»

«Was?»

«Na, dass du das findest! Andere hätten geschwiegen, nix gesagt, was weiß ich. Du bist offen. Du riskierst was.»

«Hah, na ja, Risiko … ist was anderes.»

«Du weißt, was ich meine.»

«Hmh.»

«Siehste.»

«Also, wenn ich ehrlich bin …» Ich zog die Mundwinkel nach unten und die Schultern nach oben.

«Und wieder. Du bist offen. Das macht dich verletzlich. Offenheit erzeugt Hass, haben schon die Römer gesagt. Und dir ist das egal. Weil du weißt, was du gewinnen kannst, und wenn nicht, dann nicht. Wer damit nichts anfangen kann, kann dir gestohlen bleiben, stimmt's? Und damit hast du recht.»

Ich brauchte eine Weile. «Ich schwöre dir, so habe ich das noch nie gesehen.»

«Umso besser.»

Ich nahm mir die nächste Waffel.

Wenn das so ist, dann müsste die Frage eigentlich okay sein. «Kann ich ein Foto von dir machen?»

«Nur zu.» Sie rührte sich nicht einmal, als hätte sie auf die Frage gewartet. «Und danach bin ich dran.»

«Guter Deal.»

Ich stopfte mir die Waffel in den Mund, während mein Samsung startete, und als ich versuchte, sie ganz ins Bild zu kriegen, von Kopf bis Fuß und das Meer und die Berge dahinter, lehnte ich mich weiter und weiter zurück, bis ich quasi am Boden lag. Mein Cap schob ich nach oben.

«Na, das wird ja ein Foto mit richtig Einsatz. Professionell», kommentierte sie.

Ich konzentrierte mich, fokussierte und drückte ab, ohne zu verwackeln, weil ich sogar den Atem angehalten hatte wie im Scharfschützenmodus von Battlefield. Ich sah Elizabeth auf dem Bildschirm und stellte sie mir sofort im Maßstab eins zu eins auf Leinwand vor, gerahmt.

«Hallo!», sagte sie mit ihrem iPhone im Anschlag. «Ich will dich nicht mit dem Ding in der Hand!» Sie zeigte auf mein Handy.

Ich legte es auf die Plastiktüte, kreuzte die Arme um meine angewinkelten Beine und setzte mein bestes Jesse-Image auf.

«Guck nicht so komisch.»

«Ich guck nicht komisch.»

«Tuste, guck normal. So mach ich kein Foto von dir.»

«Warum nicht?»

«Weil du sonst nicht so guckst.»

«Wie?»

«Nicht so jedenfalls. Das bist du nicht.»

«Wie bin ich nicht?»

«Du guckst nicht wie du!»

«Wie guck ich denn sonst?», fragte ich verwundert.

«So!» Sie drückte ab und lachte. «Wie ein Hirsch im Scheinwerferlicht.»

Elizabeth wusste, was kommen würde, und sprang auf, bevor sie ihren Spruch zu Ende gebracht hatte. Ich verfehlte sie knapp, sie quiekte und rannte los, ich hinter ihr her. Der aufgewirbelte Sand von ihren Füßen spritzte in mein Gesicht.

«Vorsicht», lachte sie. «Das ist neu!»

Sie hielt ihr Handy hoch. Ihre Umhängetasche schwang herum wie ein Mond aus buntem Stoff.

«Wär nicht das erste iPhone, das in meiner Gegenwart zerstört wird», rief ich.

Sie schlug Haken, duckte sich, und ich griff über sie hinweg. Ihr Gelächter hallte in einer Bucht wider, wo es eigentlich kein Echo geben darf.

Schließlich fiel Elizabeth neben unseren Steinen hin, mehr von alleine, und ich wusste nicht so recht, ob ich mich auf sie stürzen sollte oder das iPhone an mich reißen, und deshalb krallten sich meine Finger in ihre Hüfte, und sie zuckte wie unter einem Stromschlag, so sehr kitzelte es sie. Das iPhone hielt sie mit ausgestrecktem

Arm weg vom feinsandigen Boden. Der Jadeanhänger an ihrem Kettchen lag im Sand.

Sie wand sich unter meinen Händen, und als wir uns anschauten, beugte ich mich hinab und küsste sie, wobei unsere Sonnenbrillen aneinanderklackten, ich küsste sie abermals, und ihr Körper entspannte sich, nur um einer anderen Anspannung Platz zu machen. Sie schloss die Augen. Ich sah einen Kieselstein neben ihrem Kopf und nahm ihn, während ich ihren Mund küsste und dann ihre Wange und dann ihren Hals und ihre Schulter, wo das Shirt aufhörte, ihren Oberarm, ihren Unterarm, und dann schnappte ich das Handy aus ihrer schlaffen Hand.

«Haahaa!», machte ich wie Nelson von den Simpsons und federte hoch.

«Jörn … du …»

Ich holte aus und warf.

«J… b…», sie brachte kein Wort raus.

In zwanzig Meter Entfernung blubbte es spektakulär im Wasser. Kringel formten sich an der Stelle.

Elizabeth sog scharf die Luft ein.

Ich drehte mich grinsend um, meine Hände jetzt hinter dem Rücken.

«Bist … du …» Sie stand langsam auf. «Das … das …»

Verlorene Fotos, Filme, MP3s und die Kontakte ihres Lebens zogen vor ihrem geistigen Auge vorbei.

Sie musste jetzt etwas Positives hören. «Wow, siehst du klasse aus, wenn du sauer bist.»

Ich zauberte das iPhone hervor und drückte den Auslöser, als Elizabeth the Hulk mir meinen Namen entgegenkreischte.

Stille.

Ein getunter Motorroller mit kaputtem Auspuff lärmte über die Promenade.

«Das ist das Foto des Jahres», sagte ich.

Sie brauchte einen Moment, ihr Gehirn sortierte die erhaltene Information: Ihr Handy lebte, die soeben aus ihrer Erinnerung gestrichenen Fotos, Filme, MP3s und Kontakte zogen ein weiteres Mal an ihren Augen vorbei.

«Ich frage mich, ob man auf den Fotos erkennt, wie süß deine Ader am Hals herauskommt, wenn du brüllst», sagte ich.

«Oh, du!»

Ich bewegte mich rückwärts, sie vorwärts, Schritt für Schritt. «Oder wie deine Spucke geflogen ist, als …»

«Du!»

«Als du meinen … Namen …»

Jetzt jagte sie mich. Nach einem gelaufenen Haken ergab ich mich, «Gnade! Gnade!», kniete nieder, schützte meinen Kopf mit ihrem Handy. Flutsch, riss sie es mir aus der Hand.

«Orrr, ich sollte dich …» Sie grunzte einen Wutlaut heraus.

Durch meine zur Verteidigung über dem Kopf verschlungenen Arme lugte ich nach oben.

Sie knipste einmal und sagte: «Jetzt sind wir quitt. Genug Fotos zwischen uns.»

Das stimmte, meine unterwürfigen Gesten dürften nicht viel besser aussehen.

«Jetzt gucken», schlug ich vor.

Sie klopfte sich den Sand vom Körper und aus den Haaren und setzte sich wieder an ihren Platz. «Ich hätte dich so was von umgebracht.»

«Hihi, komm, der war gut.»

«Langsam umgebracht, ach, gefoltert, bis an dein Lebensende.»

Ich kniete mich neben die Waffeln, um den Sand an meinem Körper kümmerte ich mich nicht. Zeitgleich griffen wir nach unseren Cokes.

Als sie absetzte, fragte sie: «Was war das denn, was du da geschmissen hast?»

«Ein Stein.»

«Ich vertrau dir nie wieder.»

Ich lachte.

«Nie wieder. Küsst mich, kommt mir romantisch, um mir dann in den Rücken zu stechen.»

«Hey.»

«Männer.»

«Komm, lass mal gucken.» Ich deutete auf ihr iPhone.

«Du zuerst.»

«Okay.» Ich wischte mein Samsung wach. Ihr Foto lachte mich an. «Hier.» Ich zeigte es ihr.

Sie schaute mich vorwurfsvoll an. «Na gut, das ist … nicht schlecht.»

«Nicht schlecht? Nichts schlägt dieses Foto! Komm, jetzt bist du dran!»

Sie zog ein Gesicht, rückte neben mich, aktivierte ihre Galerie. Wir lachten über die Fratzen, und während wir lachten, löschte sie die Bilder.

«Eigentlich zu schade», sagte ich.

«Ich mache noch eins, von uns beiden, nebeneinander, normal.»

«Ich auch.»

Und so drehten wir uns, damit das Meer in unserem

Rücken lag, schmiegten unsere Wangen aneinander und schossen ein Double-Selfie. Sofort prüften wir, ob sie etwas geworden waren. Dabei berührte ich versehentlich ein Feld, und die Galerie sprang ausgerechnet zu einem der unabsichtlichen Selfies vom Schulabschluss, wo ich das Handy falsch herum gehalten hatte.

Sie lachte auf. «Was ist das denn? Dein enthirnter Zwillingsbruder?»

«Schulabschlussparty.»

«Siehst du fertig aus.»

«Guck mal den.» Ich tippte weiter zu Basti, total besoffen, verdreckt, am Ende.

«Was hat der denn mit dem Laternenpfahl vor?»

«Er konnte nicht mehr alleine stehen.»

«Wer von den beiden?»

«Muss ich nicht beantworten, oder?»

«Du kennst Leute», sagte sie.

«Zeig du mal ein Foto.»

«Von wem?»

«Von deinem Freund.»

Sie richtete sich auf, tat entrüstet. «Was soll das denn heißen?»

«Gut, deinem Exfreund.»

«Wie, Exfreund?»

«Na komm, du hattest doch bestimmt schon einen Freund.»

«Wie?»

«Na, so einen richtigen.»

Sie steckte ihr iPhone weg in ihre gewebte Tasche. «Wie, einen richtigen?»

«Du weißt schon … einen richtigen, festen Freund.»

«Wie meinst du, hier, so, zack», sie rockte ihren Körper vor und zurück, «ugachacka-ugachacka?»

Ich lachte laut auf. «Wo hast du das denn her?»

«Oder was?», hakte sie nach.

«So ähnlich.»

«Das fragt ein Gentleman nicht.»

«Ich bin doch nur offen!», grinste ich sie an.

«Ich nehme gleich alles wieder zurück.»

Eine Möwe landete vor uns, stakste auf und ab, ohne ein Auge von den restlichen Waffeln zu lassen.

Elizabeth zeigte auf die Packung mit den letzten Waffeln. «Komm, jeder noch eine, und dann bring ich den Müll weg.»

«Da sind drei drin.»

«Eben», sie nickte zur Möwe.

Kaum hatten wir die Waffeln herausgenommen, biss Elizabeth in ihre, um sie mit dem Mund festzuhalten und knüllte das Plastik zusammen. «Biff gleif.»

Mit den zwei Waffeln in der Hand schaute ich ihr nach, wie sie den Strand hochging zur Promenade, als wäre es ein Laufsteg für Pariser Sommermode. Sie hatte mittlerweile einen gesund braunen Teint, und ihre Wadenmuskeln spannten sich bei jedem Schritt, während ihr Pferdeschwanz über ihren Rücken tanzte.

Ich werde Filmemacher, dachte ich, und sie meine Muse, mein Star.

Die Möwe tauchte neben mir auf und gab einen spitzen Schrei von sich.

«Ist ja gut.» Ich zupfte kleine Happen von der Waffel und warf sie ihr zu, ohne mein Kameraauge von Elizabeth zu lassen.

Gierig schnappte die Möwe danach und würgte sie hinunter.

Elizabeth erklomm die Stufen der Steintreppe. Entweder war es ihr egal, dass ich ihr nachschaute, oder sie tat so, als bemerkte sie es nicht; ihren Kopf stur geradeaus gerichtet, kam sie oben bei den Palmen an und wanderte aus meinem Sichtfeld.

Die Möwe bekam ihr letztes Stück.

«Das war's», sagte ich und klatschte in die Hände, als würde es Sinn machen, ihr zu zeigen, dass sie leer waren.

Unerwartet breitete sie ihre Flügel aus und schwang sich empor, sodass mir der feine Sand um die Ohren flog.

«Das ist der Dank», murmelte ich.

Ich drehte mich wieder zum Wasser, weil es auf der Promenade nichts mehr zu sehen gab. In meiner Tasche drückte etwas, der Brief. Ich zog ihn heraus, bohrte meinen Zeigefinger in den Schlitz an der Seite und riss ihn auf.

Deswegen hatte er gedrückt, dachte ich, in dem Umschlag fand sich kein Papier, kein Brief, sondern Bilder, vier alte Fotografien von mir als Baby. Sie waren durch den Transport etwas verknickt, aber vielleicht waren sie das vorher auch schon. Auf einem war ich als frischgeborenes Baby zu sehen, nackig auf einer Waage, schreiend, ich sah aus wie jedes Baby, das erst ein paar Minuten alt ist. Auf einem anderen lag ich im Arm meiner sichtlich erschöpften Mutter im Bett. Auf dem nächsten saß mein Vater lächelnd daneben, und auf dem letzten hielt er mich eingepackt in eine dicke mintfarbene Decke auf dem Arm, wobei er strahlte, als hätte er gerade von Bruce Springsteen persönlich den Grammy überreicht bekommen.

Die zwei Fotos mit meinem Vater waren mir unbekannt, die anderen beiden hatte ich in einem Album gesehen. Ich wusste noch nicht einmal, dass er bei der Geburt dabeigewesen war. Ich war davon ausgegangen, dass er zu dem Zeitpunkt schon das Weite gesucht hatte. Ich hatte allerdings auch nicht nachgefragt.

Mein Gesicht auf den Bildern war eine krebsrote, verknautschte Grimasse, schreiend oder sichtlich mies gelaunt.

Die Fotos hätten von jeder Familie stammen können, deren Eltern zusammengeblieben waren, außer dass meine Mutter auf keinem glücklich aussah – aber eine Geburt soll ja auch kein Zuckerschlecken sein.

Auf der Rückseite des Bildes mit uns dreien standen zwei verblasste, mit Kugelschreiber geschriebene Worte: *Better Days*. Auf dem anderen: *Glück zu finden, ist schwer, es zu behalten noch schwerer.*

«Was ist das?» Elizabeths Stimme schlug wie ein Blitz in meine Gedanken.

Ich zuckte zusammen und fingerte mit den Bildern in meinen Händen, als müsste ich sie verstecken. Sie kniete sich neben mich und stellte einen grünen Pappbecher vor mir ab.

«Magst du?», fragte sie. «Ist Milchkaffee.»

«Ja, danke.»

«Was sind das für Fotos?»

Ich schaute sie an, als würde sie eine fremde Sprache sprechen.

Ihr Gesichtsausdruck veränderte sich aufgrund meines Schweigens.

Ich brach es selbst. «Das war der Brief heute. Von meinem Vater. Kein Brief. Nur vier Fotos.»

Sie schien zu überlegen, ob sie ihre Frage stellen sollte, entschied sich aber dafür. «Was ist auf den Fotos?»

«Ich, als Baby, gleich nach der Geburt.»

Sie lächelte nur mit ihren Augen. «Darf ich sehen?»

Willenlos reichte mein Arm ihr die Fotos. Sie drückte ihren Becher knirschend in den Sand und nahm die Fotos vorsichtig wie Originalkunstwerke entgegen. «Wie süüüüß.»

Ich beobachtete sie, wie sie sich eines nach dem anderen anschaute, als hätte sie eine Antwort auf all meine Fragen parat.

Er hatte mich in seinen Armen gehalten. Es gab einen Moment, wo mich mein Vater in seinen Armen gehalten hat. So angestrengt wie sinnlos versuchte ich mich daran zu erinnern. Vergeblich. Kein Gefühl der Nähe oder des Moments. Nichts, nur ein Bild. Zerknittert.

Elizabeth betrachtete die Fotos mit dem Gesichtsausdruck einer jeden jungen Frau, die Babybilder sieht und jene in ihr schlummernde Magie spürt, Leben schenken zu können.

«Die sind wunderschön», sagte sie und gab mir die Fotos zurück.

«Ja.»

Was sollte ich auch sonst sagen?

«Du hattest damals schon so ein Kinn.»

«Was für ein Kinn?»

«Ein süßes.»

Noch nie hatte irgendjemand etwas über mein Kinn gesagt, ausgerechnet mein Kinn. Ich packte die Bilder zurück in ihren Umschlag und schob ihn vorsichtig zurück in meine Hosentasche.

«Willst du sie dir nicht noch ein bisschen anschauen?»

Ich räusperte den Kloß im Hals weg, kratzte mich an meiner Schläfe. «Wozu? Wir sind jetzt hier.»

Sie griff sich ihren Kaffee. Bevor sie daran nippte, fragte sie: «Bist du noch hier?»

«Ja, *ja*.»

Better Days.

Auch ich schlürfte den Milchschaum mit dem Schokoladenpulver aus meinem Becher.

«Magst du drüber reden?», fragte sie.

Draußen auf dem Meer kreuzte ein weißes Segelboot, schräg in einem Wind liegend, den wir hier nicht spürten.

«Was gibt es schon darüber zu reden?» Mit meinen Fingern kämmte ich den Sand. «Vater zeugt Kind, Vater haut ab, Vater kriegt schlechtes Gewissen, als er krank wird und sterben muss.»

Der Rest, die Gegenwart hüllte sich in eine Sprachlosigkeit aus Unverständnis und Verwirrung.

Sie klammerte sich an ihren Kaffee, ohne zu wissen, was sie sagen sollte. Ich wusste auch nicht, wie ich an ihrer Stelle darauf reagiert hätte.

«Immerhin», sagte sie leise, ihre Lippen bewegten sich kaum.

«Was immerhin?»

Den Kopf leicht zum Kaffee gebeugt, beobachtete sie mich über den Becher hinweg. «Immerhin hat er sich noch gemeldet.»

Neben einem Mädel wie ihr sollte ich an einem Strand eigentlich andere Gedanken haben, wir sollten über etwas anderes sprechen oder noch besser: gar nicht. Warum hatte ich den Brief bloß mitgebracht? Warum hatte ich verschlafen? Jetzt war es fast so, als säße mein Vater hier zwischen uns.

«Hätte ich drauf verzichten können», sagte ich.

«Hättest du?» Sie leckte sich Milchschaum von der Oberlippe. «Dann wärst du nicht auf der Athene, oder?»

«Ja, nein.»

«Dann säßen wir nicht hier.»

«Stimmt wohl.»

«Von dem, was ich von ihm weiß, war es das Beste, was er noch für dich tun konnte: dir eine Schiffsreise zu schenken.»

«War ja auch nicht ganz selbstlos.»

Blutgeruch in der Nase, metallen, ich nahm einen Schluck Kaffee und atmete durch die Nase aus, um das unangenehme Gefühl zu vertreiben. Es gelang für den Bruchteil einer Sekunde.

«Wieso nicht ganz selbstlos?» Die Falten auf ihrer Stirn zeugten von ihrer Verblüffung. «Was hat denn dein toter Vater davon, dass du mit der Athene quer durch das Mittelmeer schipperst und dir die Sonne auf den Bauch scheinen lässt, dich an den kulinarischen Spezialitäten erfreust und Tequila Sunrise schlürfst? Außer dass er dir eine gute Zeit spendiert hat.»

Trommelwirbel.

«Ich hab seine Asche.»

«Wie seine Asche, was für Asche?»

«Na, seine … er wurde verbrannt, seine Asche.»

Ihr Mund blieb offen stehen, ich konnte ihre Zungenspitze sehen.

«Ich hab seine Asche, ich soll sie … ihn begraben.»

Eine bis dahin nicht gespürte Last fiel erdrutschartig von meinen Schultern. Ein derart überraschendes wie befreiendes Gefühl, ich lachte fast auf.

«Du hast … du sollst … was?» Sie drückte den Becher zurück in den Sand.

«Ich habe seine Asche dabei, und die soll ich außerhalb von Rom an einer Stelle in seinem Heimatdorf begraben, unter einem Olivenbaum. Viaggio. Von Civitavecchia geht ein Bus dorthin. Die Briefe sind wohl dazu da, damit ich mich nicht langweile bis dahin», sprudelte es aus mir hervor. Plötzlich kam mir alles vor wie ein Witz, unglaublich und irrsinnig.

Elizabeth sammelte ihre Gedanken, schaute zum Horizont, dann zur Promenade, setzte mehr als einmal an, etwas zu sagen, bis sie sich zu einer kurzen Frage durchrang: «Du hast eine Urne in deiner Kabine?»

«Keine Urne, die Asche ist in einem Rainmaker, das ist ein …»

«Ich weiß, was ein Rainmaker ist! Haben wir im Musikraum. In einem Rainmaker? Die Asche deines Vaters ist in einem Rainmaker?»

«Ja, so lang ist der ungefähr.» Meine Hände zeigten die Größe einer guten Forelle, ohne zu übertreiben.

«Wieso?» Sie konnte es nicht fassen.

«Mit einer Urne ins Flugzeug, dann das Check-in am Schiff, da könnte man Schwierigkeiten kriegen. Er wollte mir so wenig Probleme bereiten wie möglich.»

«Aber ein Rainmaker …»

«Musiker eben.»

«Und das erzählst du mir einfach so?»

«Du hast gefragt.»

Sie packte sich an den Kopf. «Und ich lasse den Brief weg …»

«Jetzt fang nicht wieder damit an, okay?»

Sie stürzte den letzten Schluck Kaffee runter wie Jesse einen Shot Tequila nach dem Finale in der Bar.

«Wow», machte sie, stand auf und ging zum Wasser. Mit den Füßen wirbelte sie bei jedem Schritt eine Sandwolke auf.

Ich kam nicht hoch, es ging nicht. Als säße ich auf einem Klettverschluss, als bestünde meine Aufgabe einzig und allein darin, ihren Anblick in mich aufzusaugen, mir der Echtheit eines unvergesslichen Augenblicks im Leben bewusst zu werden. Better Days.

Dann spritzte das Wasser, platschte, gurgelte, weil sie ungebremst ins Meer watete, bis das Wasser zu ihren Knien reichte. Ihr Rock zwei Finger breit über dem Wasser. Sie beugte sich hinunter, ohne mich zu beachten, als wäre ich gar nicht da, und rieb das Salzwasser über die Arme, zuletzt benetzte sie ihr Gesicht, öffnete ihren Zopf und schüttelte ihre Mähne mit zurückgelegtem Kopf, blinzelte in die Sonne.

Auf ihrem Weg zurück zu mir verknotete sie ihre Haare wieder, das könnte eine meiner Lieblingsgesten bei ihr werden. Sie tat beschäftigt, als sähe sie nicht, wie ich sie beobachtete.

Vor mir fiel sie förmlich auf die Knie, und ihre abgekühlte Haut verströmte eine Frische, die man sich in der Mittagshitze Korsikas wünschte.

Mit dem Handrücken wischte sie sich einen Wassertropfen von der Wange. «Und das erzählst du mir hier alles so locker am Strand.»

«So locker war das nicht.»

«Du tust die ganze Zeit, als wäre nichts!», regte sie sich auf.

«Es ist ja auch nichts. Ja, die Asche meines Vaters, aber eines Vaters, den ich nie gekannt habe, der sich einen Scheißdreck gekümmert hat um mich, um meine Mutter, um uns, soll ich deswegen in Schwarz gekleidet Askese am Buffet üben?»

«Er liegt in deiner Kabine.»

«Da LIEGT keiner! Asche in einem Musikinstrument, vielleicht hat er mich auch verarscht, und da ist Sand drin, und er will mich nur mal sehen.» Demonstrativ nahm ich eine Faust voll Sand und drehte sie um, als wäre sie ein Rainmaker. «Er arbeitet womöglich in der Küche und begafft mich wie eine animierte Jagdtrophäe.»

«Jörn!»

«Wär allerdings ein ziemlich geschmackloser Joke», gab ich zu.

«Krass.»

«Krass ist wahr.»

Sie versuchte, etwas in meinem Gesicht zu lesen, dann sagte sie: «Mir wird heiß hier.»

«Mir ist heiß.»

«Sollen wir in den Schatten?»

«Ja.»

Wir standen beide auf, nahmen die leeren Becher in die eine und unsere Schuhe in die andere Hand und schlenderten durch den Sand zur Steintreppe.

Wir genossen den Schatten der Palmenblätter auf der Promenade, das Knirschen der Sandkörner auf dem Beton unter unseren Sohlen und die wahnsinnigen Korsen auf ihren frisierten Scootern.

Auch als wir die Becher weggeworfen und unsere Schuhe angezogen hatten, machte Elizabeth sich nicht die Mühe, den Sand von ihren Beinen zu wischen. Ihre Schienbeine glichen panierten Wiener Schnitzeln.

«Ist was?», sagte sie und folgte meinem Blick.

«Stört dich der Sand nicht?»

«Der fällt von alleine ab.»

Damals wusste ich nicht, ob alle Mädels so waren, ich bezweifelte es, zumindest bildete ich mir das ein. Heute weiß ich, dass nicht alle so sind, bei weitem nicht.

Schweigend schritten wir auf die Zitadelle in der Kurve des Boulevard Danielle Casanova zu. Wir rissen ein paar Witze über den Namen der Straße. Wer wusste schon, wie Casanova mit Vornamen hieß?

«Setzen?», fragte sie.

«Okay.»

An einer Stelle fiel der Schatten eines Baumes auf die niedrige Außenmauer des alten Bauwerks, Elizabeth zögerte keine Sekunde und setzte sich rittlings auf die wie der Rücken eines Pferdes geformte Mauer. Als ich mich daraufschwang, damit wir uns gegenübersitzen konnten, gefror mein Blut in den Adern, bis in die letzte Hirnwindung kribbelte es unter der Haut, denn rechts von mir befand sich der breite Burggraben, die Mauer fiel zehn Meter steil unter meinem Bein ab. Jemand hatte irgendwann einen kleinen Tennisplatz dort unten angelegt, der jedoch schon lange kein Match mehr gesehen hatte.

Kothaufen unterschiedlichen Alters tupften das grüne Spielfeld braun und grau. Ihr Schöpfer graste auf dem Rasen, ein Esel.

«Warum sitzt du so schief?», fragte sie mit ihren Händen auf den Knien.

Ihr machte der Abgrund nichts aus. Aber sie war auch das Reiten gewohnt.

«Geht schon ganz schön steil runter.»

Sie lachte das entspannte Lachen eines verliebten Menschen, der gerade den wunden Punkt zum Ärgern des anderen gefunden hat. «Hast du Schiss?»

«Nein.»

«Höhenangst?»

«Ich … pah.»

«Dann setze dich doch gerade hin!»

Ich stützte mich mit meinem linken Ellbogen auf meinen linken Oberschenkel und winkelte den anderen Arm locker in meiner Hüfte an, es sollte lässig aussehen. «Ich sitze doch normal, kein Problem.»

«Mach mal nach!»

Sie spreizte die Arme zu Flügeln und ließ ihre Beine vor und zurückbaumeln.

Meine Beine pressten den letzten Saft aus der jahrtausendealten Mauer.

«Keine Lust.»

«Keinen Mumm.»

«Wozu?»

«Schisser.»

«Na und?»

«Okay.» Sie hörte auf, den Hampelmann zu machen. «Ich wollte nur sehen, ob du es zugeben kannst.»

«Was soll das denn? Wozu mich testen? Wir sind doch nicht bei einem Einstellungsgespräch.»

Sie dachte darüber nach.

Ist doch wahr, eine Beziehung, auch wenn wir nicht in einer solchen waren, ist doch kein Versuchslabor für Stärken und Schwächen.

«Willst du woanders sitzen?», lenkte sie ein.

«Nein, geht schon.»

Sie deutete auf den Esel. «Ob der da unten alleine lebt?»

«Da wäre er selbst schuld.»

«Wieso?»

«Hätte er die anderen auch mal beim Tennis gewinnen lassen sollen.»

Sie kicherte. Ihre Espadrilles hingen lose an ihren Zehen.

Ich gewöhnte mich langsam an die Tiefe neben mir.

Ihr iPhone gab ein dezentes Ping von sich.

«Ist es okay, wenn ich …» Sie zeigte auf ihre tunesische Tasche.

«Klar, klar, ich sollte auch.» Mir fiel mein versprochener Anruf nach Hause ein und ich holte mein Handy hervor.

Während sie eine oder mehrere Textnachrichten tippte, rief ich meine Mutter an.

Sie ging gleich ran. Ich konnte nur Hallo sagen, da überfiel sie mich mit Fragen, und ich gab ihr einen stichwortartigen Abriss, bevor ich es nicht mehr zurückhalten konnte: «Hast du eigentlich Fotos von … Rocco?»

Schweigen, ein kurzer Augenaufschlag von Elizabeth. Der Esel rupfte geräuschvoll an einem großen Büschel Gras.

All ihrer Euphorie über meinen Anruf beraubt, sagte meine Mutter langsam: «Ich kann ja mal nachschauen.»

Schuldeingeständnis. Sie hatte Fotos, und sie hatte sie mir all die Jahre nicht gezeigt.

Ich bemerkte Elizabeths Blick und nickte kurz.

«Das wäre schön», sagte ich.

Im Hintergrund war Leas Krähen zu hören.

«Gleich», sagte meine Mutter vom Hörer weg und zu mir: «Hier ist eine Postkarte für dich angekommen.»

«Von wem?»

«Basti.»

«Der kann mit der Hand schreiben?»

Ich kannte ihn außerhalb der Schule nur auf seinem Ex-iPhone tippend.

«Offenbar! Wenn ich sie lesen darf, lese ich sie dir vor.»

«Du hast sie doch schon gelesen. Sonst wüsstest du doch nicht, von wem sie ist.»

Sie las betont unbetont. «Alter! Ich bin dauerbreit, nur Party hier, die Mädels alle bauchfrei, Mexikanerin abgeschleckt, Sprachschule geschmissen, ich zelte zurzeit, vielleicht bleibe ich hier, immigriere, falls nicht, bis baldobelly, Buster-Basti. PS: Falls du meine Eltis triffst, du weißt von nix.» Sie pausierte eine Sekunde. «Muss ich mir Sorgen um unseren Buster-Basti machen?»

«Quatsch, der erzählt immer nur Scheiße.» Was er eigentlich nie tat, weshalb ich den Wahrheitsgehalt seiner Postkarte als sehr hoch einschätzte. Glückspilz. Nix mit Englisch-Crashkurs.

«Wenn du das sagst», meinte sie.

«Ja.»

«Ich kann aber gerne seinen … Eltis Bescheid sagen.»

«Nein, nein, brauchst du nicht.»

«Und du? Hast du schon irgendwen … Nettes getroffen, auf dem Schiff? Freunde gefunden?»

«Na ja, es sind ein paar in meinem Alter auf dem Schiff, wir sehen uns ab und zu, unternehmen gemeinsam Ausflüge.»

Elizabeth konnte das nicht überhören, und schon krabbelte ihre Hand über die Mauer zwischen uns wie eine große Spinne in meine Richtung, sie grinste gemein.

Ich schüttelte den Kopf, formulierte ein tonloses Nein, sie sollte aufhören.

Ihre Hand sprang plötzlich auf mein Knie und drückte es, dass es kitzelte, ich aufschrie und beinahe Eselfutter geworden wäre.

«Jörn, was …?», fragte meine Mutter.

«Alles klar, die fahren hier nur wie die Wilden.»

«Pass bloß gut auf dich auf!»

«Mache ich. Irgendwas vom Bund gehört?»

«Nein, noch nichts.»

Und weil das ein guter Absprungpunkt war, sagte ich: «Ich rufe dich wieder von Neapel an, morgen ist ein weiterer Seetag.»

«Pass schön auf dich auf», wiederholte sie sich, und wir verabschiedeten uns.

Elizabeth feuerte direkt ihre erste Frage ab. «Wer quatscht immer nur Scheiße?»

«Basti, mein Kumpel, der mit der Laterne, hat eine bekloppte Postkarte aus Kanada geschickt. Sie hat sie mir vorgelesen, hat gefragt, ob sie seine Eltern informieren soll. Das musste ich etwas abschwächen, deswegen das mit dem Scheißeerzählen.»

«Ah, da fällt mir was ein, ich mach auch ganz schnell einen Anruf.»

«Nur zu.» Ich begann die Nachrichten der verschiedenen Telefongesellschaften zu löschen, da sah ich erst, dass eine Textmessage von meinem Bruder stammte.

Ahoi, Matrose, wie geht es dir auf dem Schiff? Ich hoffe, du hast eine Riesenzeit, bis bald, Ch

Elizabeth erreichte ebenfalls jemanden am Telefon, sie juchzte auf vor Freude.

Ich schrieb ihm zurück: *Ahoi!! Wirklich strange Zeit, Mann, das alles, aber es ist geil, habe viel zu erzählen, bis bald, J.*

Eigentlich hatte ich vor, ihm mehr zu schreiben, aber Elizabeth telefonierte mit einem Typen, einem Frank, und sie klang nicht gerade gelangweilt. Ich steckte mein Handy weg und beobachtete sie aus den Augenwinkeln.

Sobald sie es bemerkte, machte sie ein Gesicht; ich gab ihr die gleiche Grimasse zurück.

Sie lachte und witzelte und turtelte am Telefon mit diesem Frank, als würde sie sich mit mir unterhalten.

Ich, etwas Besonderes für sie? Von wegen. Eine Schauspielerin, eine Puppenspielerin war sie und ich ihre Marionette. Dort ihr Freund zu Hause oder vielleicht im Internat, ein Däne, blond, groß gewachsen, und hier ich, eine Ablenkung, der Ghettotyppes aus Doofhausen. Ich Hirni hatte mich ihr anvertraut, hatte ihr von meiner Situation erzählt. Und meine Mutter hatte mir mein Leben lang die Fotos meines Vaters vorenthalten. Ein Felsklotz formte sich in meinem Magen.

Unter mir schabte der Esel seine Flanke müde an der

Mauer. Ich schwang mein Bein rum und sprang auf den Bürgersteig. Ich stiefelte los, wollte nichts mehr hören.

Sie rief meinen Namen und kam hinterhergerannt. «Kannst du mir verraten, was mit dir los ist?»

«Fass mich nicht an.» Ich zuckte mit meiner Schulter vor ihrer Hand zurück.

«Hallo?»

«Hallo? Das war er ja wohl, dein Freund.»

Sie blieb stehen.

«Spinnst du? Wie kommst du denn dadrauf?»

Ich stoppte ein paar Schritte weiter. «Wie ich darauf komme? Oh, hihi, haha, ach, jaha, hihi», ahmte ich sie bei ihrem Telefonat nach.

«Wir sind Freunde, aber doch nicht zusammen.»

Mein Hals zog sich zu. «Das soll ich dir glauben?»

«Ja!»

«Nein! Ich bin doch nicht blind oder taub. Was war das denn eben?»

«Ein Telefonat unter Freunden. Weißt du nicht …»

«Ich hab dich sogar nach einem Freund gefragt, und du hast so getan, als wäre ich ein Außerirdischer, wie ich nur fragen könnte und so.»

«Frank ist ein Freund, aber wir sind nicht zusammen.»

Von einem Balkon auf der anderen Straßenseite kommentierte eine alte Frau gestenreich unseren Streit. Verstehen konnte ich sie nicht.

Ich sagte: «Warum nicht? Ihr versteht euch doch super.»

«Er ist nicht mein Typ.»

«Klang aber ganz anders.»

«Wir verstehen uns einfach gut.»

Die Frau warf uns Küsse vom Balkon zu, wir sollten uns küssen, umarmen, eine andere Nachbarin redete mit ihr und zeigte auf uns und griff sich dramatisch zum Herzen in ihrer voluminösen Brust.

Ich ging weiter, Elizabeth neben mir, ein Baum auf dem Bürgersteig, ich links, sie rechts vorbei.

«Aber ihr hattet doch mal was miteinander?», fragte ich.

Sie ließ die Arme hängen. «Ja, Jörn, erwischt, wir haben zusammen sämtliche Stellungen des Kamasutra durchgevögelt und es um 46 neue erweitert. Zufrieden?»

«Pff.»

«Wir – hatten – nichts – miteinander.»

«Wie leichtgläubig bin ich, glaubst du?»

«Du kannst mir glauben, bleib doch mal stehen.»

Wir schauten uns in die Augen. Ein Scooter raste auf der Straße vorbei, der Geruch nach unverbranntem Benzin hüllte uns ein.

Sie hustete und krächzte: «Ich schwöre dir, ich habe nichts mit ihm, ich hatte nix mit ihm und werde nie etwas mit ihm haben, aber es ist nicht ausgeschlossen, dass ich mein Leben lang ab und zu mit ihm telefoniere. Wir verstehen uns gut, schwer zu erklären, warum. Glaub mir. Das ist alles.»

«Und wen rufst du als Nächstes an? Olaf? Sören?»

Eine Windböe blähte ihre Frisur auf, als hätte ihr jemand einen Föhn hingehalten. Sie schleuderte die Haare wieder nach hinten.

«Ach, fick dich», zischte sie und ließ mich stehen.

Ihr Gang sah übertrieben wütend aus, eckig in den Bewegungen, als müsste sie auf einer Theaterbühne bis in die letzte Reihe deutlich zu erkennen sein. Meine Füße waren wie in den Boden genagelt, meine Kiefer verkrampft geschlossen. Weder konnte ich ihr folgen noch etwas hinterherrufen. Wie ein unbeteiligter Betrachter schaute ich ihr nach, wie sie zwischen den Menschen verschwand. Und als ich mich wieder bewegen konnte, trat ich fluchend gegen einen Baum.

«Was haben wir denn dadrin?», tönte triumphierend Mohammad am Security-Check-in der Athene. Es sollte wohl jeder hören, auch der Kapitän auf der Brücke.

Alles drehte sich zu uns um. Die Haare der Leute wirbelten um ihre Köpfe. Der Wind war in der letzten Stunde stärker geworden.

Knisternd öffnete er die Papiertüte und hob die grüne Flasche Rotwein heraus. «Erwischt!»

Nachdem Elizabeth abgedampft war und ich mich etwas beruhigt hatte, stellte ich mir den weiteren miserablen Verlauf dieses Tages vor, der so verheißungsvoll begonnen hatte, bis wir unbedingt telefonieren mussten. Ich sah keinen Grund, mich später auf dem Schiff zu Julia und den anderen Jugendlichen zu gesellen; zu groß war die Wahrscheinlichkeit, dort auf Elizabeth zu treffen.

Ich würde, nachdem ich Carlo einen Besuch abgestattet hatte, den Rest des Tages – vor allem den Abend – alleine verbringen, höchstens in der illustren Gesellschaft der Asche meines toten Vaters. Das schrie nach Alkohol. Wein. Da der korsische Wein eine Spezialität war, wie Elizabeth mir im Supermarkt erzählt hatte, kaufte ich mir eine Flasche und hoffte darauf, nicht erwischt zu werden.

«Erwischt! Und noch keine 18», wiederholte dieser Mohammad noch einmal vor seinen Kollegen, die ihn für seinen Spürsinn ganz offensichtlich bewunderten.

Selbstverständlich kam das nicht ganz unerwartet, ich dachte mir schon, dass er ein Auge auf mich haben würde, sollte er ausgerechnet bei meiner Rückkehr Dienst an den Scannern haben, von daher hatte ich mir eine gute Geschichte zurechtgelegt. «Das ist korsischer Wein, ein Geschenk für meine Mutter.»

«Was du nicht sagst!» Er machte ein weinerliches Gesicht und wischte sich eine unsichtbare Träne aus dem Augenwinkel. «Für seine Mutter, ein Teenager, der an seine Mutter denkt.»

Ein gewisses humoristisches Talent konnte ich ihm nicht absprechen. Warum nur musste ich dauernd als Zielscheibe herhalten?

«Ja», sagte ich ernst.

Mit seinen Ringen klingelte er am Glas und reichte die Flasche einem Kollegen, der sie in ein Metallregal stellte.

«Hey!», machte ich. «Kann ich die gefälligst wiederhaben, die gehört mir.»

«Natürlich. Natürlich bekommst du die wieder. Wenn wir unsere Reise beendet haben, kannst du sie dir bei uns im Büro auf Deck 6 abholen, wenn du das Schiff ein letztes Mal verlässt.»

Er grinste ein höhnisches Grinsen wie Hank Schrader in Staffel 1 von *Breaking Bad*, als es ihm noch gutging.

Damit, dass sie die Flasche konfiszieren würden, hatte ich nicht gerechnet.

Bevor ich weiterdenken oder etwas sagen konnte, winkte er mich vorbei. «Das war's, der Nächste bitte, los, los.»

Wie im falschen Film eierte ich den öden Gang entlang zu den Fahrstühlen. Durchzug heulte zwischen den Rohren und Ritzen der Türen. Ein voller Fahrstuhl schloss sich gerade, ein leerer öffnete sich daneben, ich sprang rein und drückte bestimmt zwanzigmal den Tür-zu-Knopf. Es klappte, ich hatte den Fahrstuhl für mich alleine, und als er sich in Bewegung setzte, schrie ich, begleitet von leisen Calypsoklängen aus den Lautsprechern, meine Wut in die Spiegel.

Das Hähnchen mit Chili und Auberginenbruschetta vom Phönix-Grill schmeckte nach einem zweiten Stück. Erst dachte ich, nach der Szene mit Elizabeth würde ich keinen Bissen herunterkriegen, nun schlang ich die Leckerei förmlich in mich hinein, während ich bereits hinüber zu Carlos Hades-Cocktail-Bar äugte. Auch hielt ich Ausschau nach Elizabeth, doch weder sie noch Julia oder die anderen waren auf Deck zu sehen.

Ich stellte den leeren Teller auf einen Tablettwagen und schlenderte zwischen den Menschen hindurch wie über eine Blumenwiese. Vereinzelt schnappte ich Wortfetzen auf, von dem angeblich besten Restaurant Korsikas, dem schönsten Strand des Mittelmeeres und anderen Superlativen, mit denen sie sich gegenseitig zu übertrumpfen versuchten. Geronto-Swag.

Carlo bewegte sich wie immer geschmeidig entspannt und geradezu musikalisch zielgerichtet zwischen den Flaschen und Gläsern hin und her. Nichts sollte nach Hast oder Eile aussehen, aber pausiert werden durfte auch nicht, solange die Gäste Getränke bestellten. Er bemerkte mich erst, als ich an der Reihe war.

«Jörn!»

«Hi Carlo!» Wegen einer Böe musste ich kurz mein Cap festhalten.

Er schaute über mir zum Himmel. «Wie war dein Tag?»

«Extrem. Könnte ich bitte einen Tequila Sunrise haben. Ohne Schirmchen?» Ich zwinkerte ihm zu und entblößte den Schein in meiner Hand. Schließlich wusste ich jetzt, wie das funktionierte mit den alkoholischen Getränken für nicht Volljährige.

«Klar», sagte er.

Rekordverdächtig schnell landete mein Cocktail auf der Theke und mein Schein in seiner Tasche. Da ich als Letzter an der Reihe war, blieb er bei mir stehen, und wir konnten miteinander reden, wobei seine Aufmerksamkeit gegenüber den Passagieren und möglichen Bestellungen keineswegs nachließ.

«Was war das denn eigentlich gestern mit deiner Freundin und den Briefen?», fragte er.

«Vergiss es. Unwichtig.»

«Hmh. Und wie findest du Korsika?»

«Klasse.» Das war ja nicht gelogen.

Ich nippte am Tequila Sunrise, etwas fehlte, ich trank einen Schluck, dann einen tiefen Schluck und meinte flüsternd: «Ich schmecke gar keinen Alkohol.»

Er flüsterte zurück: «Wäre auch ein Wunder, ist ja ohne Alkohol.»

«Häh? Wieso?»

«Dafür muss man volljährig sein.»

«Gestern ging das.»

«Da hatte deine Freundin bestellt.»

«Mein Fünfer gefiel dir. Da hast du keinen Unterschied gemacht.»

«Für Trinkgeld muss man auch nicht volljährig sein.»

«Was soll ich denn damit?» Ich trommelte mit meinen Fingernägeln gegen das Cocktailglas.

«Trinken, genießen.»

«Beides hätte ich gerne, mit einem Schuss Tequila.»

«Sorry, du bist der Sohn von Rocco.»

«Und das disqualifiziert mich?»

«Das kannst du so sehen, Entschuldigung.» Er wandte sich dem langhaarigen Schlunz zu, der sicher nicht seinen ersten Drink bestellte. Die Haut an seinen Armen und im Gesicht sah aus, als würde er sie jeden sich bietenden Moment der Sonne aussetzen und nach deren Untergang der Sonnenbank.

Carlo hatte die Eier, sich wieder zu mir an die Theke zu gesellen.

«Keine Chance?», fragte ich, auf meinen Saft zeigend.

«Keine Chance. Aber was anderes. Ich habe beim Frühstück Sandra von dir erzählt. Sie würde dich gerne kennenlernen.»

Mein Maß an weiblichen Bekanntschaften war voll für heute, aber ich ließ mir nichts anmerken. «Ich weiß nicht. Wer ist sie? Heißt sie nicht Martina?»

«Martina? Das wär ein Zufall, Sandra meine ich, sie war bis … zum Schluss mit deinem Vater zusammen.»

Ach so, die Aktuellste. So was wie meine Stiefmutter? Na prima. Der Tag wurde immer besser.

«Wie viele Nächte?», fragte ich.

«Das ist nicht besonders nett von dir. Wenn ich das sagen darf.»

«Klar, immer drauf auf mich. Ach ja, Alkohol macht mich übrigens nett.»

Er grinste mit einem Mundwinkel, öffnete den Mund, schloss ihn aber wieder.

«Was?»

«Der Spruch hätte von deinem Vater kommen können.»

Warum spürte ich bei diesen Bemerkungen immer diesen Stein im Magen?

Der Wind klapperte mit dem Metallgitter, das über uns eine Armlänge aus der Decke ragte und das er später herunterlassen würde, um die Bar zu schließen. Ein Sommerhut flog trudelnd an uns vorbei hinter die Theke. Carlo hob ihn auf und reichte ihn spaßend seinem Besitzer, der sich über den verbrannten Schädel rieb.

«Kann sie sich morgen mal bei dir melden, wenn sie Zeit hat? Ist ja ein Seetag», fragte mich Carlo.

«Sicher.»

Worüber würden wir reden? Wollte sie etwas von mir wissen? Ein Paar an einem Tisch lachte auf und ließ die Gläser aneinander klingen. Wie so eine Kreuzfahrt sich wohl anfühlt, wenn man sich einfach nur entspannen kann? Keine Probleme hat, mit nichts.

«Warum haben es manche so leicht im Leben, und ich habe die ganze Scheiße», fragte ich, mehr ein lautes Denken.

«Komm, also so schlimm ist es auch nicht. Du bist jung, gesund ...»

«Verglichen mit denen aus dem Youthclub, zum Beispiel.»

«Mit den reichen Kids? Guck sie dir an. Viele lernen nicht zu kämpfen, verlieren, gewinnen, und darum geht es im Leben, fallen und wieder aufstehen. Wer das nicht lernt, wird es mal schwer haben.»

«Ich bin entweder auf meinen Knien oder mit der Nase im Dreck.»

«Übertreib mal nicht. Schau sie dir doch an, mit vierzig ist Schluss, da kommt die Leere, die Leere, nichts Eigenes geschaffen zu haben, sich nicht entwickelt zu haben durch die Auf und Abs im Leben, keine Person mit Persönlichkeit und eigenem Charakter zu sein. Für sie gab es niemals Hindernisse, ihr Weg war ihnen immer schon geebnet. Die Eltern wollten, dass es ihre Kinder leichter haben als sie oder genauso leicht. Das ist das Schlimmste, was einem passieren kann.»

«So ein bisschen einfach fänd ich manchmal ganz gut.»

Jemand bestellte einen Cuba Libre, Carlo machte sich voller Elan an die Zubereitung.

Wollte ich diese Sandra treffen, um mehr über Rocco zu erfahren? Entstünden dann nicht nur mehr Fragen? So war es doch. Aber die Neugierde brannte in mir, wie der Instinkt in einem Jagdhund, der die Fährte aufgenommen hatte. Mein Vater war eine Person, eine Persönlichkeit und – zumindest teilweise – ein anderer, als ich ihn die ganzen Jahre gesehen habe. Sehen musste. Durch die wenigen Worte, die meine Mutter über ihn verlor. Ich brannte danach, mir ein möglichst komplettes Bild von ihm machen zu können.

Ding-Dong aus dem Lautsprecher. «Guten Abend, hier spricht ihr Kapitän Peter Ryg. Ich hoffe, Sie hatten heute einen grandiosen Aufenthalt …»

SCHWERE SEE

Als würde man mit schneller Luft getauft

Andre Dubus III
(Weiße Bäume, Hammermond)

Mein Herz setzte vor Schreck eine Sekunde aus, als die Windböe mit der Gewalt einer Druckwelle in die Hades-Bar fuhr. Die Spirituosenflaschen schepperten aneinander, und das Gitter über mir rasselte wie eine monströse Klapperschlange, die bereit war, sich auf mich zu stürzen. Hüte flogen von Köpfen, Servietten und Longdrink-Schirmchen landeten in einer Ecke der Theke unterhalb der Treppe, wo sie einen Strudel bildeten.

Zum Glück hatte ich mit dem Rücken zu dem Windstoß gesessen, ansonsten wäre mir mein Cap auch vom Kopf gerissen worden. Carlo fixierte mit laserschnellen Handgriffen die Flaschen in den Regalen, indem er zusätzliche Sicherungen anbrachte, die zuvor in den Regalbrettern versenkt und daher unsichtbar gewesen waren.

Kaum hatten wir den Hafen verlassen, legte der Wind zu, kam Bewegung in die Athene. Als wir die Bucht hinter uns gelassen hatten, begann sich das Schiff zu beiden Seiten zu neigen, behäbig wie ein Dinosaurier. Die Wellenspitzen glänzten weiß bis zum Horizont.

Das Wasser im Swimmingpool spritzte und schwappte auf das Deck. Die ersten Gäste verließen mit entgleisten Mienen ihre Getränke und Plätze und wankten nicht alleine vom Alkohol in das Innere des Schiffes, während sie sich ihre Jacken am Kragen zuhielten.

«Ich schließe jetzt!», rief Carlo uns zu.

Der Schlunz murmelte etwas und nahm sein Glas mit.

«Warum?», fragte ich. «Nur wegen dem Wind?»

«Das wird schlimmer, ich habe gerade Nachricht bekommen. Die Decks werden sturmklar gemacht. Alle Bars und Restaurants im Außenbereich schließen.»

«Oh Mann», sagte ich resigniert, ich hatte mir einen lauen einsamen Abend an Deck vorgestellt, in der Hoffnung, Carlo doch noch von einem echten Tequila Sunrise überzeugen zu können.

Ich schob ihm meinen Saft hin, nahm mein Cap vom Kopf und klopfte zum Abschied auf das Holz. «Bis dann.»

«Ja, bis dann», sagte er, ohne sich umzudrehen.

An der Reling peitschte mir der Wind ins Gesicht, und das Knallen der Wellen am Rumpf war zu hören. Gischt benetzte mein Gesicht. Kein Vogel in der Luft. Die Wellen sahen gar nicht so hoch aus von hier oben, aber die Athene verbeugte sich in regelmäßigen Abständen immer tiefer zu beiden Seiten. Das Wasser im Swimmingpool wurde abgelassen. Ruhig schaute uns Korsika nach.

Die letzten Passagiere strömten in das Schiff und formten Trauben vor den Schiebetüren. Überall flitzten Uniformierte zu den Liegen und stapelten sie, zurrten sie mit Seilen und Schnüren fest. Decken verschwanden in abschließbaren Schränken, und dann checkten vier Crewmitglieder das Deck und linsten in jede erdenkliche

Ecke, ob irgendwelche Gegenstände vergessen worden waren. Über mir rotierten die bunten Birnen der Lichterkette um den straffgespannten Draht.

Der Wind biss mir in den Augen, er blies so stark, dass ich kaum Atem holen konnte. Noch fror ich nicht, obwohl mein T-Shirt an mir flatterte wie die Fahne am Heck. Als das Schiff drehte, neigte es sich nach vorne und hinten, als würden wir in Zeitlupe reiten.

Das Gitter der Hades-Bar krachte auf die Theke, Carlo schloss ab und kam zu mir. Mit einer Hand schützte er sein Ohr, das auf der Windseite lag.

«Gehst du nicht rein?», fragte er laut.

«Muss ich?»

«Noch nicht.»

«Dann nicht.»

Wieder sein Grinsen mit dem einen Mundwinkel. «Wie dein alter Herr.»

Ich versuchte, meinen Körper zu ignorieren, dem die Wellen nichts ausmachten, sondern Rocco. «Ja?»

«Ja, ich hatte manchmal das Gefühl, er kam am liebsten bei schwerem Seegang an Deck.»

«Hmh.»

«Hör mal, kann sein, dass noch die Sirene ertönt und etwas über Lautsprecher durchgesagt wird, was bei dem Wind nicht zu verstehen ist. Das bedeutet dann reingehen, klar? Dann werden die offenen Decks geschlossen. Aber das habe ich erst ein Mal erlebt. Dann wird's richtig heftig.»

«Okay, danke.»

Es wurde heftiger. Der Wind fetzte die Gischt der Schaumkronen über die sich brechenden Wellen. Ich wollte gerade reingehen, da ging die Sirene los, und die Durchsage quakte vergeblich gegen den Krach an. Meine Sonnenbrille hing längst im T-Shirt, und mein Cap hatte ich in die Hosentasche gestopft.

Die Schiebetüren wirkten wie eine Schleuse: draußen der tosende Sturm, das Fauchen des Windes und das Vibrieren der Reling, wenn die Brecher gegen den Rumpf krachten, das helle Klingen einer Stahlschnalle, die unregelmäßig an Metall schlug. Jenseits der Schleuse die Stille der angespannten Passagiere im Hesperos-Restaurant, die sich an Tees klammerten und versuchten, gute Miene zum bösen Wetter zu machen, sprachlos, beschäftigt mit dem Abendessen in ihren Mägen oder was davon noch vor ihnen stand, Kellner, die aus Nischen die Tische beobachteten und immer wieder ihren Stand korrigieren mussten. Anders als sonst war das Restaurant nur halb voll. Der Seegang hatte wohl schon seine ersten Opfer gefordert.

Der große runde Tisch befand sich diagonal auf der anderen Seite des Restaurants, von dort aus konnte mich hier keiner sehen. Ich nahm mir ein Zitroneneisdessert mit Sahne, zapfte mir eine Cola und setzte mich alleine an einen Zweiertisch und beobachtete, wie die Leute mit blassen Gesichtern in ihrem Essen herumstocherten.

Auf meiner Zunge schmolz das Eis, und die Cola zitterte im Glas, als hätte sie Angst vor mir. Ihre Oberfläche blieb waagrecht, während wir uns wieder zu den Seiten neigten. Die Fenster blind vor Gischt und Salz, den Horizont konnte man nur noch erahnen.

Dann neigte sich die Athene zur linken Seite, immer weiter, die ersten Gäste stöhnten laut auf, und im nächsten Moment schnappte ich mir meine Cola, bevor sie – wie auf allen anderen Tischen das Geschirr samt Essen und Besteck – zu Boden segelte. Ein gigantisches Geschmetter aus klirrendem Glas und Porzellan zwischen Hunderten Messern und Gabeln, begleitet vom Aufschrei entsetzter Menschen. Für einen endlosen Augenblick schien sich das Schiff gar nicht mehr aufrichten zu wollen, und ich sah, wie neben dem Buffet der Tellerspender einen großen Porzellanteller nach dem anderen ausspuckte und sie krachend auf dem blanken Boden zerplatzten.

Befehle und Anweisungen flogen aus der Küche zu den Kellnern und den Passagieren, die dringend gebeten wurden, auf ihren Plätzen zu bleiben und Ruhe zu bewahren. Niemand sollte sich an den Scherben verletzen.

Wie wichtig diese Durchsage war, zeigte sich, als sich das Schiff im gleichen Winkel zur anderen Seite neigte, und die Scherben, die Flüssigkeiten und das Besteck über den glatten Boden wie ein Tsunamimodell zu meiner Seite rutschte. Alle hoben ihre Beine, so hoch sie konnten, um Verletzungen an den Knöcheln zu vermeiden. Dabei lehnten wir uns in die Gegenrichtung, um nicht vom Stuhl zu fallen, was bei gut einhundert Leuten vor mir wirklich witzig aussah.

Der Tellerspender spuckte auch die restlichen Porzellanteller aus, bis sein Boden ganz oben angekommen war.

Das Schiff änderte seinen Kurs, und die Athene wiegte sich weniger stark, aber weiterhin spürbar zu den Seiten.

Ich nippte an meiner Cola. Unterhaltungen wurden wiederaufgenommen, Kellner kümmerten sich um geschockte ältere Ladys und kehrten mit extrabreiten Schrubbern und Lappen den Boden sauber. Aber auch sie sahen nicht mehr besonders seefest aus.

Kaum waren die Gänge wieder begehbar, verließen die Passagiere das Restaurant in Scharen. Mich wunderte, dass sich der Kapitän nicht meldete, nun hätte er doch wirklich etwas zu erzählen, zu erklären, stattdessen wurden kryptische Meldungen wie «17–2 auf 10 bei D» durchgegeben, die nicht unbedingt zur Beruhigung der Leute beitrugen. Diese klammerten sich aneinander, packten sich an den Schultern, hakten sich unter den Armen ein, wenn es ging, zu viert über die gesamte Breite des Ganges, um nicht auf dem schwankenden, feuchtklebrigen Boden zu stürzen.

Plötzlich stand Lan neben mir. «Guck mal an, der Jörn.»

«Die Lan.»

Sofort suchte ich hinter ihr nach den anderen, nach Elizabeth.

Sie interpretierte meinen Blick richtig. «Ich bin alleine, die anderen sind kotzen, schätze ich. Dir geht's gut?»

«Ja.»

«Mir auch. Ist der Platz noch frei?» Sie zeigte auf den Stuhl gegenüber von mir.

Was wollte die denn plötzlich? «Der und die anderen 500 Plätze.»

«Was dagegen, wenn ich mich dazusetze?»

«Nein.»

«Es ist sonst so langweilig.»

«Spitzengrund.»

Eigentlich war es mir egal.

Bevor sie sich setzte, hielt sie inne. «Was trinkst du da?»

«Cola. Was sonst? Die pochen ja hier auf ihr Jugendschutzgesetz.»

«Bin gleich wieder da.»

Wie ein Schatten in Chucks huschte sie lautlos Richtung Getränketheke. Rote Chucks und schwarze Klamotten.

Sie verschwand, und ich schaute den verbliebenen Kellnern beim Reinigen schwieriger Stellen zu. Einer ließ seinen Besen fallen und rannte zu den Toiletten.

Lan knallte die klobigen Kaffeetassen auf den Tisch und setzte sich.

«Toll, Kaffee», sagte ich emotionslos, weil ich kaum glauben konnte, dass sie jetzt diesen billigen Filterkaffee trinken wollte. Die hatte echt eine Macke.

Sie hob die Tasse, um anzustoßen. «Auf unsere Seebeine.»

«Häh», machte ich zu ihrer Bemerkung und der Tatsache, dass sie mit Kaffee darauf anstoßen wollte. Und um irgendwas halbwegs Sinnvolles einzuschmeißen, fragte ich. «Ist mit Zucker?»

«Ja, mit Zucker.»

«Milch?»

«Ohne Milch», sie kicherte kurz.

Der Kaffee in der Tasse schimmerte dunkelrot, ich roch daran.

Endlich hatte sie ein Einsehen und klärte mich auf: «Ist Rotwein, die stellen sich hier immer so an, wenn man den Wein als Jugendlicher aus Gläsern trinkt.»

Wein aus Kaffeetassen. Getarnt sozusagen. Gar nicht so doof. Warum bin ich da selbst nicht draufgekommen? Meine Laune besserte sich.

Ich hob die Tasse. «Auf unsere Seebeine.»

Wir stießen an, und das Geräusch klang fast schon einsam in dem leeren Restaurant. Mittlerweile befanden sich mehr Angestellte als Gäste im Hesperos, beschäftigt mit Schadensbegrenzung und ihrem eigenen Wohlbefinden. Am anderen Ende hockten zwei Rentner, die einander lauthals Seemannsgarn erzählten und fachsimpelten.

«Nicht die Windstärke ist ausschlaggebend, sondern die Seestärke!»

Das machte Sinn. Der Wein schmeckte, wie Wein eben schmeckt, ein Bier hätte ich jederzeit bevorzugt.

«So einen Seegang habe ich noch nie erlebt», sagte Lan und hielt ihre Tasse mit beiden Händen vor sich, als könnte sie sich daran wärmen.

Es fehlte nur noch, dass sie auf den vermeintlichen heißen Kaffee pustete. Dann würde sie den Oscar der Anonymen Alkoholiker bekommen.

«Ich auch nicht», pflichtete ich ihr bei, ohne natürlich auf ihre nautische Vergangenheit zurückgreifen zu können.

Ich konnte ihr ansehen, dass sie irgendeine Bemerkung in der Richtung auf ihren schmalen Lippen hatte, einen ihrer spitzen Kommentare, mit den sie andere so gerne bloßstellte. Einzig der Umstand, dass ich aus der Gruppe der Last Man Standing war, ersparte mir den blöden Spruch.

«Spürst du gar nichts?», fragte sie.

«Nur den Wein.»

Wir schmunzelten einander zu.

«Und du?», fragte ich zurück.

Ihre Augen weiteten sich. «Nur den Wein.»

Wir tranken, und ich verschluckte mich beinahe, als der Kellner zu unserem Tisch eilte, als wären wir verraten worden.

«Entschuldigung, wir müssen das Restaurant für einige Zeit schließen, um eine Grundreinigung vorzunehmen. Dürfen wir Sie bitten, das Restaurant zu verlassen?»

Lan fragte zurück: «Für wie lange?»

Er biss sich auf die Lippen, als täte es ihm für uns besonders leid. «Das kann ein oder zwei Stunden dauern.»

«Shit», sagte sie.

Der Mann marschierte in Schlangenlinien zu den Seebären am anderen Ende, als wäre er rabenvoll, wie Basti bei der Abschlussfeier.

Ich setzte die Tasse an, trank. Super, kaum war das Alkoholproblem gelöst, tat es sich von neuem auf.

«Und jetzt?», fragte ich.

«Das mit den Tassen und dem Wein klappt nur hier», sagte sie.

«Wir könnten uns ja noch mal die Tassen vollmachen», schlug ich vor.

«Und wo sollen wir die trinken? Diese Tassen gehören in dieses Restaurant. Da können wir uns nirgendwo anders mit hinsetzen.»

Zwei Angestellte asiatischer Herkunft wischten sich in unsere Richtung. Es wurde knapp mit der Entscheidung.

Sie setzte die Tasse ab. «Warte mal. Du bist doch allein unterwegs. Dann hast du doch eine Kabine für dich?»

Was für eine Frage von ihr! Sie hatte sich gerade wirklich selbst zu mir eingeladen. Mit Wein. Hitze wallte durch meinen Körper bis in meinen Kopf.

Bevor ich lange überlegte, machte ich «Öh, ja».

«Dann würde ich sagen, du zeigst mir mal deine Briefmarkensammlung.»

Mein Mund klappte auf.

«Kleiner Scherz.»

«Lan, ich ...»

«Also, was sagst du? Wir nehmen die Tassen mit!» Sie stand auf. Ihr Stuhl knarrte über den klebrigen Boden.

Diesmal folgte ich ihr zur Getränketheke. Unter unseren Füßen knirschte und schnirkste es.

Gemeinsam stellten wir uns vor die Zapfanlage mit dem Wein, und wie selbstverständlich füllten wir nicht nur unsere beiden Tassen auf, sondern Lan ließ den Wein gleich in zwei weitere Tassen laufen, die sie aus dem Regal herausgenommen hatte.

Niemand störte uns, vielleicht war die Mannschaft so sehr mit ihren eigenen Mägen beschäftigt und dem Dreck, oder sie waren einfach froh, dass wir uns nicht beschwerten und ihrer Aufforderung schneller nachkamen als die beiden Seebären am anderen Ende.

In jeder Hand eine Kaffeetasse Rotwein, schwankten wir wie zwei Alkis zu Karneval durch den Hauptflur des Decks Richtung Fahrstühle. Mehrmals mussten wir stehen bleiben, um die Bewegungen des Schiffes zu parieren. Ich hätte nie gedacht, dass ein Schiff von dieser Größe in dem kleinen Mittelmeer zu diesen Bewegungen fähig war.

Lan lachte. «Das ist wie Skifahren in Zeitlupe ohne Ski.»

Mir fehlte ganz klar dieser Vergleich, aber ich konnte es mir gut vorstellen.

Sie übertrieb die Gegenbewegungen, was ihr in den engen schwarzen Klamotten die Grazie einer Schlangentänzerin bescherte: «Du musst nur selber mehr schwanken als das Schiff.»

Sie war gut einen Kopf kleiner als ich.

Draußen war es dunkel geworden, der Horizont als Anhaltspunkt, um die Schieflage des Schiffes einzuschätzen, war verschwunden. Vielleicht besser so.

Alle zehn Meter hörten wir aus den Geschäften, Bars und Meeting-Rooms Gegenstände auf den Boden fallen, manche zerbrachen mit einem hellen Klirren, andere gaben einen dumpfen Laut von sich.

Nur noch wenige Menschen kämpften sich durch die Gänge, die meisten schrappten an der Wand entlang, blieben stehen, wenn die Athene sich zur Seite neigte.

Lan und ich wankten kichernd vorwärts, auch weil uns klar war, wie lustig wir aussehen mussten mit unseren abgespreizten Ellbogen und den weißen Kaffeetassen in den Händen.

«Stop», sagte sie und leckte sich vergossenen Wein von ihren Fingern.

Ich nippte an meinen Tassen, um die Pegel zu senken.

«Genau», kommentierte sie. «Was im Bauch ist, landet nicht auf dem Boden.»

«Das gilt heute Nacht sicherlich nicht für alle. Guck mal», ich zeigte auf einen Mann, der zusammengesunken auf einem letzten Stuhl im Gang saß und eine Tüte in der Hand hielt. «Gesichtsarmageddon.»

Sie verschluckte sich beinahe am Wein. Ein Ehepaar kam uns entgegen mit schlohweißem Haar und in Abendgarderobe, Arm in Arm, die freien Hände ruderten in der Luft für die Balance. Gerade als sie vor dem breiten Eingang des Sushi-Restaurants standen, verloren sie ihr Gleichgewicht und verschwanden seitwärtslaufend und Geschwindigkeit aufnehmend aus unserem Bild wie Comicfiguren in einem Animationsfilm. Nur das helle cartoonhafte Klavierspiel und das erwartete Scheppern blieben aus.

Die codierten Lautsprecherdurchsagen ließen die Dringlichkeit in der Stimme vermissen, die sie anfangs noch besaßen, selbst sie verkamen zu Routineankündigungen. Oder der Sprecher fühlte sich auch nicht mehr wohl.

Reinigungskräfte schrubbten die Teppiche, und die Fahrstühle waren außer Betrieb, säuerlicher Geruch rang mit dem Gestank der Desinfektionsmittel.

Wir mussten die sechs Stockwerke zu Fuß bewältigen. Ich zwängte Zeigefinger und Mittelfinger der linken Hand durch die Henkel beider Tassen, damit ich mich an dem Geländer festhalten konnte. Sträuße weißer Kotztüten klemmten zwischen den goldenen Halterungen, alle fünf Meter. Das Vertrauen der Crew in die Seefestigkeit der Passagiere und der Mannschaft war verschwunden, man hatte vor der Wirkung der Naturgewalten kapituliert. Hier ging es nur noch um Schadensbegrenzung. Kein Anschein konnte mehr aufrechterhalten werden.

Immerhin bewahrheitete sich nicht meine Befürchtung, die Kotztüten könnten inspirierend auf mich wirken und mich doch noch seekrank werden lassen. Nur die Treppen schienen kein Ende zu nehmen. Entgegen kam uns niemand mehr.

In dem schmalen Gang auf meinem Deck bewegten sich die Bilder an der Wand wie bei einem Horrorfilm, und Lan meinte: «Gut, dass ich nichts geraucht habe.»

«Hast du was dabei?»

«Bist du wahninnig?»

Wir schoben uns an dem Wagen eines Reinigungsteams vorbei, das sich um das Dilemma in einer Kabine kümmerte.

«Ey, wo willst du hin, gleich ist das Schiff zu Ende», lachte sie hinter mir.

«Es ist die letzte Tür, auf der rechten Seite», sagte ich.

«Ich war noch nie hier unten. Du hast die letzte Kabine im untersten Deck. Innen. Krass.»

Ich zog meine Bordkarte durch den Schlitz und öffnete die Tür. Wegen der Schieflage knallte sie gegen den Schrank.

«Hoppla. Willkommen.»

Licht an.

Sie kickte die Tür zu und machte einen Ausfallschritt seitwärts, um ihre Balance zu halten.

Ich stellte die Tassen auf den Boden zwischen Bett und Schreibtisch ab, auf den Teppich, wo sie nicht rutschen konnten, und schlackerte mit der Hand, um die Verkrampfung aus meinen Fingern zu lösen. Die durch den Seegang aufgeklappten Schubladen schob ich mit dem Bein zu, legte Cap und Brille auf den Tisch und setzte mich auf das Fußende des Bettes.

Lan landete neben mir, nachdem sie ihre Tassen ebenfalls zu ihren Füßen abgestellt hatte. «Geschafft. Ich fasse es nicht.»

Unsere Oberkörper im Spiegel über dem Tisch. Erst jetzt bemerkte ich, dass die Hälfte meiner Sachen in einer Ecke auf dem Boden lag. Das musste bei den extremen Schieflagen passiert sein.

«Das ist also eine einfache Kabine», sagte sie.

«Zum Schlafen reicht es», meinte ich. «Ansonsten bin ich sowieso auf dem Schiff unterwegs oder an Land.»

«Das stimmt. Aber kein Fenster. Schon irgendwie beklemmend.»

«Ist jetzt eh dunkel draußen, schwarz, da ist die Wand heller.»

«Hast recht.» Sie griff sich den Wein.

Wir stießen an.

Während ich trank, merkte ich, wie außer Atem ich war. Doch nicht etwa der Weg hierher hatte mich erschöpft, es war die Aufregung, mit Lan und vier Tassen Wein alleine in meiner Kabine zu sein. In meiner Phantasie war das Elizabeth gewesen, leider hatte sich keine Gelegenheit ergeben.

Ohne Frage, Lan sah klasse aus, ihre zierliche Gestalt gegossen in die engen dunklen Klamotten und der vietnamesische Teint. Sie hatte Stil, eine große Klappe und war dreist und alles andere als schüchtern, immerhin waren wir zu zweit in meiner Kabine.

Von den Spiegeln schauten wir uns zu, wie wir auf dem Doppelbett saßen und unsere Oberkörper die Bewegungen des Schiffes ausglichen, was aussah, als würde sich der eine dem anderen nähern, während der andere sich von ihm zögerlich entfernte.

«Huhu», machte Lan und winkte mir kurz im Spiegel zu. Sie hatte meinen Blick bemerkt.

Ich winkte zurück.

Sie sprach zu meinem Spiegelbild. «Der Schiffsmotor ist ziemlich laut. Hast du Musik?»

Ich zückte mein Samsung, auf dem ich ein paar Playlists zusammengestellt hatte, da spielte Lans HTC in ihrer Hand schon los, Dub Musik, slow Dub, kurz: Bumsmucke.

Ich schmiss mein Handy hinter mich.

Sie stand auf und legte ihres auf den Tisch, die Schutzhülle war gummibeschichtet, rutschfest, ihre schwarze Jeans spannte sich über ihrem Hintern direkt vor mir. Musste sie so stehen?

«Hab ich gesehen!» Sie zeigte auf den Spiegel mitten in mein Gesicht.

«Ich konnte ja nicht vorbeischauen.»

«WAS?» Sie fuhr herum.

«Ich ...»

«Sagst du, ich hab 'nen Arsch wie ein Öltanker?», brüllte sie mir lachend frontal ins Gesicht.

«Nein ...»

Ihre Nase berührte beinahe meine. «Na, er hat ja deinen Blick verdunkelt, meine Abrissbombe.»

Sie wusste, wie ich das gemeint hatte, genoss aber, den Moment zu melken, wie es ihre Art war, nur etwas, ja, sympathischer, witziger als sonst.

Lan schaute über ihre Schulter, damit sie im Spiegel ihren Hintern betrachten konnte, schwenkte ihn hin und her, beugte sich nach vorne, sodass der Ausschnitt ihres schwarzen Hemdes mit dem offenen obersten Knopf schlaff herunterhing. Zu sehen gab es allerdings nichts, ihre glatte Haut verlor sich in der Dunkelheit.

Ruckartig drehte sie ihren Kopf zu mir und machte «Oh!».

«Was jetzt?»

«Was jetzt?», äffte sie mich nach.

«Ja?»

«Ja? Mir in den Ausschnitt glotzen, während ich nichtsahnend ...»

«Ich, ich habe nichts gesehen!»

«Aha, die sind dir zu klein, oder was? Arsch zu groß, Titten zu klein?»

«Nein ...»

«Du ...» Sie schubste mich um, mein Kopf prallte auf das Samsung. Egal.

Sie sprang auf meinen Bauch und begann mich zu boxen. Mir blieb der Atem weg, sie war umwerfend, buchstäblich atemberaubend durch ihre Energie. Ihre Fingernägel bohrten sich in meine Seiten, ich schrie auf, griff ihre Handgelenke, sie entglitt mir, ich fasste sie erneut, rang sie zur Seite, sah ihre Lippen von nahem, wir nebeneinanderliegend auf dem Doppelbett, die Beine verknotet und die roten Spuren des Weins auf ihren Lippen. Dezent der Kajal, den sie sparsam um ihre dunklen Augen aufgetragen hatte, das Grollen des Schiffsdiesels, die Bumsmucke, die schwankenden, unkontrollierbaren Bewegungen des Schiffes, die beim Sex eigene Initiative wohl unnötig machten, und ich dachte, sie sieht aus wie ein Vampir, ein Vamp, dieses alte Wort fiel mir ein, aus einem jener überzogenen Filme, ja, sie war der Teufel.

Vor mir blitzten Elizabeths Augen auf, ihr Lächeln. Ich schüttelte den Kopf.

Was ich niemals für möglich gehalten hätte, passierte gerade: ein aktives Von-der-Bettkante-Schubsen. Würde ich das mein Leben lang bereuen?

«Noch einen Schluck Wein?», fragte ich gespielt fröhlich unschuldig, als hätte sie zu keinem Zeitpunkt die Beule in meiner Hose bemerkt. Zugegeben, dem da unten wäre es egal, aber ich wusste nicht, ob meine Gefühle mir im letzten Moment einen Strich durch die Rechnung machen würden. Ich erwartete es geradezu. Und dann sollte man es lieber gleich seinlassen.

Ich richtete mich auf, erschien alleine im Spiegelbild, hob meine Tasse und sah mir das erste Mal im Leben beim Saufen zu. Ich setzte ab und betrachtete mein Kinn, von vorne, von der Seite.

«Ist was?», fragte Lan.

«Nö.»

«Sicher?»

«Ja.»

Sie kam neben mir hoch, behäbig, vermied einen Blick in den Spiegel, sprach zum Boden. «Ich glaube, ich geh besser.»

Wenn wir beide hier säßen, nackt, könnten wir uns beim Sex zuschauen wie bei den Pornos im Netz.

«Okay», sagte ich.

Eine Schublade rollte bis zum Anschlag auf und wieder zu.

Sie stand auf, wischte sich mit beiden Händen durch das Gesicht, und mein Kopf spielte Dinge durch, die ich sagen konnte, sollte oder nicht sollte. Und bevor ich mich festgelegt hatte, schnappte sie sich ihr HTC vom Tisch, stellte die Bumsmucke ab und ging zur Tür, verließ den Spiegel, verschwand mit ihren schwarzen Haaren und Klamotten in der Dunkelheit des kurzen Flurs, und nur die Fußspitzen ihrer Chucks leuchteten wie weiße Mäuse auf dem Boden, und alles, was sie sagte, war «Ciao».

«Ciao.»

Lan schloss die Türe hinter sich.

Der Teufel trug rote Chucks. Das wusste ich nun. Und ich hatte ihn besiegt. Ich war stark geblieben, ich war ein Held, ein richtiger Typ, ein Hornochse, ein Loser, ein Esel unter der Sonne. In meinem Versagen bin ich einmalig. Gewinnen tut jeder gleich, im Versagen unterscheidet sich der Mensch.

Meine Fäuste schlugen auf die Matratze ein, als wäre Lan gegangen, weil das verdammte Bett ihr zu weich gewesen war.

Mit dem Gesicht fiel ich nach vorne ins Kissen und schrie hinein, bis ich keine Luft mehr bekam.

Was sollte mir denn noch passieren? Mein Schicksal wird sich auch denken: Also wenn die ihm nicht gut genug ist, soll er mal sehen, was er selbst so hinkriegt. Ich werde als Jungfrau sterben. Ich hatte es auch nicht anders verdient. Ein quasi darwinistischer Akt, den ich der Menschheit erwiesen hatte; Trottel wie ich dürfen sich nicht fortpflanzen und sollten gar nicht erst auf den Geschmack kommen.

Vielleicht war sie ja noch auf dem Deck? Wenn ich ihr nachrennen würde …? Ich sprang auf, ein Speichelfaden zog sich von meinem Mund zum Kissen.

Ich wollte hinter ihr her, meiner Chance, und sah mein dämliches fortpflanzungsarmes Gesicht im Spiegel. Nein, nicht verdient, diese traurige Kreatur hatte es einfach nicht verdient. Besser so für die Menschheit. Ich sollte für alle Ewigkeiten in der Hölle schmoren, einer Hölle aus Askese und Einsamkeit, verdammt dazu, bis ans Ende meiner Tage an mir selbst herumzuspielen.

Alles, was mir blieb, waren vier Kaffeetassen Wein und die Asche meines Vaters.

Was war bloß los? Verglichen mit den letzten Tagen seit der Nachricht vom Tod meines Vaters, kamen mir die Jahre davor wie ein einziger Dämmerzustand vor. Seit einer Woche beutelte mich mein Schicksal, schüttelte mich das Leben, als sollten mir die Augen aus den Höhlen kullern.

Ich hockte mich auf den Boden mit dem Rücken ans Bett und trank meine Tasse aus, unbeobachtet vom Spiegel, das Vibrieren der Schiffsschrauben durch den Teppich an meinem Hintern spürend.

Ha, hier gehörte ich hin, ganz unten, am Boden zerstört, zwischen billigem Fusel und Wahnvorstellungen.

Das Schiff ruckelte, als würden gigantische Hände es aus dem Wasser heben wollen. Die Schranktüren klappten auf, und der Rainmaker fiel heraus und rollte mir vor die Füße. Ich hob ihn auf. Das leise Rieseln darin.

Mit dem Fuß drückte ich die Schranktür zu, bei der nächsten ruckartigen Bewegung ging sie wieder auf.

«Oh fuck», seufzte ich.

Ich legte den Rainmaker hinter mich auf die unbenutzte Seite des Bettes. Er sah seltsam aus, vor allem, wenn man wusste, was sich in ihm befand.

Eine Schublade knallte auf und wieder zu. So würde ich die Nacht nicht schlafen können. Ich zog mich aus und stopfte meine gebrauchten Socken zwischen die Gleitschienen der Schubladen. Vor die Schranktüren stellte ich meine Schuhe und klemmte sie mit meiner Hose fest.

Mein Spiegelbild zitterte in regelmäßigen Abständen, ausgelöst durch die Vibrationen der Schiffsschrauben, die auch unter Wasser mit dem Sturm zu kämpfen hatten. Für einen Moment erschien ich klar in den Spiegeln, bevor das Brummen kam, als mahlten die Schrauben durch Zement, und das Kribbeln begann unter meinen Füßen und in den Türen und Scharnieren, und ich sah mich in den Spiegeln zittern bis zur Unkenntlichkeit.

Ich reihte die Tassen vor meinem Nachtschränkchen auf und löschte das Licht. Liegend nippte ich am Wein und begann, diese ungewöhnlichen Bewegungen im Bett zu genießen. Unsichtbare Mächte zogen und drückten an meinem Körper, bis ich sogar herunterrücken musste, weil mein Kopf zweimal gegen die Wand stieß. Als würde meine Matratze mühsam atmen.

Das war doch kein normaler Seegang. Was, wenn wir untergehen würden? Ich hier im untersten Deck, über dem schwersten Teil des Schiffes, dem Maschinenraum, voller mächtiger Zylinder, Kurbelwellen und Turbinen. Und wenn es so wäre, was könnte ich dagegen tun? Nichts. Sollte ich etwa auf Deck 14 übernachten? Draußen? Dann wäre ich morgen tot. Na ja, ich würde ja eh niemals Gelegenheit haben, Nachkommen zu zeugen.

Wie ging es wohl Elizabeth?

Meine Augen hatten sich an die Dunkelheit gewöhnt. Ich schaute auf den Rainmaker, der wie eine gliederlose Voodoo-Puppe auf dem Bett lag.

Wer konnte das schon von sich behaupten: neben der Asche seines Vaters eingeschlafen zu sein.

Ich erwachte auf der Seite liegend, direkt vor mir der Rainmaker. Das konnte ja ein guter Tag werden, der mit der Asche des eigenen Vaters beginnt. Außerdem bewegte sich die Athene noch deutlich im Auf und Ab der Wellen, und ich musste geschwitzt haben wie ein Tier, denn mein T-Shirt klebte an meinem Körper.

Bei angeschalteter Nachttischlampe blieb ich unter der Decke liegen und dachte an den gestrigen Abend und die schräge Zeit mit Lan, während ich den Seegang auf mich wirken ließ. Als ich mich an die Bewegungen des Schiffes wieder gewöhnt hatte, setzte ich mich auf. Die Decke rutschte herunter, ich sah mich im Spiegel und riss die Augen auf. Zwar saß ich im Bett, allerdings müsste ich mausetot sein, denn mein T-Shirt sah aus, als hätte jemand mit einer abgesägten Schrotflinte auf mich geschossen. War Lan zurückgekommen und hatte auf mich eingestochen?

Ich wollte schon um Hilfe schreien, aus Panik, dass jede Sekunde zählen könnte, bevor ich verblutete, da erinnerte mich die umgekippte Kaffeetasse auf dem Bettzeug an den Rotwein von gestern Abend, bei dem ich irgendwann eingeschlafen sein musste. Zum Glück hatte ich am meisten abgekriegt, auf dem Laken befanden sich nur einige Tropfen. Die anderen drei Tassen waren leer. Kein Wunder. Oh, Mann.

Ich zog mich aus, hängte das T-Shirt über den Stuhl zum Trocknen und duschte mich, indem ich die ganze Zeit mit der Schulter an den Wandfliesen lehnte, um nicht laufend die Schwankungen des Schiffes ausgleichen zu müssen.

Angezogen stellte ich fest, dass mir zwar nicht übel war, ich mich aber auch nicht ganz wohl fühlte, wobei sich das eher auf den Kopf bezog. Ein seltsames, nie gespürtes Druckgefühl. Kein Hangover. Ich schob es auf den Umstand, kein Fenster in der Kabine zu haben und somit keinen Orientierungspunkt während all dieser Bewegungen. Fest stand, ich musste raus aus meiner Kabine, schließlich hatte ich auch Hunger.

Den Brief von meinem Vater nahm ich mit, mein Daumen strich über den kleinen Gegenstand darin. Ein Andenken von ihm? Das musste warten, der unbekannte Druck hinter der Stirn wurde zu stark.

Ich beschloss, im Achilles-Restaurant am Heck von Deck 6 zu frühstücken, natürlich auch, um Lan aus dem Weg zu gehen. Dem Schwanken nach zu urteilen, dürften die anderen noch nicht wieder auf den Beinen sein.

Überhaupt war eigentlich kein Mensch auf den Beinen, lediglich eine übermüdete Asiatin mit Reinigungswagen und ellenbogenhohen Latexhandschuhen gähnte mich vor den Fahrstühlen an. Leere Kotztüten stapelten sich in Ecken, flogen auf dem Boden herum, ein wahres Geisterschiff.

Für gewöhnlich waren um 9 Uhr die Frühstücksrestaurants derart voll, dass man darum fürchten musste, überhaupt einen Platz zu bekommen. Als ich das Achilles betrat, in dem ebenfalls 500 Leute speisen konnten, dachte ich schon, sie würden die Grundreinigung heute Morgen durchführen, so verlassen schien es, doch dann erspähte ich vereinzelt Leute an Tischen und ein paar Kellner, die eisern die Stellung hielten. Das zwei Etagen hohe und über die gesamte Breite der Athene verlaufende Heckpanoramafenster ließ einen gigantischen wie furchteinflößenden Anblick auf das Meer und den immer wieder verschwindenden Horizont zu.

Nun erkannte ich, wie sehr das Schiff schwankte. Schließlich hatte der Sturm erst begonnen, als die Nacht bereits über die Athene hereingebrochen war. Die höchsten Wellen klatschten brachial gegen die unteren Fenster – fünf Stock über der Wasseroberfläche! Ein vor ihnen postierter Kellner sah dagegen aus wie ein Shrimp. Niemals hätte ich solche Bewegungen bei einem Schiff dieser Größe auf dem Mittelmeer vermutet, niemals solche Brecher. Angesichts des Seegangs, der gestern Abend noch weitaus stärker gewesen sein musste, und den unsicher wankenden Kellnern wurde ich mir meines Glückes bewusst, derartige Seebeine zu haben.

Ich nahm ein Tablett, stellte einen Teller, die heute in Körben gestapelt auf den Tischen standen, darauf und packte Rührei, Brötchen und Frühstückswürstchen dazu, eine Schale Obst mit Joghurt, plus ein Glas O-Saft, und setzte mich nach einem wahren Hindernislauf, bei dem ich immer wieder stehen bleiben und die Neigungen des Schiffes parieren musste, in die Mitte des Restaurants mit Blick auf die Heckscheibe. Eine atmosphärische Leinwand, ganz großes Kino.

Ein schlaksiger Kellner, dem die Uniform gerade so passte, fragte mich, ob er mir etwas bringen dürfe. Ich bat ihn um einen Milchkaffee und bemerkte die schwarzen Punkte, groß wie Euromünzen, hinter seinen Ohren. In Anbetracht seiner spärlichen Körperbeharrung konnte er sich dort unmöglich beim Rasieren geschnitten haben, also sprach ich ihn darauf an.

Er erklärte mir: «Das sind Pflaster gegen Seekrankheit.»

Davon hatte ich noch nie gehört. «Und die helfen?»

«Eigentlich schon.» Er schluckte sichtbar mit seinem schmalen Hals.

«Kann ich mir nicht vorstellen.»

«Doch, doch. Wollen Sie auch eins?»

«Ha, nein. Das ist doch sicherlich mehr Einbildung, oder? Placeboeffekt.»

Ich biss in mein fettiges Würstchen.

«Dann hole ich Ihnen Ihren Milchkaffee.»

«Danke.»

Ein Kollege brachte mir den Kaffee.

Während ich aß, versuchte ich, Fische in den Wellen zu entdecken, die über die Fensterfront schwappten. Vergeblich.

Exakt zwölf Passagiere – unter ihnen natürlich die beiden Seebären gemeinsam an einem Tisch – und drei Kellner, alle mit den Pflastern hinter den Ohren, verloren sich in dem Restaurant. Eine seltsame Stille über dem Rumoren der Motoren und dem gelegentlichen Krachen der Wellen an die Bordwand, selten das helle Geräusch, wenn eine Gabel oder ein Messer über Porzellan quietschte. Die Ankunft eines weiteren Gastes eine Viertelstunde später glich einem Medienereignis. Sofort schauten alle in die Richtung, um zu sehen, wer zum harten Kern gehörte.

Trotzdem nahm ich keinen Nachschlag, ich wollte einfach nichts riskieren oder heraufbeschwören.

Meine Seebeine eröffneten mir ganz andere Möglichkeiten beim Bund – sollte ich mich eventuell bei der Marine melden? Ich erwischte mich bei einem Lächeln, keine schlechte Idee.

Sandra fiel mir ein. Carlo hatte gemeint, sie würde mich anrufen. Wie ging es ihr? Wie ging es Elizabeth? Ich könnte sie ja anrufen, ich wusste ihre Kabinennummer.

Würde sie überhaupt etwas von mir wissen wollen? Nervte ich? Was machte ich mir einen Kopf, ich wollte sehen, wie es ihr ging – wie schlimm konnte das sein?

Freizeichen in der Leitung. Ich saß auf meinem Bett, genau wie gestern Abend mit Lan, nur erinnerte nichts mehr daran. Während ich frühstückte, hatte das Reinigungsteam wieder meine Abwesenheit genutzt. Das Bett war frisch bezogen, das Laken getauscht, die Kaffeetassen verschwunden. Der Rainmaker lag auf der Oberdecke, gerade ausgerichtet, ein gliederloser Holzkörper, creepy.

Ich machte mich bereit, ihre Mutter oder ihren Vater zu begrüßen, immerhin würde ich mal ihre Stimmen hören. Es tutete bereits zum achten Mal.

Dann nahm Elizabeth ab, sie klang verschlafen. «Ja?»

Das Gefühl in meinem Magen, so anders, so schön. «Elizabeth, guten Morgen, ich bin’s.»

«Jörn?»

Mein Name klang besser als ihr Ja.

«Wie geht es dir?», fragte ich sie.

Sie holte tief Luft, das konnte ich durch das Telefon hören. «Das Schlimmste ist vorbei. Und dir?»

«Alles okay. Mir geht's gut.»

«Du bist nicht seekrank geworden?»

«Nein, kein Stück.»

«Glücklicher.»

Das wäre ich, wenn ich dich heute sehen könnte. «Kann ich dir irgendwas vorbeibringen?», fragte ich vorsichtig, eine negative Antwort befürchtend. «Einen Tee?»

Eine lange Pause, dann: «Ja, ein Tee wäre schön.»

Ich freute mich darüber wie ein Kleinkind zu Weihnachten. Ich musste mich geradezu beherrschen, nicht zu enthusiastisch zu klingen. «Welche Sorte? Kamille?»

«Kamille ist gut, mit ein bisschen Honig.»

«Honig, mache ich. Dann komme ich gleich, okay?»

«Ja.»

Wir verabschiedeten uns.

Unmöglich konnte ich nun den ganzen Morgen auf einen Anruf von dieser Sandra warten, ich hatte eine Aufgabe, die Mission, einem leidenden Menschen einen Kamillentee mit Honig zu bringen.

Ich klopfte an die Tür ihrer Suite. Der Tee dampfte in meinen Händen. Mit der einen hielt ich die Untertasse, mit der anderen den Henkel des Glases. So hatte ich das gesamte Schiff durchquert und dabei insgesamt fünf Gestalten getroffen, die mir allesamt zunickten wie die letzten Überlebenden der Apokalypse. Die Athene konnte genauso gut über Nacht evakuiert worden sein, bis auf uns paar Vergessene, die steuerlos auf dem Meer ihrem Untergang entgegentrieben.

Die Tür öffnete sich. Elizabeth lächelte mich verunglückt an. «Hi.»

«Hi.»

Sie hatte sich rasch geduscht, ihre nassen offenen Haare hinterließen feuchte Flecken auf dem Nike-Sweater, den sie zu ihrer Jogginghose trug, dazu dicke weißgrüne Wollsocken. Sie zuckte mit den Schultern, als müsste sie sich dafür entschuldigen, zum Anbeißen auszusehen.

«Wie geht's?», fragte ich sie.

Der Wind heulte in unsichtbaren Ritzen, und hinter ihr wölbte sich ein weißer Vorhang im Durchzug.

«Besser. Komm rein. Ich hoffe, es riecht nicht komisch hier.»

Ich wäre schon glücklich gewesen, hätte sie mir den Tee aus der Hand genommen und sich wieder von mir verabschiedet; in ihre Suite hineingebeten zu werden, interpretierte ich als ein positives Zeichen ihres Vertrauens und ihrer nicht ganz verschwundenen Gefühle mir gegenüber.

Unwillkürlich schnupperte ich, konnte aber absolut nichts Säuerliches riechen – anders als in den Gängen, vor allem vor den Fahrstühlen, wo die Seekranken wahre Orgien gefeiert haben mussten. Bei ihr roch es nach Shampoo und Pfefferminz.

Sie schloss die Tür hinter mir, und der Vorhang beendete seinen Tanz in der Luft. Ich stand in einem hellen Wohnzimmer mit einem Bett, in dem offensichtlich Elizabeth schlief, denn ihr iPhone mit Kopfhörern lag daneben, es gab eine einladende Sitzecke, Flachbildschirm, Wandschränke, einer Schiebetür zu einem weiteren Raum und einen Balkon, auf dem eine Hängematte zu einer Wurst verdreht im Wind zuckte. Das Klackern der Karabinerhaken im Fauchen des Windes.

Die großen Fenster waren von breiten Schlieren aus getrocknetem Salz überzogen, dazwischen spiegelten sich die Wellenspitzen als mattweiße Punkte.

«Gib doch her», sagte sie und nahm mir den Tee aus der Hand. «Danke.»

Ich folgte ihr zu der Couch und setzte mich nicht direkt neben sie, sondern über Eck.

«Magst du was?», fragte sie.

Ja, klar, aber sie meinte sicher etwas anderes als ich, nämlich zu trinken, daher sagte ich: «Nein, ich habe gerade gefrühstückt.»

«Gefrühstückt? Dein Magen ist wohl unverwüstlich.»

«Hätte ich auch nicht gedacht.»

Ich schaute zu der Schiebetür.

Sie sagte: «Meine Eltern sind im Wellnessbereich.»

«Denen geht's gut?»

Sie pustete über den Kamillentee. «Nein, eine Anwendung, Massage gegen Seekrankheit, nach Thai-Art.»

«Du nicht?»

«Nein.» Sie nippte am Tee und schloss ihre Augen.

«Hört sich aber gut an.»

«Bin lieber alleine.»

«Ach so, na, danke für den Hinweis ...» Ich tat so, als rappelte ich mich hoch.

«Hör auf, bleib sitzen.» Sie setzte sich in den Schneidersitz.

Wir sahen einander in die Augen, unsere Köpfe glichen die Bewegungen des Schiffes aus.

Wir begannen gleichzeitig: «Tut mir …», und stoppten gleichzeitig.

«Was?», fragte sie.

«Du zuerst.»

«Nö, du.»

«Sorry», sagte ich. «Wegen gestern, tut mir leid. Ich war so … ich weiß nicht.»

«Mir auch. Ich hätte dir mehr erklären sollen. Bitte glaube mir, Frank und ich kennen uns gut, aber wir würden nie zusammen sein. Wir waren auch nie … zusammen, das musst du mir glauben. Er ist einfach ein echt guter Freund. Das gibt es.»

«Das ist gut.»

«Ja.»

So Gesprächsmomente verlaufen immer hölzern.

«Und? Was hast du gestern noch gemacht?», fragte sie mich nach einem kurzen Moment des Schweigens.

«Ich war bei Carlo, in der Hades-Bar.»

«Tequila Sunrise?»

«Hmh, na ja, auf jeden Fall hat er mir von einer Bekannten meines Vaters erzählt. Sie ist auch hier an Bord, ich werde versuchen, sie heute zu treffen.

«Spannend. Was die wohl zu erzählen hat?»

«Ja.»

«War das nicht zu windig da draußen bei der Hades-Bar?», fragte Elizabeth.

«Irgendwann schon, dann musste er zumachen, überall haben sie plötzlich alles verrammelt und festgezurrt.»

«Da waren wir bereits hier.»

«Was hattest du denn nach … was hast du denn gemacht, bevor es losging mit dem Sturm?»

«Wir hatten Kapitänsdinner. Das lassen sich meine Eltern nie entgehen.»

«Wie? Mit dem Kapitän?»

«Man sitzt mit ihm an einem Tisch und einem Offizier.»

«Was gab es denn?»

«Reden wir besser nicht davon.»

Ich schaute ihr in die Augen. «Ich habe dich vermisst.»

«Ich dich auch.»

Unsere Hände fanden einander, sie stellte den Tee auf den Glastisch, und wir umarmten uns, und ich flüsterte ihr ins Ohr: «Ich habe dich lieb.»

Sie drückte mich. «Ich dich auch.»

Better Days.

Sie schmeckte nach Kamille und Honig. Der Wind pfiff eine leise Melodie.

Ihre Hand fand meinen Nacken, sie küsste meine Wange, meinen Hals und sagte: «Hast du immer noch das alte Pflaster da?»

Ihr Finger zupfte am Verband.

«Ja, au!»

Sie wusste, was passiert war. Ich hatte es ihr erzählt.

«Das muss mal gewechselt werden. Darf ich?»

«Was?»

«Es abmachen», und schon riss sie mir das Pflaster bei lebendigem Leib vom Hals.

«Aua! Sag was, das nächste Mal.»

«Stell dich nicht so an, fffh…» Sie sog die Luft ein, als sie sich die Wunde besah. «Du solltest deinen Anglerkollegen auf Schmerzensgeld verklagen!»

«Ach was.»

«Wie kann man bloß so blöd sein, einem anderen Angler einen Haken in den Nacken zu schmeißen?»

Okay, ich hatte ihr eine Variante von dem erzählt, was mir passiert war.

«Ich hole dir ein neues Pflaster.»

«Keine Umstände.»

Aber sie war schon aufgesprungen – «So ein altes Pflaster, voller Bakterien» –, eilte zum Bad und kam mit einem kleinen Notfallköfferchen zurück.

«Eli … das muss nicht sein …»

«Doch, doch, du willst doch keine Entzündung riskieren.»

Mit einem lauwarmen Waschlappen tupfte sie die Wunde ab. Dann sprühte sie Jod oder etwas Ähnliches darauf.

«Das brennt», sagte ich.

«Das muss brennen, dann heilt es», meinte sie und pustete in meinen Nacken, dass mir ein Schauer den Rücken runterlief.

«Grusel ich dich?», fragte sie.

Mir fiel nichts Smartes ein.

Sie drückte mir einen Schmatzer aufs Ohr.

«Orrrr.» Ich rieb es mit der Handfläche.

«Das Rechteck, wo das Pflaster war, ist ganz weiß, ansonsten ist dein Nacken braun. Sieht witzig aus.»

«Danke.»

Zuletzt klebte sie mir ein neues Pflaster auf die Wunde.

Aber das Beste war der Kuss danach, über Kopf, ich saß, sie stand, ihre raue Zunge auf meiner, mein Kopf zwischen ihren Händen und das süße Brennen im Nacken.

Ding-Dong. «Hier spricht Ihr Kapitän Peter Ryg, guten Morgen und ahoi …»

Unsere Lippen lösten sich, wir lachten schallend los.

«Ich hoffe, Sie konnten etwas Ruhe finden in der Nacht. Was Ihnen sicherlich nicht entgangen sein dürfte, wir hatten einen starken Sturm von 75 Knoten, das entspricht der Windstärke 12. Wäre uns dies vor dem Auslaufen bekannt gewesen, hätten wir den Hafen nicht verlassen dürfen. Ich darf Ihnen aber versichern, wir haben das Zentrum des Sturmtiefs hinter uns gelassen, und im Verlauf dieses Tages wird sich der Sturm weiter legen. Immerhin hat Ihnen das Wetter bewiesen, dass Sie sich nicht in einem Hotel, sondern auf einem Schiff befinden. Übrigens nennt man in der nautischen Sprache das Schaukeln von Backbord nach Steuerbord Rollen und das Schwanken in Längsrichtung Stampfen. Letzte Nacht hatten wir beides. Genießen Sie nun wieder unseren wunderbaren Service und freuen Sie sich auf Neapel morgen, bei garantiert 40 Grad, Windstille und blauem Himmel. Ich wünsche Ihnen einen schönen Tag, auch im Namen der Crew, ahoi.»

Ich meinte: «Wie ist der denn drauf, da draußen herrscht das blanke Elend.»

Sie kam herum und schmiss sich wieder auf die Couch, neben mich. «Der ist in Ordnung, wirklich, sehr sympathisch, der kann die ganze Zeit Geschichten erzählen.»

«Hört sich so an, unser Schweizer Kapitän.»

«Na ja, war vielleicht ganz gut so, einen Schweizer Kapitän zu haben, bei den Wellenbergen … was willst du da mit einem Holländer?»

Kurz darauf verabschiedete ich mich von Elizabeth. Ihre Eltern mussten uns zwei nicht unbedingt alleine in der Suite erwischen. Den Tag über wollte sie sich schonen, zumal das Schiff weiterhin schwankte. Morgen in Neapel gebe es einen Ausflug zu den Katakomben, einer ganz eigenen Welt unter der Stadt, zitierte sie am Ende die *Athener Eule*, und dafür wollte sie wieder fit sein, die hatte sie noch nicht gesehen. So was gab es auch.

Ich konnte sie nicht dazu überreden, mit mir heute Abend wieder einen Tequila Sunrise zu trinken, aber ich verstand ihre Vorsicht, und wir verabredeten uns stattdessen für den Ausflug zu den Katakomben.

In weiten Schlangenlinien mäanderte ich den einsamen Gang entlang. Das Schiff tanzte zwar nicht mehr so wild, doch meine weichen Knie verstärkten den Effekt. In den Geschäften wurden Kleiderständer aufgestellt und umgestürzte Ware einsortiert.

Unsere Küsse hatten meine Lippen kribbelnd hinterlassen, und es war, als würde ich in einer Taucherglocke durch einen Sternennebel schweben. Natürlich hatte ich von so einem Wiedersehen geträumt.

Was war hier eigentlich los mit den Mädels? Elizabeth hätte mir nach gestern vorhin auch die kalte Schulter zeigen können.

Zu Hause hatte ich Dünya mal angehauen, aber die hatte mich aalglatt abblitzen lassen. Solche Abfuhren wollte ich nicht reihenweise kassieren. Von daher hatte ich mich danach zurückgehalten. Und hier schmiss sich binnen einer Woche Lan an mich ran, in die ich mich jederzeit hätte verknallen können, wenn es Elizabeth nicht gäbe.

Nach eben fühlte ich mich in meiner Entscheidung von gestern Abend bestärkt. Ich war fast schon stolz auf mich. Wie hätte sich das jetzt alles angefühlt, wenn wir bei mir in der Kabine rumgemacht hätten? Ich wollte es mir nicht einmal vorstellen.

Das Verrückte war, Elizabeth war ebenso in mich verknallt wie ich in sie. Wie oft passierte das denn? Da musste man doch durch die Realität taumeln.

Das wird mir Basti nie glauben. Hatte er gedacht, er könne mir mit seiner Postkarte den Mund wässrig machen? Von wegen.

In meiner Kabine fand ich eine Nachricht von Sandra, ein kleiner Zettel, der neben meinem Telefon lag, platziert vom Kabinenpersonal. Sie entschuldigte sich, weil sie noch nicht angerufen hatte, doch es sei ihr schlecht gegangen, sie bot mir allerdings ein Treffen um acht Uhr in der Midas-Bar an. Sie würde auf jeden Fall dort sein.

Ich auch, beschloss ich.

Ausgerüstet mit meiner Angel – eingewickelt in einer Plastiktüte – und Jacke und Pullover, stattete ich dem menschenleeren Buffetrestaurant einen Besuch ab, nur um mir ein paar gebratene Sprotten als Köder in eine Serviette einzuwickeln, und ging dann, ohne mich zu verlaufen, zum Sonnendeck hoch, die Lage checken.

Ich erklomm die letzte Treppe zu Deck 14 und blieb kurz vor der massiven Metalltür mit dem Panzerglas stehen. Als ich die Tür zum Deck auch nur einen Zentimeter öffnete, pfiff der Wind, und mir wurde klar, dass meine Jacke und der Pullover alleine nicht reichen würden, also klemmte ich mir zwei Decken zu der Angel unter den Arm, denn mein Ziel waren erst mal die Hängematten. Ich würde das Deck umrunden, und wenn ich unbeobachtet war – was ich bei dem Krankenstand erwartete –, würde ich einige Würfe machen. Hochseeangeln, noch so ein Traum, noch so ein erstes Mal.

Der Wind riss mir die Tür ansatzlos aus der Hand, sie bollerte gegen die Metallwand, und weil ich einen Schritt mitgezogen wurde, stand ich auf einmal draußen im Schnee.

Schnee? Im Sommer? Im Mittelmeer? Der Boden, die Reling, Kisten und Kästen waren mit Schnee bedeckt. Fast einen Zentimeter hoch. Das konnte nicht sein.

Ich umfasste die Decken fester wegen der Windböen und besah mir den vermeintlichen Schnee. Es war Salz, kristallisiert und zusammengeklebt wie grobe Zuckerwatte. Mit meiner freien Hand schob ich die Kristalle auf der Balustrade zusammen, mühelos konnte ich einen Ball daraus formen. Kopfschüttelnd ließ ich den Salzball fallen und schloss die Tür von außen.

Vorsichtig lief ich über diesen Salzsee, rutschig fast wie Eis. Der Wind blies mir ins Gesicht, ich spürte seine Gewalt, als wäre das Wetter wütend auf jemanden, aber die Luft fühlte sich prächtig an, frisch, nach der stickigen Atmosphäre im Bauch der Athene.

Wie kam das Salz aus dem Meer bis hier oben in den vierzehnten Stock? Ich konnte mir kaum vorstellen, dass die Gischt bis hier oben gereicht hatte, doch eine andere Erklärung gab es nicht.

Nachdem ich vom Heck kommend den mächtigen Schornstein passiert hatte und vor ihm zu den Hängematten einbiegen wollte, prallte ich beinahe mit zwei Angestellten zusammen, die das Deck mit Schrubbern und Lappen vom Salz befreiten.

Sie entschuldigten sich gestenreich, in einer Sprache, die ich nicht verstand, bevor sie sich daranmachten, den Weg zu räumen, den ich zuvor gekommen war. Meine Fußstapfen im Salz.

Unnötig zu erwähnen, dass ich die ansonsten so heißbegehrten Hängematten für mich allein hatte. Ich breitete eine Decke auf dem Stoff der Hängematte aus, zog meine Schuhe aus, stieg hinein, schlug die Decke um und deckte mich mit der anderen zu, bis nur noch meine Augen in den weißgrauen Himmel schauten. Ich musste über mich selbst schmunzeln. Ein neutraler Beobachter würde vermutlich denken, ich wartete auf meine Verwandlung zum Schmetterling.

Ich lag da wie ein Baby. Und zum ersten Mal seit zwölf Stunden spürte ich das Schiff nicht mehr schwanken; nichts, die Hängematte pendelte mühelos die Bewegungen aus und gab mir das beruhigende Gefühl einer Wiege, angeschoben von einer unsichtbaren Hand.

Mein Vorhaben, den Brief meines Vaters zu lesen, verwarf ich augenblicklich, bei dem Wind konnte er nur wieder wegfliegen.

Mir fielen Carlos Worte ein, ich würde das Meer, wenn es wild ist, so lieben wie mein Vater. Seine Seebeine hatte ich ja offensichtlich geerbt. Und äußerlich waren wir uns ebenfalls ähnlich. Wer hätte das gedacht.

Wenn Rocco das Meer so liebte, warum hatte er keine

Seebestattung gewollt? Wäre das nicht naheliegend gewesen, logisch? Aber er hatte sich gewünscht, unter einem Olivenbaum in seinem Heimatdorf beerdigt zu werden. Von mir. Das zählte. Er wird schon seine Gründe gehabt haben.

Ich war gespannt auf das Treffen mit Sandra. In einem wirren Moment hatte ich mir vorgestellt, sie könnte aussehen wie meine Mutter. Schließlich änderte man doch nicht seinen Geschmack, oder? Was sie mir über meinen Vater erzählen würde? Immerhin waren sie einige Jahre zusammen gewesen, sie muss ihn also gut gekannt haben. Es wäre schön gewesen, wenn jetzt Elizabeth hier mit mir in die Decken eingekuschelt gelegen hätte. Vielleicht wäre es ihr sogar bessergegangen als da unten. Kein Schwanken.

Die Wolken über mir bildeten eine weißgraue Masse, die sich in alle Richtungen gleichzeitig auszudehnen schien, ohne meinen Augen auch nur die Spur einer Kontur zu bieten, an die sie sich heften konnten. Die weichen Übergänge der Wolkenformationen und das Fehlen anderer Fixpunkte übten einen beinahe schon seltsamen Schmerz auf die Sehnerven aus. Ein so ungewohnter Anblick, dass er irritierte, wenn nicht gar verstörte. Es war, als schaute man ins Nichts und sah dort nur sich selbst.

Zeit spielte auf einmal keine Rolle, sie verstrich unbemerkt, und ich ließ mich gerne treiben durch meine Gedanken, auf dem Meer und durch die Luft. Ich war angekommen in einer Art fremder Zwischenwelt, in der die herkömmlichen Dimensionen in einem ortlosen Schatten zu schlummern schienen. Je länger ich auf den Himmel starrte, desto schwerer konnte ich seine Entfernung einschätzen, alles war möglich, zwischen zehn Kilometer und einer Armlänge.

Befreit von den Grenzen des Alltags, ergab ich mich diesem neuen Rhythmus, dessen Takt mein Herz vorgab. Ich spürte die Wärme unter den Decken und meinen Puls sich verlangsamen, während die einzigen Farben die des Himmels und das samtene Orange meiner geschlossenen Lider waren.

So mochte ich fünf Minuten oder Stunden gelegen haben, in denen sich nur die Intensität des Windes verändert hatte und es mir allmählich zu warm wurde unter meinen ganzen Decken.

Es war Zeit, mein Anglerglück zu testen, sollte die windabgewandte Seite des Schiffes sauber gewischt und verlassen sein.

Nicht ein Salzkorn war zu sehen. Auch auf dieser Seite musste ein Team gearbeitet haben. Die zwei, die ich getroffen hatte, konnten unmöglich das gesamte Deck geschrubbt haben. Dennoch war es menschenleer. Das bedeutete: Hochseeangeln. Ich musste an das Nachtangeln im Verein denken, da würde ich in Viaggio sein.

Ich klemmte die Decken zwischen einen Stapel Liegen, damit sie nicht wegflogen, auch wenn ich mich hier im Windschatten des Schornsteins befand, nur das Brummen aus den Schächten der Klimaanlage donnerte über mich hinweg.

Ich zog die Angel aus, fischte eine Sprotte aus der Serviette und zog ihr einen Drillingshaken durch die Wirbelsäule. Das Blei war sicherlich zu leicht, aber ich dürfte weit genug kommen. Die Tüte stopfte ich zwischen die Decken.

Ich stellte mich breitbeinig vor die Reling, öffnete die Bremse und warf einen schönen Bogen. Der Bogen war so schön, dass die Schnur komplett in den Wind geriet, denn sie sirrte ab, als hätte ein Marlin angebissen, obwohl sie sich noch in der Luft befand. Das hohe wie endlose Abziehen der Schnur durch die Ringe hörte gar nicht mehr auf, ich musste den Köder samt Drilling in den Jetstream oder die Umlaufbahn geschmissen haben. Hundertfünfzig Meter hatte ich drauf. Als das Sirren leiser und die Schnur endlich schlaff wurde, schloss ich die Bremse. Kurz vor ihrem Ende.

Ich gluckste vor Freude. Hochseeangeln! Ich wünschte, jemand könnte von mir ein Foto schießen.

Dann passierte das Unglaubliche. Ein Biss! Ein Wurf, ein Biss! Ruckartig zog die Schnur nach unten, wippte die Spitze der Angel, und ich schlug an wie ein bulgarischer Hammerwerfer. Wer weiß, was dran war!

Ein Schrei von Deck 13. Verblüfft beugte ich mich über die Reling: Ein Deck unter mir sah ich nur, wie sich jemand seine Hand hielt, eine davon mit zwei Ringen, Mohammads Hand. Die Angelschnur hatte ihn geschnitten, er musste an ihr gezogen haben. Bevor er hochschauen konnte, machte ich zwei Schritte zurück.

«Was für ein …? Verdammt, wer ist da oben? Hallo!»

Ohne zu überlegen, schleuderte ich die Angel mit Schmackes über Bord.

Unten hörte ich ihn laufen, zum Heck. Also schnappte ich meine Sachen und hetzte in die entgegengesetzte

Richtung zum Mittelteil des Schiffes, entledigte mich der Decken, stopfte Sprotten und Plastiktüte in den Müll und schlenderte in die erstbeste Boutique, wo ich vorgab, mich für das Merchandising der Athene-Reederei zu interessieren, besonders für die weißen Schlüsselanhänger aus Plüsch. Mein Puls und Atem hatten sich beruhigt, als Mohammad draußen vorbeitigerte und in ein Funkgerät knurrte.

Bei der zweiten Schale King Prawns mit Knoblauchbrot an einem runden Stehtisch im windgeschützten Außenbereich des Phönix-Grills dämmerte mir, was ich getan hatte: Meine Angel war Geschichte, über Bord geworfen, in einem Akt schierer Verzweiflung. In einem klaren Moment hätte ich die Schnur gekappt. Was war das auch für eine Idee gewesen, Hochseeangeln von einem Kreuzfahrtschiff aus? Nun war ich sie los. Achtzig Euro ins Meer geschmissen.

Ich leckte mir die fettigen Finger ab. Eine Frau sah das und verdrehte die Augen. Sollte sie doch woanders hingucken. Die ersten Passagiere trauten sich schon wieder ans Buffet, der Wind hatte deutlich nachgelassen, nicht nur in dieser Ecke hier.

Daher nahm ich den Weg vorbei an Carlos Hades-Bar, wo er gerade hinter der Theke aufräumte, das Gitter zur Hälfte hochgezogen.

«Na, noch alle Flaschen ganz?»

Er hielt inne. «Ah, ja, na ja, aber alles voll Salz. Wie ging es dir?»

Carlos Augen lagen tief in ihren grauen Höhlen.

«Alles bestens, nix seekrank», sagte ich.

Er schüttelte den Kopf. «Rocco hatte auch nie was, er übernahm dann schon mal andere Aufgaben an Bord, wenn alle in der Ecke lagen, auch wenn er dafür gar nicht beauftragt war. Wo Not am Mann war, war Rocco.»

«Soll ich für dich gleich barkeepern?»

«Hah, das hätteste gerne.»

«War den Versuch wert. Ich treffe jetzt Sandra.»

«Grüß sie von mir.»

«Mach ich.»

Die Athene schwankte kaum noch, und die Spuren des Sturms verschwanden nach und nach durch die emsigen Arbeiter aus Fernost. Überall wurden mit Lappen und Schwämmen Salzkrusten entfernt, beschädigte Materialien repariert oder ausgetauscht. Die letzten weißen Wellenspitzen segelten vereinzelt im Anthrazit der See, mehr wie eine Erinnerung an die vergangene Nacht.

Ich passierte das Casino und nahm den Fahrstuhl zum Deck 8. Auch die Kotztüten waren entfernt worden, lediglich die doppelte Anzahl an Reinigungskräften in den offenen Zimmern und die sich auf ihren Wäschewagen auftürmenden Laken und Bezüge zeugten von der überstandenen Ausnahmesituation.

Die Midas-Bar glich dem Auffahrunfall einer griechischen Taverne und eines Irish Pub. Zunächst bissen sich die wahllos vermischten Insignien beider Kulturen, vollbrachten aber das Wunder, eine Gemütlichkeit zu vermitteln, die zum Verweilen einlud, wie es in der *Athener Eule* geheißen hatte. Vor allem bei freier Platzwahl. Aus den Boxen sang jemand auf Englisch zu einer akustischen Gitarre.

Dunkles Holz war hier das vorherrschende Element, auch die Wände und die Decke waren verkleidet. Überall hingen gälische Schilder neben griechischen Bildern, und wenn ich es nicht besser wüsste, hätte ich eine lustige Vorstellung vom warmen irischen Klima und irischen Tempeln.

Mein Fensterplatz ließ den Blick auf die Bühne zu. Maximal drei Leute hatten darauf Platz, während die Bühnen der größeren Bars auf Shakira zu warten schienen. Anders als in den anderen Lokalitäten spendeten im Midas viele kleine farbige Scheinwerfer Licht, keine Kronleuchter oder Neonröhreninseln.

Eigentlich hätte ich mir den Fensterplatz sparen können, eine dicke Salzschicht auf der Scheibe verwehrte die Sicht aufs Meer, wie ein übertrieben ausgefallener Fotoeffekt. Ich wollte schon versuchen, ein verborgenes Muster darin zu erkennen, da wurde ich angesprochen.

«Hallo, Jörn, ja?», sagte die Frau in Jeans und einer Jacke, deren Herkunft ich ihrem Aussehen nach Nordafrika zuordnete. «Ich bin Sandra oder Sandy.»

Da sie es englisch ausgesprochen hatte, tat ich es ihr gleich. «Sandy?»

«Ja. So nannte mich dein Vater. Kannst mich auch so nennen.» Sie setzte sich gut gelaunt mir gegenüber.

«Okay. Du hast mich erkannt, nehme ich an.»

«Ja. Du siehst ihm ganz schön ähnlich.»

Langsam gewöhnte ich mich an die Tatsache.

Die Spitzen ihrer hellen blonden Haare berührten ihre Schultern, auffallend hoch der Haaransatz über ihrer Stirn, und ich glaubte, eine Verfärbung der Haut zu erkennen. Könnte eine Brandverletzung gewesen sein. Bewusst lenkte ich meinen Blick weg.

Sie war attraktiv, auch wenn ihr Alter seine Spuren in ihrem Gesicht hinterlassen hatte.

Die Barkeeperin kam an unseren Tisch. «Hi, Sandra.»

«Hi.»

«Was kann ich euch bringen?»

«Ein Bier», sagte ich so selbstverständlich wie möglich, mein Glück mit harten Sachen wollte ich gar nicht erst strapazieren.

«Ich glaube, du bist noch keine achtzehn», sagte sie und knipste zweimal mit den Augenlidern.

«Dann alkoholfrei.»

«Für mich ein Bier», sagte Sandy.

«Ein Bier, ein Alkoholfreies», wiederholte die Barkeeperin, wohl um es mir noch mal schön unter meine Nase zu reiben. Auch sie sah gut aus, wie eigentlich die ganze Crew gut aussah, gut bis sehr gut. Bei der Anstellung musste jemand darauf achten, das konnte kein Zufall sein.

«Roccos Sohn.» Sie legte ihre Hände auf dem Tisch übereinander.

«Und? Was hat er von mir so erzählt?», fragte ich geradeheraus, offen, wie ich ja angeblich war.

«Na ja, es war ja schwierig für ihn, er kannte dich ja gar nicht. Er hat manchmal darüber geredet, wie du wohl sein magst, was du machst. Später hat er dann immer mehr von dir gesprochen.»

Ich weiß nicht, was mich am meisten beeindruckte:

Meine dummdreiste Frage, die sie nicht verdient hatte, oder die Andeutung, er hätte vor seinem Tod mehr an mich gedacht.

Die Getränke kamen, und die Barkeeperin platzierte mit besonderer Sorgfalt das alkoholfreie vor mir, das Bier vor Sandy. Wir bedankten uns. Kaum hatte uns die Frau den Rücken zugedreht, tauschte Sandy die Gläser.

«Prost», sagte sie.

«Aber …»

«Ist gut so. Du wolltest doch ein Bier.»

«Es ist … du doch auch.»

«Ich darf nicht. Kein Alkohol für Angestellte.»

«Aber deine Kollegin hat dir … du hattest doch …» Allmählich begriff ich.

«Prost, auf das Leben», sagte sie.

Darauf hatte ich auch noch nie angestoßen. Ich trank und setzte ab.

«Ach übrigens, Grüße von Carlo.»

«Danke. Wie gefällt es dir denn auf der Athene? Wie hast du den Sturm gestern überstanden?»

«Der Sturm hat mir nichts ausgemacht …», sagte ich.

«Glücklicher. Wie Rocco, der wurde auch nie seekrank.»

«Und die Zeit auf dem Schiff ist … der Hammer.»

«Das freut mich.»

«Hmh. Was hat er denn gesagt? Rocco. Über mich. Später.»

Sie lehnte sich zurück und drehte einen ihrer Ringe an den Fingern. «Er hatte ein unheimlich schlechtes Gewissen, sich so gar nicht bei dir gemeldet zu haben über all die Jahre.»

«Aha», das musste ich einfach dazwischenwerfen.

«Aber er sagte auch, mit dem Wissen und wie er damals drauf war, hätte er in der Situation nicht anders gehandelt.»

«Welche Situation?»

«Habe ich ihn auch gefragt. Hat er mir aber nicht gesagt.»

Ich nahm ein paar Schlucke von meinem Bier und atmete tief durch.

«Woran denkst du?», fragte sie in meine Stille hinein.

«Ob es etwas gibt, von dem meine Mutter mir nie erzählt hat.»

Jetzt kaufte sie sich Zeit, indem sie ihr Alkoholfreies halb leerte, schließlich sagte sie: «Ich schätze, du musst sie fragen.»

«Ja.» Ich dachte an das Telefongespräch morgen.

Ihre Fingernägel trommelten den Takt der Musik auf das Holz.

«Ist das Bruce Springsteen?», fragte ich.

«Nein, John Hiatt. Das davor war Springsteen.»

Ich bereute, nicht genauer hingehört zu haben. Schlecht hatte ich den Song nicht gefunden.

«Lass mich mal überlegen. Was könnte dich interessieren? Wir waren fast drei Jahre zusammen. Auch an Land, wenn wir Urlaub hatten. Aber er wurde dann immer schnell unruhig, ihm fehlte das Meer, vielleicht auch die Bewegung, das Reisen. Er reiste gern. Auch wenn wir uns irgendwo für ein oder zwei Monate eingemietet hatten, nahm er jede Gelegenheit wahr, Freunde oder Bekannte zu besuchen und, wenn es lange dauerte bis zum nächsten Engagement, auch nahezu Unbekannte.»

Wir lachten kurz darüber, nippten an unseren Gläsern.

«Er war schon ein Verrückter.» Sie guckte kurz zur dunklen Holzdecke. «Sonst wären wir auch nicht so lange zusammen gewesen.»

Ich spürte, dass ihr das Gespräch naheging. Mir auch, es war schon berührend, jemanden zu treffen, der meinen Vater geliebt hatte und jetzt alleiner war als ich. Nach dieser Martina würde ich sie lieber nicht erst fragen, das roch nach Fettnäpfchen.

Ich räusperte mich, obwohl ich noch keine Ahnung hatte, was ich sagen sollte, gab ihr aber so Gelegenheit, nicht weitersprechen zu müssen.

«Also …», begann ich, kam aber nicht weiter, weil es plötzlich neben uns an der Wand polterte, und im nächsten Moment wurde die Salzschicht mit einem Squeegee von der Scheibe weggewischt. Ein Crewmitglied stand angeseilt vor uns, draußen, acht Stockwerke über dem Wasser, in dem Wind, und säuberte mit gleichgültiger Miene wie ein Fassadenreiniger die Fenster vom Salz.

Wir lachten aus Verlegenheit, aus Erleichterung, und deswegen lachten wir auch länger als nötig über dieses absurde Bild. Der Mann in dem orangefarbenen Overall tat so, als könne er uns nicht sehen.

Erst als er sich dem nächsten Fenster zuwandte, griffen wir unsere Gläser.

«Gefährlicher Job», kommentierte ich.

«In der Küche ist es gefährlicher.»

Daraus sprach die Erfahrung, ich wollte nicht nachhaken, warf nur wieder einen Blick auf ihren hohen Haaransatz über der einen Hälfte der Stirn, vielleicht wirklich eine Verbrennung. Ich merkte, dass sie das sah, aber auch sie sprach es nicht an. Also beließ ich es dabei.

«Wie war er sonst?», fragte ich.

«Unterwegs war er sehr ausgeglichen, ich konnte mich immer auf ihn verlassen, jeder konnte das. Er war eher ein ruhiger Typ, außer auf der Bühne, da war er der totale Entertainer, immer spaßig, was nicht heißt, dass er außerhalb der Bühne nicht witzig war.»

Sie stockte, überlegte einen Moment, dann fragte sie: «Machst du, worum Fares dich gebeten hat?»

Ein Schauer durchlief mich. «Du …» Ich schaute mich um, als ob wir einen Bankraub planten. «Du weißt davon?»

«Wir waren zusammen.»

Das sollte als Antwort reichen.

«Ja», sagte ich nur.

Sie nickte.

«Warum machst *du* es nicht?», fragte ich.

«Ich darf das Schiff nicht immer und überall verlassen. Diesmal nicht in Civitavecchia. Und er wollte, dass du es machst.»

Darauf trank ich mein Bier in einem Zug aus.

«Du hast einen guten Charakter», sagte sie.

«Woher willst du das wissen? Wir kennen uns kaum.»

«Du tust, was du tust», sagte sie. «Das reicht.»

«Vielleicht will ich nur die Luxusreise?»

«Vielleicht willst du auch etwas ganz anderes.»

Mir schwirrte der Kopf.

Sandy bestellte per Handzeichen die nächste Runde.

Ein Gast setzte sich an die Theke. Normalität stellte sich wieder ein unter den gebeutelten Passagieren.

Schweigend warteten wir auf die Biere, die, sobald sie auf dem Tisch standen, von Sandy wieder getauscht wurden.

Wir stießen an. Ohne Trinkspruch.

«Du weißt auch von den Briefen?», fragte ich sie.

«Ja. Ich weiß aber nicht, was drinsteht.»

«Ah.»

«Es hat ihm viel bedeutet.»

Ihre Augenlider klimperten, sie kämpfte jetzt gegen Tränen an.

«Ist das Bruce Springsteen?», fragte ich schnell.

«Nein, Justin Townes Earle.»

«Kennst du jeden mit einer Gitarre um den Hals?»

«Das war kaum zu verhindern, wenn man mit Rocco zusammen war. Die Singersongwriter, die Liebe, das Meer und …» Sie hob ihr Glas.

«Prost darauf», sagte ich.

Weitere Passagiere betraten das Midas und verteilten sich an der Theke und an den Tischen, auch in kleinen Gruppen.

«Sind es nur Briefe?», fragte sie.

«Auch ein paar Fotos.»

Ihr Blick, eine Note in Moll. «Das Einzige, was er besaß, war seine Gitarre, und die hat er … dann verkaufen müssen. Er blieb ungern jemandem etwas schuldig.»

Zumindest nicht solange es sein Sohn war.

Für den Gedanken hätte ich mich backpfeifen können. Es saß einfach noch zu tief.

«Viel hatte er nicht», stellte ich fest.

«Nein, nicht materiell.»

«Sein ganzes Leben passte in einen Schuhkarton, samt seiner …»

Sie kratzte mit dem Fingernagel die Oberfläche des Bierdeckels rau, rang mit ihrer Fassung.

Ich wollte unsere Unterhaltung nicht negativ beenden und war froh, als ich mein Gefühl in Worte packen konnte. «Früher hat er für mich nicht gelebt, nun tut er das.»

Sie griff kurz meine Hand und drückte sie, bevor sie sie rasch zurückzog.

«Prost drauf», sagte ich, und wir stießen wieder an.

Sandy war wirklich sehr nett, nicht nur weil sie sich mit mir hier traf und das Bier ausgab. Drei Jahre waren die beiden zusammen gewesen. Eine lange Zeit. Länger, als es meine Mutter mit Rüdiger ausgehalten hatte oder Eddie. Sandy trauerte ganz offensichtlich um ihn – so, wie es sein sollte, wenn man einander geliebt hatte.

Sicherlich hätte ich noch viele Fragen gehabt, aber ich spürte, dass sie von unserem Gespräch sehr berührt war. Daher verkniff ich sie mir.

Wir sprachen über den Sturm und über Stürme ihrer Vergangenheit, von denen keiner die Stärke von dem der letzten Nacht erreicht hatte, und wir tranken unsere Biere, bevor sie sich verabschiedete, weil bald ihre Schicht als Kellnerin in einem der Edelrestaurants begann, die nicht im Preis inbegriffen waren. Und sie gab mir ihre E-Mail-Adresse, falls ich später noch Fragen hätte. Ich könnte ihr jederzeit schreiben. So nett war sie.

Als sie gegangen war, brachte die Barkeeperin ein weiteres Mal unser Gedeck aus Bier und Alkoholfreiem. Sie tat überrascht und stellte es ab mit einem «Wohl bekomm's».

Ich bedankte mich überschwänglich. Ging das auf ihre Kappe, oder hatte Sandy noch einmal bestellt beim Verlassen des Midas? Wie auch immer, ich würde nun noch eine Weile hier sitzen bleiben.

Ich war beeindruckt. Wenn diese Frau es drei Jahre mit meinem Vater ausgehalten hatte, konnte er nicht das gefühllose Monster sein, das wirbellose, rückgratfreie Kriechtier.

Hinter dem jetzt makellos sauberen Fenster verdrängte die untergehende Sonne die schweren Wolken, versprach der Postkartenhorizont einen aufregenden morgigen Tag, und das Meer zog lautlos vorbei, als müsste es sich vor Gericht für den Sturm verantworten und sich von seiner besten Seite zeigen, höflich und mit guten Manieren.

Aus den Lautsprechern sang ein Duett: «Cause though the truth may vary, this ship will carry, our bodies safe to shore. Hey, hey, hey …»

Meine Finger bewegten sich zum Takt.

Ich zog Roccos Brief heraus und öffnete ihn. Gab es einen besseren Platz, ihn zu lesen, als hier?

Der kleine Gegenstand darin entpuppte sich als USB-Stick. Mit Tesafilm klebte er auf einem quadratischen Post-it-Zettel. Darauf stand mit einem schmalen Folienschreiber:

4 Bruce Springsteen Coversongs von Rocco Capoccia – für meinen Sohn Jörn.

1. *Cowboys of the Sea*
2. *Song to the Orphans*
3. *Ballad of Jesse James*
4. *Lonely Night in the Parks*

Ich würde ihn singen hören können! Seine Stimme, die Stimme von Rocco, daran hatte ich bis jetzt gar nicht gedacht, an eine Aufnahme. Wie würde er klingen? Ich konnte den Moment kaum erwarten. Im Kopf ging ich die Möglichkeiten durch, auf dem Schiff die Songs auf dem Stick zu hören, privat, aber ich wollte auch niemanden fragen, dann müsste ich die Geschichte erzählen, oder jemand würde mithören. Das wollte ich nicht, das musste wohl warten, bis ich wieder zu Hause war.

Ich rollte den Stick in das Post-it und steckte ihn vorne in meine Hosentasche. Dann faltete ich das linierte Blatt auf.

Lieber Jörn,
Musik bedeutet mir viel. Deswegen habe ich dir vier Songs aufgenommen, von denen ich hoffe, dass sie dir gefallen. Natürlich kann es gut sein, dass du etwas ganz anderes hörst.
Ich würde mich freuen, wenn du dich auf die Songs einlässt, die ich dir aufgenommen habe – und vielleicht Interesse hast an meiner Lieblingsmusik. Springsteen zum Beispiel, von ihm ist eigentlich das meiste großartig, dann gibt es ein tolles Album mit dem Titel Together at the Bluebird Café *mit Steve Earle, Townes Van Zandt und Guy Clarke; und dann Mary Gauthier … Vielleicht ist die Richtung auch alles nicht dein Ding. Hauptsache, du hörst Live-Musik!!! Lass die Konserve nicht das Leben ersetzen.*
Musik war mir immer wichtiger als Literatur, aber es gibt ein paar Bücher, die mir in die Hände gefallen sind und die ich bis zu Ende gelesen habe. Das eine heißt «Leaving Las Vegas», an den Autor kann ich mich nicht erinnern, dann «Die Commitments» von einem Iren, Roddy Doyle, und eine Biographie, die «In die Wildnis» heißt. In diesen Büchern geht es um Drogen, Musik und Reisen. Ich hatte diese drei Bücher immer als Ber-

mudadreieck vor Augen – und wenn du nicht an ihre Grenzen stößt, wirst du ein gutes Leben führen. Bei den Commitments nehme ich das zurück, zu viel Musik geht eigentlich nicht. Ist übrigens auch ein toller Film. Bei Filmen kann ich dir keine Tipps geben, da habe ich nicht viele gesehen, das Gleiche gilt für Theater, Malerei und so was. Handwerklich geschickt war ich nur mit allem, was mit meiner Ibanez zusammenhing.

Ibanez, wohl seine Gitarre.

Ansonsten war ich nicht zu viel zu gebrauchen.

Also: Riskiere etwas, das muss man, aber nicht zu viel, das will ich wohl damit sagen. Ach, ich finde einfach nicht die richtigen Worte. Hör die Songs vom Boss.

Ich muss jetzt wieder auf die Bühne.

Liebe Grüße, Rocco.

In dem Moment erstarb die Musik aus den Lautsprechern, und das Licht änderte sich auf der kleinen Bühne im Midas, eine Hand schob den Vorhang an der Seite zurück, und ich war noch so im Brief versunken, dass ich beinahe vom Stuhl gekippt wäre und an eine Erscheinung geglaubt hätte. Aber nicht mein Vater kam hinter dem Vorhang vor, sondern ein junger Typ mit kreisrunder Brille und Vollbart, der sich mit seiner Gitarre auf den Barhocker setzte.

Ich nahm einen tiefen Schluck Bier. Dann begrüßte er die Anwesenden und kündigte sein erstes Stück an, eine Coverversion von den Mumford and Sons, «I will wait».

Nach den ersten Akkorden beschloss ich, den Abend hier zu beenden. Ich hatte noch nie einen Songwriter live gesehen.

NEAPEL

Mit jedem Wort kam eine lange Reise an ihr Ende.

Charles D'Ambrosio
(Museum für tote Fische)

«Neapel ist, als müssten alle New Yorker in Leverkusen wohnen, ohne Verkehrsregeln. Und Motorroller dürften über Rot fahren», sagte Elizabeth, während wir wie die einheimischen Fußgänger in lebensmüder Manier eine achtspurige Straße überquerten, die elfspurig genutzt wurde.

Perfekter konnte eine Beschreibung nicht sein.

Unsere Gruppe hatte sich weit auseinandergezogen, Julia stand bereits auf dem Bürgersteig, hielt schützend eine Hand gegen die Sonne über ihre Augen und beobachtete, wie ihre Entenküken durch das Haifischbecken paddelten. Vor uns stolzierte Lan, die mir nur einen kurzen Blick zugeworfen hatte. Uneinschätzbar. Aber zu befürchten brauchte ich eigentlich nichts, es war ja nichts passiert.

Elizabeth zeigte auf die Plastiksackarmee neben der von niemandem beachteten Ampel. «Und die Müllberge sind dafür da, den Sturz angefahrener Fußgänger abzudämpfen.»

Wie ich hatte sie bereits Schweißflecke unter den Achseln. Die vierzig Grad Hitze hier fühlten sich nach dem kalten Tag auf See wie hundert Grad an.

Ich war froh, als wir die Hauptstraße hinter uns gelassen hatten, aber immer noch Hupen von allen Seiten, jaulende Anlasser abgewürgter Wagen, kaputte Auspuffsalven, an jeder Ecke quäkten Antidiebstahlalarme um Hilfe, und Ambulanzsirenen hallten von den alten Mauern wider. Es roch nach Auspuffgasen, Schweiß, Bauschutt, trocknender Wäsche und faulenden Fischresten aus Plastiktüten.

«Neapel scheint ein Hosenproblem zu haben.» Ich zeigte auf den x-ten Straßenhändler, der in erster Linie Gürtel verkaufte.

«Vielleicht kaufen die sich alle die Hosen eine Nummer zu groß, damit die Windel reinpasst, so wie die fahren», meinte Elizabeth.

Die Straßen wurden schmaler, die Lenkmanöver der motorisierten Irren nicht weniger waghalsig.

Von meinem Treffen mit Sandy hatte ich Elizabeth beim Verlassen der Athene erzählt. Aufmerksam hörte sie zu und stellte gute Fragen, die mich den Abend noch einmal erleben ließen. Die ganze Zeit über schaute ich sie an, ich konnte meine Augen kaum von ihr lassen und musste mich schon anstrengen, um nirgendwo gegenzulaufen. Immer wieder wich ich im letzten Moment Laternenmasten, Begrenzungspfählen und Mülltüten aus.

«Wie schafft man es, mit siebzig Stundenkilometern auf einem Motorroller entgegen der Einbahnstraße über Rot zu fahren, während man mit einer Fluppe im Mund telefoniert?», fragte ich und deutete auf den Auslöser eines wahren Hupkonzerts aus melodischen Fanfaren, hellen, dunklen, kurzen und langen Tönen, das uns an der nächsten Kreuzung fast von der Straße pustete.

«Starker Glaube», sagte Elizabeth. «Die glauben hier eher an das Leben nach dem Tod als an das davor.»

Religion. Darüber hatte sich Rocco noch nicht ausgelassen, ich nahm an, er hätte es getan, wenn es ihm ein Anliegen gewesen wäre.

Ich sagte: «Ich glaube, ich bin zu alt für Neapel.»

«Oder zu jung.»

Nach der Kreuzung begann so etwas wie eine Fußgängerzone und die Aussicht darauf, den Tag unbeschadet zu überstehen. Abgesehen von einigen Kleinwagen und Motorrollern bevölkerten lediglich Menschen die engen Gassen, in denen sich kleine Kramläden, Kioske, Cafés, bessere Imbisse und Stände voller Karnevalsmasken, Krippen und Schmuck aneinanderreihten. Mittelklasseautos passten hier nicht durch, alles über 800 Kubikzentimetern musste draußen parken. Touristen mischten sich mit den Neapolitanern, zu unterscheiden waren sie an der Geschwindigkeit ihres Ganges: Touristen schlenderten.

Julia erzählte uns, dass dieses Viertel berühmt für seine handgefertigten Krippen sei. Tatsächlich konnte man sie in mehreren Etagen, treppenförmig auf Kisten und Regalen angeordnet, bewundern. Neben den klassischen Figuren schnitzten die Kunsthandwerker auch andere Situationen, die sich aus ihrer Sicht eines Krippenspiels würdig erwiesen: Maradona, der Argentinier im Trikot des SSC Neapel, der Kopfstoß von Zidane gegen Materazzi, Don Camillo und Peppone, Hobbit-Welten, Politiker in Rom, Fast and Furious. Schräg, aber auch teuer, für Sammler oder starke Feilscher. Und überall ebenfalls handgefertigte Schilder: *No China.*

Durch große offene Fenster konnte man den Machern beim Erschaffen ihrer Werke zuschauen. Wenn dort kein Fernseher lief, dann wenigstens das Radio. Woanders saßen Männer beisammen und tranken ihren Espresso aus dunklen Plastikbechern. Immer wieder der Geruch nach Nüssen in der Luft.

An einem schattigen Platz, gerade mal doppelt so groß wie unser Wohnzimmer, hockten wir uns auf uralte Steinbänke, deren Kanten über Hunderte Jahre abgerundet waren. Gegenüber, hoch bis zum ersten Stock, thronte eine Heiligenfigur, wie fast an jeder Straßenecke, als hätte jeder Hausblock seinen eigenen Schutzpatron.

In einer kleinen Pizzeria deckte sich unsere Gruppe mit Wasserflaschen und Essen ein, ich entschied mich für Schinken, Elizabeth für Sardellen.

Mit unseren zusammengeklappten Pizzascheiben auf den Steinbänken sitzend, beobachteten wir kauend die vorbeiröhrenden Motorroller und Kleinwagen. Frische Pasta baumelte in durchsichtigen Beuteln außen an der Wine-Bar auf der anderen Straßenseite.

Eiskalt rann das Wasser meine Kehle runter, und ich trank die Halbliterflasche in einem Zug aus, denn bei der Hitze wäre sie in ein paar Minuten lauwarm. Wir reihten nacheinander unsere leeren Plastikflaschen dekorativ neben einem Mülleimer auf, sollte jemand, der es nötig hatte, das Pfand einstreichen.

Der Eingang zu den Katakomben lag versteckt zwischen den Gebäuden, ein steiler Gang führte hinab in die

Unterwelt Neapels. Bereits hier wurde die schräge Symphonie der verrückten Großstadt geschluckt, legte sich eine Ruhe auf die Gruppe, die Überflüssiges aus unseren Unterhaltungen verbannte.

Julia ging mit dem Führer vor, der den Rundgang auf Englisch leitete, wir folgten einzeln hintereinander.

Wir blieben in Gewölben stehen, denen man ansah, dass sie vor zweitausend Jahren mit einfachem Hammer und Meißel in das Gestein getrieben worden waren. Kathedralhafte Dimensionen der Räume mit versteckten Luken zur Außenwelt wechselten mit kaum begehbaren engen Gängen, bei denen die Schultern an dem rauen Stein entlangschrappten. Unsere Augen gewöhnten sich rasch an die dunkle Dämmerstimmung, und schließlich warteten auf einem steinernen Tisch halb abgebrannte Kerzen auf Ständern aus Porzellan mit Henkel, die wir mit einem herumkreisenden Feuerzeug anzündeten und mit denen wir unseren Weg wie Butler in alten Filmen fortsetzten. In dieser archaischen Umgebung schien das geschäftige Neapel zwanzig Meter über uns unwirklich.

Immer, wenn ich dachte, es könnte nicht tiefer bergabgehen, erreichten wir eine weitere kurze Treppe, mal drei Stufen, mal zehn, und jedes Mal sank die Temperatur, bis sie sich angenehm frisch anfühlte und ich mich fragte, warum es hier keine Cafés oder Restaurants gab, der Sommer war lang in Neapel und die vierzig Grad da oben kein Zuckerschlecken.

Der italienische Führer genoss sichtlich Julia an seiner Seite, der Altersunterschied von gefühlten sechzig Jahren schien ihm nicht aufzufallen.

Nach jedem Aufenthalt in einem Raum, dessen Funktion und Geschichte er uns erklärte, veränderte sich die Reihenfolge, in der wir weiter durch die engen Verbindungsgänge marschierten, nur Elizabeth und ich blieben beisammen. Irgendwann ging sie vor mir und Lan als Letzte in der Gruppe hinter mir.

«Hast du ihr von uns erzählt?», hauchte sie, und ich glaubte, ihren heißen Atem durch die kalte Grottenluft in meinem Nacken zu spüren.

Ich drehte mich über meine Schulter um und blickte in ihr teuflisches Grinsen, mehr ein Fletschen der Zähne im flackernden Kerzenlicht, das wirre Schatten über ihre Augen flitzen ließ. Das niedrige Gewölbe wirkte wie das Innere einer aufgeschnittenen Leber.

«Wie, von … uns?»

Ohne einen Laut formten ihre Lippen meine Worte nach, und sie schnitt die falsche Grimasse von Tweety, die in die Kamera fragte, ob sich die böse schwarze Katze weh getan hatte, nachdem sie von der Planierraupe überrollt worden war. Lea liebte Tweety.

Ich stieß mir den Kopf und zog ihn ein, zum Glück federte mein Cap den Aufprall ab. Sie lachte diabolisch auf.

«Alles klar?», fragte Elizabeth von vorne.

«Kopf gestoßen», erklärte ich.

«Der Schirm von Hühnerhugo schränkt deine Sicht ein, ich würde die Mütze auch mal abnehmen.»

«Geht schon.»

Wir stauten uns vor einem Gang, der mehr ein Schlitz in der Wand war. Der Mann erklärte, dass wir als Nächstes hier durchgehen würden, etwa zehn Minuten, er wäre sehr eng, Leute mit Platzangst sollten den Weg außenrum nehmen und in der nächsten Halle auf die anderen warten. Er meinte das ernst, betonte er.

Zunächst dachte ich, nicht die schlechteste Idee, aber ich hatte noch niemanden außer uns hier gesehen oder gehört, und meine Orientierung hatte ich gleich zu Anfang verloren, gerade bei den Gängen sah einer wie der andere aus, und meine Erfahrungen auf der Athene taten ihr Übriges dazu. Also blieb ich in der Reihe, und nach fünf Metern mussten wir uns seitwärts vorkämpfen, und ich dachte, mit einem Bauch kam man hier nicht durch, Carlo würde hier hilflos stecken bleiben. Hatte der Führer ein Maßband dabei für Leute, die glaubten, sie könnten es schaffen? Wie redete er ihnen ihr falsches Selbstbild aus?

Seitlich trippelten wir langsam durch den sich windenden Gang, auch über 1,80 durfte man nicht sein, zumal man hier kaum in die Knie gehen konnte. Ich schaute nach vorne, auf Elizabeths Rücken und die wabernden Schatten an den Wänden.

Wieder zischelte es hinter mir: «Ist aber keine gute Basis für eine Beziehung.»

«Sei still.»

«Hallooo», machte Elizabeth und witzelte: «Schmeiß dich nicht hinter meinem Rücken an die Nächste.»

Die Antwort übernahm Lan. «Keine Sorge, das haben wir schon geklärt.»

Elizabeth blieb abrupt stehen, und ich rempelte sie an, wobei ich gerade noch die Kerze zur Seite hielt, um sie nicht zu verbrennen. Ich spürte ein Stechen an meinem rechten Arm, gefolgt von Lans «Ups, sorry, Jörn».

Ich besah mir das Wachs an meinem Unterarm. «Pass doch …»

Elizabeth unterbrach mich. «Was soll das denn heißen? Haben wir schon geklärt?»

Sie schaute wütend an meiner Nasenspitze vorbei zu Lan. Ich presste Körper und Kopf an die Wand in meinem Rücken und versuchte, nicht zu blöde nach links und rechts zu gucken, sondern beobachtete die beiden eher aus den Augenwinkeln, während ich auf die groben Poren der Wand zehn Zentimeter vor meiner Nase starrte.

«Gestern ... Abend ...», sagte Lan unschuldig.

Die beiden schauten mich an.

«Oh», machte Lan genüsslich. «Hat er dir ... etwa nichts erzählt?»

«Von was?»

«Nicht, Jörn?» Wieder ihr Tweety-Blick, Tweety-the-Devil-Blick.

«Wir haben gestern zusammen einen Wein getrunken, na und?», sagte ich.

«In seiner Kabine!», nickte Lan.

«WAS?»

Gefangen zu sein zwischen zwei eifersüchtigen Mädels mit offenen Flammen in den Händen an der engsten Stelle einer Totenkammer, empfand ich als ziemlich beunruhigend. Zu beiden Seiten züngelten die Kerzen und zuckten die Schatten durch ihre Gesichter. Es war so eng, dass ich mich im Notfall nicht einmal über den Boden rollen konnte, um die Flammen an meinem Körper zu löschen.

«Wir...», begann ich.

«Sag, sie lügt!», forderte Elizabeth.

«Au ja», machte Lan.

«Es ist doch nichts passiert. Wir haben … im Restaurant den Wein in Tassen gefüllt …»

«Du …»

«Elizabeth!»

«Hinter meinem Rücken!» Sie schnaufte vor Wut fast meine Kerze aus.

«Nein! Hör zu. Hör mir zu …»

Lan echote mich dramatisch, ich ignorierte sie. Von der Gruppe war nicht mal mehr ein Lichtschein zu sehen. Sie hatten unsere Abwesenheit nicht bemerkt.

«Elizabeth, wir mussten das Restaurant verlassen, es wurde geschlossen, w…»

«Das Buffetrestaurant? Sie schließen doch nicht das Buffetrestaurant.»

«Doch, weil sie alles sauber machen mussten, nach dem Schlamassel gestern. War so.»

«Ah, und da haste gedacht, super Gelegenheit, lass uns zu mir ins Bett gehen.»

«Ja. Nein! Nicht ins Bett, in die Kabine.»

«Warum nicht draußen?»

«Man fällt auf mit Tassen. Kein Glas an Deck. Es war …»

«Tassen?»

«Kaffeetassen.»

«Vier», ergänzte Lan.

Elizabeths fragender Blick.

«Wir haben den Wein aus Kaffeetassen getrunken, um nicht erwischt zu werden. Vermutet ja keiner. Ist doch eine gute Idee.»

«Von dir oder deiner Freundin?»

Lan kicherte.

«Von ihr», sagte ich.

Elizabeth sog die Luft tief ein. «Und dann, dann wart ihr bei dir, und?»

«Und nichts.»

«Nichts. Einfach nichts», sagte Elizabeth. «Zwei Notgeile in einem voll verspiegelten Pornozimmer mit Doppelbett und ... nichts?»

«Genau», sagte ich stolz.

«Ihr habt mitten im Zimmer gestanden, jeder mit einem Wein in der Hand, und habt euch über das Abendessen unterhalten? Ihr seid doch nicht Loriot!»

«Wer?»

«Egal, habt ihr euch gesetzt?»

«Ja, a...»

«Aha! Gibt ja nur einen Stuhl, oder?»

«Wir saßen auf dem Bett», meinte Lan.

«Und sie ist schnell wieder gegangen», fügte ich hinzu.

«Nach vier Tassen Wein, wie schnell soll das sein, im Morgengrauen?»

«Nein, nach ein paar Schlucken Wein!»

Ihr Blick ging an mir vorbei, ich folgte ihm nicht, sondern wollte die Reaktion in ihren Augen sehen.

Lan musste eine bestätigende Geste gemacht haben. «Ehrlich, so war's, nix weiter, aber ich fand, du solltest es wissen, so von Frau zu Frau.»

Von Teufel zu Engel, formulierte ich für mich.

Elizabeth schaute von mir zu ihr und wieder zurück. «Soll ich das jetzt glauben?»

«Du musst. Es ist die Wahrheit. Sie hat es ja auch gesagt. So war es.»

Für einen Moment zog ich einen Vergleich zu ihrer Freundschaft mit diesem Frank in Erwägung, hielt das aber nicht für den angemessensten Augenblick.

«Und deswegen machst du so geheimnisvoll?», fragte Elizabeth und funkelte an mir vorbei.

Ein Lichtschein tauchte aus der Dunkelheit hinter Elizabeth auf.

«Ich habe nur angedeutet; was deine Phantasie daraus macht, ist nicht meine Sache», sagte Lan.

Bevor sie zu sehen war, hörten wir Julia. «Hallo, ihr Turteltäubchen, was gibt das da bei euch, aufschließen, wir warten auf euch in der Bunkerkammer. Das solltet ihr gesehen haben!»

«Wir kommen!», rief ich.

«Ja!», rief auch Elizabeth.

«Jetzt!» Julia klang ernst.

«Ja», sagte nun auch Lan.

Langsam schlich Elizabeth weiter, guckte aber nach wie vor an mir vorbei und zischte: «Du bist so scheiße.»

«Weil ich dir die Augen geöffnet habe?», kam es aus meinem Rücken.

Elizabeth drehte ihren Kopf nach vorne und hob stilvoll den Mittelfinger der anderen Hand vor ihre Kerze. Lan lachte gekünstelt.

Unsere Füße schlurften durch den sandigen Boden. Elizabeth war sauer. Zu Recht. Ich hätte ihr wirklich davon erzählen sollen, und das sagte ich ihr gleich in der Bunkerkammer, worauf sie erwiderte, es wäre schon okay, aber sie müsste auch noch einmal darüber nachdenken. Toll hatte sie die Situation nicht gefunden. Verständlich, im Nachhinein. Davon auf diese Art und Weise zu erfahren ging gar nicht. So etwas würde mir nicht mehr passieren. Lektion gelernt.

Die Bunkerkammer war wirklich etwas Besonderes. Der gesamte Bereich der Katakomben war im Zweiten Weltkrieg als Bunker genutzt worden, in dieser größten Höhlenformation hatten sich ganze Familien zurückgezogen mit Fahrrädern, Spielzeugautos, Nähmaschinen und allem, was man so brauchte für einen normalen Tag zwanzig Meter unter der Erde, während oben die Bomben und Granaten explodierten. Später hatten die Schutzsuchenden vieles zurückgelassen.

Völlig deplatziert schauten einen die kreisrunden Scheinwerfer der Seifenkisten-Autos an, harrten Dreiräder mit Holzsitzen auf Kinder, die nie kommen würden. Waren den Menschen damals die Sachen egal, weil diese sie an die Bunkerzeit und den Krieg erinnerten, und sie draußen neu anfangen wollten?

Die restliche Führung erlebte ich irgendwie benebelt, jede Regung, jedes Wort von Elizabeth abwägend, was es für ihre Stimmung und für mich bedeuten könnte. Sie schien nicht wütend zu sein, nicht so wie auf Korsika, aber die Sache beschäftigte sie.

Als wir dann die Katakomben verließen, schlug uns die spätnachmittägliche Hitze mit der Brutalität eines Hochofens entgegen, binnen Sekunden kitzelte sie meine Schweißreserven wach. Das kannte ich in der Geschwindigkeit wirklich nur von meinem Saunabesuch. Der extreme Temperaturunterschied ließ das Wasser, das wir an einem von Nudeln in Plastiktüten beinahe komplett zugehängten Kiosk kauften, unverzüglich aus sämtlichen Poren verdunsten. Mein Deo ein Witz, von wegen 48 Stunden. Vielleicht in Finnland.

Wie betäubt taumelten wir durch Neapel Richtung Hafen, stets auf der schattigen Straßenseite bleibend. Geredet wurde insgesamt nicht mehr viel, zu erschöpft und mit der Hitze beschäftigt konzentrierte sich jeder nur auf sich und den Verkehr. Lan würdigte ich keines Blickes mehr. Und vor Elizabeth wollte ich auch nicht so tun, als hätte die Diskussion in der Katakombenschlucht nicht stattgefunden, also beschränkte ich meine Kommentare auf Sachliches, ohne irgendwelche Albernheiten einzustreuen.

Auf dem Schiff fielen wir wie Wölfe über das Abendessen her, keiner, der nicht mindestens ein Mal Nachschlag holte, ich drei Mal: Lachs mit Gemüse in französischer Sahnesauce.

Julia stellte zufrieden fest, dass – hungrig wie wir seien – der Ausflug kein Flop gewesen sein konnte. Wir pflichteten ihr bei, obwohl ich mir das Gesamtgefühl besser wünschte, aber Elizabeth gab mir kein Zeichen, dass sie ewig schmollen würde. Trotzdem, verrückt verknallt sah anders aus.

Beim Schaumsorbet fragte ich sie behutsam, ob wir uns später bei Carlo treffen sollten.

«Hmh, ja, warum nicht, aber ich brauche ein bisschen, ich mach mich noch frisch», meinte sie etwas verhalten.

Immerhin eine Aussicht, auch wenn ich eine spätere Diskussion vermutete.

Wir standen als Erste vom runden Tisch auf und verabschiedeten uns, verließen das Restaurant allerdings in unterschiedliche Richtungen. Das gefiel mir schon mal nicht, doch ich wollte ihr auch nicht nachlaufen.

Diverse stressige Konversationsverläufe durchspielend, lief ich planlos zu den oberen Decks. Lila wölbte sich der Himmel über Neapel, selbst der Sonne schien es irgendwann zu heiß geworden zu sein, und sie hatte sich ein schattiges Plätzchen gesucht.

Im Dämmerlicht brutzelten die Passagiere eingeölt auf ihren Liegen wie Würstchen in einer Bratpfanne, als wollten sie mit aller Macht die Erinnerung an den Sturm aus ihren Gedächtnissen brennen, den dunklen Punkt ihrer Urlaubserinnerung herausschwitzen, und keiner mochte der Erste sein, der aufsteht und zugibt, dass der heutige Tag vorbei war.

Auch die Hängematten waren alle besetzt, ebenso das gesamte Sonnendeck. Was hatte ich denn geglaubt? Schließlich wurde mir das Herumgelatsche zu viel, und ich hockte mich auf eine Stahlkiste auf der anderen Seite, damit ich wenigstens über die Reling schauen konnte.

Ein kaum spürbarer Wind blies kühle Luft vom Meer in die Bucht. An Land flitzten kleine Autos und Motorräder über eine Hauptstraße und verschwanden zwischen den Häusern. Hinter der Stadt ragten die zwei Höcker des Vesuvs auf, dem man, grün bewachsen, nichts von der Gewalt seiner vergangenen Ausbrüche ansah. So verströmte der Vulkan einen Frieden, den es in seinem Inneren nicht gab.

Ich konnte mir nicht vorstellen, neben einem aktiven Vulkan zu leben. Pompeji war wohl sein größter Ausbruch gewesen, aber wer sagte, dass es nicht massivere Eruptionen geben könnte, die weitaus schlimmeres Unheil anrichten würden? Das war doch möglich. Voraussagbar war das nicht, ebenso nicht widerlegbar. Wie schafften das die Menschen, jeden Abend zu Bett zu gehen und in Ruhe einzuschlafen?

Mir fiel die Art und Weise ein, wie sie sich rücksichtslos und lebensverachtend in den Straßenverkehr stürzten. Elizabeth meinte, ihr Glaube an ein Leben nach dem Tod sei stärker, aber grenzte ihre geringe Wertschätzung gegenüber dem eigenen Leben und dem des Nächsten nicht geradezu an Gotteslästerung? Oder rührte ihre Anarchie im Straßenverkehr von der lauernden Gefahr eines alles vernichtenden Vulkanausbruchs?

Ich zog den Brief von Rocco hervor. Als ich ihn öffnete, fand ich darin seinen Pass und seinen Führerschein, einen weichen rosa Lappen, der die Feuchtigkeit in sich aufgesogen zu haben schien. Auf einem kleinen Zettel las ich: *Hi Jörn. Damit du ein Bild von mir hast, wie ich mit 18 aussah, und ein aktuelleres Foto findest du in meinem Pass, Rocco.*

Ich faltete den Führerschein auf. Auf dem Foto schaute Rocco schüchtern in die Kamera, alles andere als rebellisch, er trug ein schwarz-gelb kariertes Hemd und einen fusseligen Schnurrbart. Waren die für Jugendliche jemals modern?

So sah er also in meinem Alter aus, dachte ich, der Führerschein wurde ihm kurz nach seinem Geburtstag ausgestellt, das Foto wurde also aufgenommen, als er noch siebzehn war. Wir ähnelten uns, das musste ich zugeben, allerdings nicht so sehr, wie es mir jeder weismachen wollte.

Der Mann im Pass sah da schon anders aus. Das Foto war vier Jahre alt, graue Haare, halb lang, zwei Ohrringe, ein verwegenes Lächeln, als hätte Sandy ihn fotografiert oder er mit der Fotografin geflirtet. Seine Krone oben rechts glänzte weiß, überbelichtet. Die freien Seiten waren voll mit Länderstempeln vom Zoll, Türkei, Zypern, Israel, Marokko, Ägypten.

Und irgendwann zwischen Führerschein und diesem Pass hatte er meine Mutter kennengelernt.

Der Anruf fiel mir ein. Ich packte den Brief wieder ein und holte mein Handy raus.

Es dauerte eine Weile, bis Mama ans Telefon ging. «Ja?»

«Hi, ich bin's.»

«Ah, Jörn!» Sie flüsterte.

Lea schlief also schon.

«Wie geht es dir? Wo bist du?»

«Neapel, Italien», sagte ich, als wüsste sie nicht, wo die Stadt liegt.

«Wie geht es dir?»

«Gut, gut, etwas vom Bund gehört?»

«Hast du den Vesuv besucht?»

«Ich schaue gerade auf ihn», beantwortete ich ihre Frage, bemerkte aber, dass sie meine ignoriert hatte, was nicht ihre Art war, zumal Lea nicht im Hintergrund herumkrakeelte. «Hast du etwas vom Bund gehört?!»

Alleine wegen der Stille danach und wie sie dann meinen Namen sagte, gefolgt von einer weiteren Pause, wusste ich Bescheid. Abgelehnt.

Ich fühlte mich an die Wand geklatscht, wie eine erschlagene Fliege. Meine Hand mit dem Samsung plumpste auf meinen Oberschenkel, mein Blick auf meine Schuhe. Ich ließ das Handy auf der Kiste liegen und sprang runter, ich musste mich bewegen, riss mir das Cap vom Kopf, schmiss es Richtung Samsung, raufte mir die Haare, fluchte, rüttelte an der Reling und rotzte volle Kanne aus dem 14. Stock ins Wasser.

Der Vesuv regte sich nicht, nicht das Meer und nicht der Himmel.

Mir wurde schlecht, ohne Seegang. In mir verkrampfte sich alles, als hätte die Seekrankheit nur auf einen günstigen Moment gewartet. Leise drang die Stimme meiner Mutter aus dem Telefon. Ich nahm es wieder hoch.

«Ist okay», sagte ich und klang wie ein Typ mit Bauchschuss in einem Antikriegsfilm.

Sie redete schnell und achtete nicht mehr auf ihre Lautstärke. «Jörn, es gibt Schlimmeres im Leben, der Bund ist nicht der einzige Arbeitgeber, bewirb dich woanders, oder ich kann dich auch an einer Schule anmelden, an einem Kolleg …»

«Nein.»

«Oder du machst ein freiwilliges soziales Jahr, das schaffen wir, das wird schon, wirklich, ja?»

«Ja.» Ich lehnte mit der Stirn an der vibrierenden Metallwand.

«Jörn, das kriegen wir hin.»

«Ja, ja.»

Ich stellte mir vor, wie es aussehen würde, wenn der Vesuv nun anfangen würde, Lava zu spucken, riesige glühende Brocken, die in einem hohen Bogen auf dem Land und im Meer einschlagen würden, eine alles verschlingende Lavawalze, die sich unaufhaltbar gen Neapel quälte, eine Rauchsäule bis ins All und Ascheregen.

«Nicht wahr?», hakte sie nach.

«Ja, ja, ja, ja», sagte ich, als wäre ich mein eigenes Echo, aber ich konnte einfach nicht mit anhören, wie sie nur redete, um die Stille zu vermeiden. «Mama?»

«Ja!»

Meine Hand presste das Samsung wie eine Kartoffel, es schmerzte am Ohr. «Mama, du hast doch Bilder von Rocco, oder?»

Sie räusperte sich. «Lass uns über deinen Vater reden, wenn du wieder da bist. Ich …»

«Nein, ich will jetzt darüber sprechen. Hast du Fotos, oder hast du keine Fotos?»

«Jörn …»

«Fotos oder keine Fotos?», schrie ich.

Eine Frau im weißen Athene-Bademantel guckte entrüstet um die Ecke, ich machte eine abwiegelnde Geste, und sie verschwand wieder.

Meine Mutter stöhnte. «Ein paar, aber nur wenige.»

«Warum hast du sie mir nie gezeigt?»

Ich lehnte mich mit dem Rücken an die warme Wand, es kribbelte, als würden Ameisen über meine Haut laufen.

«Weil …» Ein Tuten ertönte in der Leitung, sie bekam einen weiteren Anruf. «Jörn, das könnte wichtig sein, kann ich dich …?»

Ich hielt mein Samsung vor den Mund und schrie: «Wenn du jetzt auflegst, schmeiß ich mein Handy ins Meer!»

Der Kopf der Frau im Bademantel erschien wieder.

Ich drehte mich ab und horchte.

Tuuut.

Tuuut.

«Warum hast du sie mir nie gezeigt? Warum?»

Tuuut.

«Weil … ich wollte sie …» Tuuut. «… eigentlich wegwerfen.»

«Hast du aber nicht.»

«Nein. Ich weiß auch nicht, warum.»

Tuuut.

«Warum habt ihr den Kontakt so abgebrochen? Ich kenne tausend, die …» Tuuut. «… aber alle hatten Kontakt zu ihrem Vater. Zumindest einmal im Monat.» Tuuut. «Warum hatten wir keinen Kontakt zu Rocco?»

Tuuut.

Tuuut.

«Hallo?», rief ich.

«Weißt du, Jörn, das ist alles nicht so einfach …»

Tuu…

Aufgelegt. Endlich.

«Erkläre es mir, ich versuche, es zu verstehen», schlug ich ihr vor.

«Sollen wir das nicht lieber, wenn du wieder hier bist? Es wäre doch schöner, wenn wir zusammensitzen würden und reden.»

«Fände ich auch, aber das hätten wir siebzehn Jahre lang haben können, jeden Tag, ist aber nicht passiert, und deswegen will ich es jetzt hören.»

Das Nebelhorn eines Kreuzfahrtschiffes hallte in der Bucht wider.

«War das dein Schiff?», fragte Mama.

«Nein», sagte ich enttäuscht. «Sagst du es mir oder nicht?»

Ihr Ton änderte sich. «Das klingt ja jetzt wie ein Ultimatum! Du hättest ja auch mal fragen können.»

«Aber ich muss dir das doch nicht aus der Nase ziehen. Dass mich mein Vater interessiert, ist doch wohl klar und …»

Jetzt schrie sie: «Den hat das einen Scheißdreck interessiert! Der hat sich weder für dich noch für mich interessiert oder wie es uns geht, daran erinnerst du dich doch wohl noch, oder? Hast du das vergessen, bei deiner tollen Kreuzfahrt?»

«Nein, aber …»

«Aber, aber – was wäre, wenn ich damals nachgegeben hätte, ihm, und … ich dich … nicht bekommen hätte? Dann gäb's dich gar nicht, auch nicht diese Unterhaltung. Die du haben willst, wann es dir gefällt.»

Ich hörte Lea im Hintergrund weinen, das Geheul wurde lauter, sie jammerte. «Mama, Mama …»

«Ist gut, Süße, alles in Ordnung», sagte sie zu ihr und zu mir: «So, ich kümmere mich jetzt um deine kleine Schwester, und du wirst dich wohl noch ein paar Tage gedulden können, wenn dich der Drecksack siebzehn Jahre nicht interessiert hat. Dann können wir uns hier über alles unterhalten.»

«Ich …»

«Bis dann!»

«I… bis … dann», sagte ich, aber ich wusste nicht, ob sie es noch gehört hatte, denn die Leitung war unterbrochen.

Meine Nasenschleimhäute schwollen an, die Zähne knirschten aufeinander. Ich stopfte das Telefon in die Hosentasche, schnappte mir mein Cap von der Kiste und marschierte los, schnell, immer schneller, ich wäre am liebsten gelaufen, aber hier konnte man nur im Kreis laufen und musste dabei auf die Leute achten, und das war nicht die Art Laufen, nach der mir war.

Tunnelblick bei einem 360-Grad-Horizont, und jedes glückliche Gesicht schien mich zu verhöhnen. Daher nagelte ich meinen Blick einen Meter vor meinen Füßen auf den Boden und fräste damit über das Metall und den Teppich. Ich entschloss mich gegen den Fahrstuhl, weil ich nicht mit zu viel fremdem Glück eingesperrt sein wollte. Ich nahm die Treppen, die ganzen zehn Stockwerke, pro Deck zwölf Stufen, sechs Schritte auf dem Absatz im Halbkreis, zwölf Stufen, wieder sechs Schritte vor den Fahrstühlen im Halbkreis, mein Cap tief im Gesicht, abgeschirmt gegen meine Umwelt.

Mein unsichtbarer Vater, der mich nicht mal haben wollte, der mich abgetrieben haben wollte, denn nur so war es zu verstehen; das, genau das war es gewesen, was meine Mutter mir über all die Jahre verschwiegen hatte. Nun noch der Bund, der mich nicht will. Bin ich eigentlich jedermanns Arsch?

Mir entfuhr ein «Ha!», wie einem besoffenen Penner, der in aller Öffentlichkeit deliriös mit seinen Geistern spricht.

In Filmen stürmen die Leute in ein Zimmer und schlagen die Tür hinter sich zu, wenn sie alleine sein wollen. Bei mir funktionierte auch das nicht, ich musste meine Bordkarte mit zittriger Hand zigmal durch den Schlitz ziehen, bevor das rote Lämpchen endlich auf Grün umsprang und ich die Tür öffnen konnte. Ich ließ sie nur zufallen hinter mir und blieb vor dem militärisch gemachten Bett stehen, ein halbes Dutzend Mal beobachtet von mir selbst in den Spiegeln. Genug höhnische Blicke.

Ich weiß nicht mehr, wie lange ich so dagestanden hatte, unfähig zu einer weiteren Regung, als wäre ich am Ende allen Handelns angekommen.

Irgendwann rumorten die Motoren lauter, wurden die Schiffsschrauben vorne und hinten abwechselnd angetrieben, erklang das Ding-Dong und die Kapitänsstimme aus den Lautsprechern im Gang, legten wir ab. All das schien weit entfernt zu passieren, auf einem anderen Kontinent, mit dem ich nichts zu tun hatte.

Meine Gedanken implodierten, mir ging so viel durch den Kopf, dass die Energie in sich zusammenfiel wie ein schwarzes Loch. Das war der Punkt, wo ich den Rainmaker aus dem Schränkchen holte. Ich wusste, was ich zu tun hatte. Mit einer noch nie erlebten Klarheit sah ich vor mir, was in den nächsten Minuten geschehen würde.

Mit dem Ding unter dem Arm lief ich den Gang runter zum Treppenhaus. Dort kam mir Elizabeth entgegen. Ausgerechnet. Das Bild, das sie sich von mir gemacht hatte, bekam einen Riss, aber auch sie konnte mich jetzt nicht zurückhalten.

«Jörn … was …»

«Später.» Ich marschierte an ihr vorbei.

Elizabeth folgte mir. «Was machst du?»

«Egal.» Ich nahm zwei Stufen auf einmal.

«Wo … ich will mit dir reden!»

«Ich habe heute genug geredet.»

Ich ließ Stockwerk um Stockwerk hinter mir. Zwischendurch rief Elizabeth, ich solle gefälligst stehen bleiben. Ihre Stimme wurde leiser.

Irgendwann bog ich ab und zog die Tür zur Promenade auf. Die Athene hatte das Hafenbecken hinter sich gelassen und nahm Fahrt auf. Dies war die Windseite von Deck 10 und deshalb menschenleer. Die Passagiere befanden sich auf den oberen Decks und auf der anderen Seite. Ich lief zum Heck, über mir die breiten Rettungsboote mit ihren Messingschrauben.

Im Gehen griff ich den Rainmaker wie eine Stielhandgranate. Ich würde gar nicht warten, kein Zögern, kein Drama, kein Theater oder große Gesten, ich würde den Schwung meiner Wut nutzen und ihn, sobald ich die Reling am Heck erreicht hatte, über Bord schleudern. Das war's.

Elizabeth rief meinen Namen.

Ich begann zu joggen.

Sie rief: «Stopp!»

Ich holte mit dem Rainmaker in meiner Rechten aus, zehn Meter bis zum Ende.

«Nicht!», schrie sie.

Die letzten drei Schritte machte ich seitwärts und zielte auf den Vesuv, der sich als Schatten vor dem dunklen Nachthimmel an der Küste erhob, mit der linken Schulter knallte ich gegen die Reling, ich spürte ein Rutschen in meiner rechten Hand, holte aus, und es war, als werfe ich einen Kubikliter Luft über Bord. Dann wurde ich eingequetscht zwischen Reling und Elizabeth, die in mich hineingerannt war, in ihren Armen der Rainmaker.

«Gib her!», fuhr ich sie an.

«Nein!»

«Spinnst du!»

«Spinnst du!»

Sie umklammerte den Rainmaker wie ein Baby in einer Decke.

Ich griff danach, sie zog ihn zurück.

«Was machst du da?», fragte ich.

«Dich vor einer Riesendummheit bewahren, die du dein Leben lang bereuen würdest.»

«Was weißt du denn?»

«Ich weiß, was das hier ist, und ich habe gesehen, was du damit vorhast. Das habe ich dir schon unten angesehen. Tu das nicht, Jörn. Tu das nicht.»

«Du hast doch keine Ahnung. Das ist meine Sache. Gib ihn her.»

«Niemals. Nicht bevor du mir schwörst, ihn nicht über Bord zu werfen.»

Schnelle schwere Schritte auf der Außentreppe neben uns. Erst erkannte ich seine uniformierten Beine, dann die Stimme. «Was ist denn hier los?», rief Mohammad.

«Sch… gib!», zischte ich.

«Schwör es!», zischte sie zurück.

«Ich schwöre. Schnell!»

Sie reichte mir den Rainmaker, und ich versteckte ihn hinter meinem Rücken.

Mohammads Stiefel bollerten über den Boden. «Na, wen haben wir denn da?»

Ich gab meiner Stimme einen entspannten Anstrich. «Wir genießen nur die schöne Aussicht.»

Neapels Lichter glitzerten am Horizont.

«Her mit dem Ding.»

«Was? Wieso?»

«Weil ein Gast sich beschwert hat, hier würde ein Neandertaler mit einer Keule über das Deck laufen. Man hat dich gesehen. Und was habe ich dir gesagt? Du warst gewarnt. Also, gib mir diesen Rainmaker … Sonst kriegst du richtig Ärger!» Und an Elizabeth gewandt: «Und da kann dein Papi gerne mit Steven Spielberg und seinen Anwälten dabei sein. Der Chef weiß Bescheid.»

Mohammad hielt mir die offene Pranke entgegen, und ich legte den Rainmaker in seine Hand mit den Ringen und einem breiten Pflaster.

«Na also. Warum nicht gleich. Das hätten wir direkt am ersten Tag beim Einschiffen so machen sollen. Vielleicht wollt ihr beiden mir auch erklären, warum ihr euch so laut gestritten habt?»

Da standen wir, und weder sie noch ich sagte etwas.

«Dann eben nicht, ihr seid jung, vertragt euch wieder und keine Dummheiten mehr.»

Wir schüttelten leicht die Köpfe.

«Eine schöne Reise noch. Ihr habt Urlaub, Ferien, klar!»

Wir nickten still und schauten ihm nach, wie er die Treppe hochstieg, den Rainmaker mit einer seiner großen Hände haltend, stolz, als wäre es der Heilige Gral.

Ich wusste nicht, was ich fühlen sollte. Jetzt war ich froh, ihn nicht über Bord geworfen zu haben, und gleichzeitig wütend, dass Mohammad ihn hatte. Vorhin war ich sauer auf Elizabeth, weil sie mir den Rainmaker weggenommen hatte, jetzt hätte ich sie dafür küssen können.

«Guck nicht so», sagte sie und nahm mich in den Arm, und wieder fühlte sich die Welt ganz anders an. Sie musste Gedanken lesen können.

Ich erwiderte die Umarmung, es musste aussehen, als würden wir jede Sekunde den Untergang des Schiffes erwarten. «Wie gucke ich denn?», fragte ich.

Sie schwieg, und das war gut so.

Mir war übel. Dieser Mohammad hatte den Rainmaker einkassiert. Eigentlich sollte mich das nicht so sehr mitnehmen, schließlich hatte ich ihn zuvor über Bord werfen wollen, aber Elizabeths Aktion und ihre Worte hatten mich binnen Sekunden umgestimmt. Und nun konnte ich die Asche meines Vaters nicht in der Erde seiner italienischen Heimat beisetzen. Wegen diesem Mohammad! Das durfte nicht sein.

Wenn ich es selbst verbockt und den Rainmaker ins Meer geworfen hätte, könnte ich mich eher damit abfinden, doch wenn andere in meinem Leben herumpfuschten und Schicksal spielten, brachte mich das immer auf die Palme, schon in der Schule war das so. Ich vergeige gerne selbst, was es zu vergeigen gibt.

Es war noch nicht einmal gerechtfertigt gewesen, ich hatte keinerlei Schaden angerichtet, mir nichts zuschulden kommen lassen. Wofür also bestraft werden?

«Jö-örn?» Elizabeths Hand rüttelte leicht an meinem Unterarm. Warm spürte ich ihre weiche Haut auf meiner.

Der Rest Tequila Sunrise schwappte im Glas hin und her, denn meine Hand hielt das Glas auf dem Tisch umschlossen, als könnte es weglaufen. Dabei hatte ich nur vergessen, es nach dem letzten Schluck loszulassen.

Außerdem hatte ich vergessen, wo ich saß, mit wem und worüber wir uns zuletzt unterhalten hatten.

«Ja.»

Eine langgezogene graue Wolke schob sich vor den Mond, der sich milchig trübte und kurz darauf verschwand.

«Wie findest du die Idee?»

Sie ließ meinen Arm wieder los.

Schade.

Ich trank den Tequila leer und setzte ab. «Ich weiß nicht.»

Ich wusste nicht, weil ich mich nicht an ihre Idee erinnern konnte.

Sie plusterte die Wangen auf, von der Seite erhellten die Lichter der Cocktailbar ihr Gesicht. «Was? Jörn! Hast du mir überhaupt zugehört?»

Zeit, mal wieder ehrlich zu sein.

«Elizabeth, ich war gerade ganz woanders.»

«Den Eindruck habe ich auch. Mein Sunrise war sogar eher leer als deiner. Du hast so ziemlich alle Körperfunktionen eingestellt, die man so einstellen kann. Du willst doch den Rainmaker zurück?!»

«Ja, klar.»

«Dann lass uns morgen früh hingehen und fragen … hab ich gesagt.»

«Und dann? Glaubst du, der gibt mir den einfach so zurück?»

«Warum nicht?»

Carlo schüttelte ein Getränk mit Eissplittern in einem silbernen Cocktailmischer.

«Du hast doch gehört … am Ende der Reise.»

«Wenn du nicht wenigstens fragst, kann er ihn dir nicht zurückgeben.»

«Okay, ich frage, und er sagt: Nein. Was dann?»

«Keine Ahnung. Plan B.»

«Was ist Plan B?»

«Keine Ahnung, wir sollten erst mal hin.»

«Wir?»

Sie zuckte mit den Schultern und setzte Schmollmund und Welpenblick auf. «Vielleicht hat er ein Herz?»

Plock machte es in meinem Kopf.

«Wer?», sagte Carlo, der neben uns am Tisch auftauchte und zwei weitere Tequila Sunrise abstellte.

Mit Alkohol. Und wegen meines Saftes letztens strafte ich ihn erst mal mit meinem Blick, wie schon bei der ersten Runde, dann überlegte ich, ob ich ihn einweihen sollte. Schließlich fragte ich: «Kennst du einen Mohammad von der Security?»

«Natürlich!» Sein Gesicht hellte sich auf.

«Seid ihr Freunde, oder was?»

«Nein, das nicht, aber er ist immer korrekt und macht seinen Job gut … Hast du Ärger mit ihm?»

«Er hat …» Ich blickte mich um. Ein Paar verzog sich mit seinen Gläsern in Richtung Schiebetüren, der Schlunz sinnierte drei Tische weiter über seinem Wein und einem Heft mit Stift in der Hand, und zwei Frauen unterhielten sich vertraulich leise am Tisch daneben. Ich flüsterte: «Er hat die Asche.»

Carlo riss die Augen auf. «Was? Wieso?»

«Ist doch egal!» Meine Stimme geriet eine Spur zu wütend, die nächsten Worte betonte ich weicher, beinahe entschuldigend. «Auf jeden Fall hat er sie, und ich soll sie erst nach der Reise zurückbekommen. Hmh, kannst du nicht mal mit ihm sprechen?»

Er schüttelte den Kopf und fragte sich wohl, ob er noch mal nachhaken sollte, wie Mohammad in den Besitz der Asche kommen konnte. Dann zog er ein Geschirrtuch aus seiner Hosentasche und wischte langsam den sauberen Tisch. «Ausgeschlossen. Das ist strikt sein Business. Da dürfen wir an Bord einem anderen Department nicht reinreden. Schon gar nicht mit etwas Persönlichem. Und schon gar nicht der Security.»

«Und Sandy, Sandra?»

«Nein. Niemand. Das ist zu unterlassen.»

Ich sackte auf meinem Sitzkissen zusammen.

Er wischte über die Lehnen des freien Stuhls. «Ich würde an deiner Stelle morgen früh mal hingehen und mit ihm reden.»

«Siehste», sagte Elizabeth.

«Was soll ich ihm denn sagen? Ich kann ihm doch nicht die Wahrheit sagen.»

«Nein. Das n…»

«’tschuldigung», sagte der Schlunz laut und deutete auf sein leeres Glas. Augen auf Halbmast.

«Ich komme», sagte Carlo und zu uns leise: «Hemingway ruft.»

«Hemingway?», fragte Elizabeth.

«Das ist Zacharias Hipp.»

Wir guckten ihn fragend an.

«Ein Drehbuch für Götz!», flüsterte er verschwörerisch. «Der Film! Kennt ihr den nicht?»

«Doch», sagten wir beide. Das war schließlich der Megablockbuster letztes Jahr gewesen.

Carlo fuhr fort, wobei er die Begeisterung in seiner Stimme zügeln musste. «Und das ist der Autor und Regisseur.»

«Oh», machte ich. «Na, wenn selbst ein Typ wie der Erfolg hat, dann werde ich Filmemacher.»

«Ich muss.» Carlo flitzte zur Bar, um die Rotweinflasche zu holen.

«Oh Mann.» Meine Hand knallte auf den Tisch. Die Getränke vibrierten in den Gläsern.

«Bleib ruhig», sagte Elizabeth.

«Ich bin nicht ruhig. Ich bin kein ruhiger Typ!»

«Morgen gehen wir hin.»

«Hmh.»

«Kopf hoch.»

Ich legte mir die Hände um den Hals und tat, als würde ich gehängt.

ROM

When you love someone, you've gotta trust them. There's no other way. You've got to give them the key to everything that's yours. Otherwise, what's the point?

Sam ‹Ace› Rothstein
(Casino)

Schweigend marschierten wir nebeneinander den Gang auf Deck 6 entlang zum Heck, wo sich das Büro der Security befand. Zuvor hatten wir online herausgefunden, wann der Bus nach Viaggio fahren würde und wann zurück. Sollte das Unmögliche eintreten und Mohammad mir den Rainmaker zurückgeben, wollten wir keine Zeit verlieren.

Aus dem gleichen Grund hatte ich den Rucksack bei mir, um damit den Rainmaker unauffällig transportieren zu können.

Seit ich heute Morgen aufgewacht war, kreisten meine Gedanken nur um den Rainmaker. Ich hatte sogar beinahe mein Handy in der Kabine vergessen, es schnell in die Außentasche des Rucksacks geschmissen und mich auf den Weg gemacht. Mit offenen Schnürsenkeln. So daneben war ich.

Ich wusste nicht, worüber ich reden sollte, und ich

hatte das Gefühl, Elizabeth sagte nichts, weil sie nichts Falsches sagen wollte. Schon beim Frühstück hatten wir wie ein altes Ehepaar in unserem Müsli herumgestochert, ich hatte kaum einen Bissen runterbekommen.

Die nächsten Minuten würden darüber entscheiden, ob ich den letzten Wunsch meines Vaters erfüllen konnte. Dabei hing alles von der Laune dieses Mohammad ab, eines Typen, der mich seit dem ersten Tag an Bord auf dem Kieker hatte, dem Richtlinien und Karriere über alles gingen. Wie würde ich den umstimmen können? Und Elizabeths schnippischen Kommentar hatte er bestimmt auch nicht vergessen.

Ich ließ sie vor, weil uns eine Gruppe Grauhaariger in Sportkleidung entgegenkam, die Männer in Babyblau, die Frauen in Rosa.

Sofort scannten meine Augen Elizabeths Rücken, ihre Schulterblätter, zwischen denen ihre zu einem Zopf gebundenen Haare hin und her baumelten. Mein Blick floss über das weiße, ärmellose Top, ihr buntes Täschchen zum lachsfarbenen Rock – den sie in allen Farben zu besitzen schien – und weiter über ihre Waden.

Geistesabwesend fragte ich: «Vielleicht ist es besser, wenn nur ich reingehe?»

Sie drehte sich um. «Willst du?»

«Ich weiß nicht. Ist vielleicht besser.»

«Wieso?»

«Er könnte dir deinen Spruch von letztens noch übelnehmen.»

«Was?»

«Das mit dem Rechtsanwalt und Video und so.»

«Das? Niemals. Das ist doch völlig normal. Das hat

der vergessen, das hört der tausendmal auf so einer Reise.»

Während ich überlegte, sprach sie weiter. «Wenn ich das nicht gesagt hätte», und sie betonte das *nicht* besonders, «dann würde er eher denken, etwas stimmt nicht.»

Aus ihrem Mund klang das fast plausibel. Außerdem waren wir gerade vor der Tür der Security angelangt.

«Also?», fragte sie.

«Komm mit.»

«Nach dir!» Sie deutete auf die Türklinke, die ich im nächsten Moment herunterdrückte. Doch die Tür ließ sich nicht öffnen, bis ein Summen ertönte.

Mohammad saß alleine hinter einem aufgeräumten Schreibtisch aus Stahl, an der linken Wand standen Drucker und etliche Flatscreens, deren Bilder von den Überwachungskameras im Sekundentakt wechselten. Gegenüber erstreckte sich eine Regalwand mit Kisten.

Er grinste, als er mich sah. «Ah, der Troublemaker, guten Morgen! Mit seiner Anwältin.»

So viel dazu.

Wir begrüßten ihn ebenfalls mit einem gequälten «Guten Morgen».

Hinter uns schloss sich die Tür.

Einen bestimmten Satz hatte ich mir nicht zurechtgelegt, und so begann ich einfach. «Ich bin hier wegen meinem Rainmaker.»

Wir blieben vor ihm stehen, einen Stuhl gab es nicht, dieses Büro war nicht zum Verweilen ausgelegt.

«Schön!», sagte er und faltete die Hände. Er genoss sichtlich seine Position. Ein Highlight seines Berufslebens.

«Kann ich ihn bitte wiederhaben?»

«Warum? Damit du wieder wie ein Irrer mit dem Knüppel schwingend über Deck laufen kannst?»

«Nein. Kommt nicht wieder vor.»

«Weißt du noch, was ich dir gesagt habe, wann du ihn wiederhaben kannst?»

«Am Ende der Reise.»

«Wunderbar, ich dachte schon, das hätte ich nur geträumt, aber wenn du das weißt, dann ist ja alles klar. Ich habe nämlich noch einiges zu tun hier.» Er nickte zur Tür.

Mein Kopf wurde heiß, wahrscheinlich auch rot, mein Hals zog sich zu. «Bitte», quetschte ich heraus.

«Nein-nein-nein, ich habe es versucht, ein letztes Mal, gegen meinen Instinkt; als ich das Ding gesehen habe, wusste ich es schon, und siehe da, du hast Mist gebaut. Dieser Rainmaker bleibt hier verwahrt, du bekommst ihn unbeschadet zurück, am Ende der Reise. Glaub mir. Also, bitte …»

Elizabeth unterbrach ihn. «Dann möchten wir ihn aber noch einmal sehen.»

«Warum?»

«Nur sehen … ob … er gut aufbewahrt ist.»

«Hier ist alles bestens verwahrt, die Kisten sind gepolstert, der Raum klimatisiert. Ich habe hier eine Flasche Cognac, die ein paar tausend Euro kostet, wir hatten mal eine Geige von …»

«Na, dann lassen Sie uns einfach einen kurzen Blick in die tolle Kiste werfen. Nicht dass sein Instrument doch Schaden nehmen könnte. Ist ja ein Unikat. Die Versicherungssumme ist bei so etwas schwer zu beziffern.»

Er presste seine Lippen zusammen, starrte sie ernst an.

Elizabeth argumentierte auf Augenhöhe. Innerlich schüttelte ich den Kopf und wartete auf seine Reaktion.

«Meinetwegen», brummte er und hievte sich aus seinem Sessel an der Tischkante hoch. Unverständlich vor sich hin brabbelnd, stolzierte er zu der Regalwand, zog, ohne zu überlegen, eine Kiste heraus und reichte sie mir. Sie war aus Metall, der Deckel ließ sich problemlos hochklappen. Innen lag der Rainmaker, diagonal, unpassend auf bordeauxrotem Plüsch.

«Zufrieden?», knurrte er.

«Darf ich ihn mitnehmen?» Meine Frage war wie ein Verzweiflungsschuss aus vierzig Meter Torentfernung.

«Nein!»

Er streckte mir die Hände entgegen, um die Kiste wieder an sich zu nehmen, da mischte sich Elizabeth ein: «Darf ich mal sehen?»

Ich zeigte ihr die Kiste, sie nahm sie mir ab und inspizierte den Rainmaker ganz genau, als wäre sie eine Expertin für hölzerne Percussion-Instrumente. Sie drehte sich um.

«Was gibt das?», fragte Mohammad. «Riecht die Schatulle nicht gut genug?»

Ich versuchte es ein weiteres Mal, Elizabeth wollte ganz offensichtlich Zeit schinden. «Bitte, ich bitte Sie, wirklich, es ist mir unglaublich wichtig.»

Er bohrte seine dunklen Augen in meine, in seinen Pupillen spiegelten sich die Neonröhren als Lichtpunkte.

«Bitte.» Rhetorisch war ich auf meinen Knien angelangt.

«Mir ist auch etwas unglaublich wichtig, und zwar dass sich hier an Bord alle normal verhalten und jeder eine einmalige Zeit auf der Athene hat. Und noch mal: Mach dir keine Sorgen um das Ding, keiner rührt es an, du bekommst es in ein paar Tagen zurück. Vergiss es bis dahin und mach dir eine schöne Zeit an Land, in Rom, mit ihr, ja?»

Hinter mir hörte ich den Deckel zuknallen, wie das Tor zu einer düsteren Welt in einem Fantasyfilm.

«Hier», sagte Elizabeth trocken und reichte ihm die Kiste.

Meine Hand schwebte hinterher, willenlos und ohne Aussicht auf Erfolg. Die schwache Geste eines Verlierers.

Mohammad stellte sie zurück auf ihren Platz. So nah und doch so unerreichbar.

«Komm», sagte Elizabeth.

Ich war zu einer letzten Erniedrigung bereit, mein tauber Körper als Marionette vor Mohammads Napoleonkomplex. Sollte er sich doch besser fühlen, wenn andere vor ihm im Staub krochen.

Elizabeth stieß mich an. «Jörn, komm jetzt!»

Ihr konnte das ja alles egal sein, sie war natürlich schon halb bei der Tür.

Vor Mohammad fiel ich auf die Knie, die Hände wie zum Gebet gefaltet. «Ich bitte Sie, ich flehe Sie an …»

Entsetzt machte er einen Schritt zurück. «Was soll das denn jetzt? Hast du den Verstand verloren?»

«Jörn, nein, es reicht, komm!», sagte Elizabeth spitz. Ich hörte, wie sie die Tür öffnete.

«Steh auf, Mann, sei ein Kerl vor deiner Freundin. Du bist eine Schande für uns Männer. Hoch mit dir.»

«Jörn, jetzt komm – ich … ich krieg meine Tage!»

Unsere so unterschiedlich angespannten Gesichter

entgleisten. Wir drehten uns beide nach Elizabeth um. Stille. Als hätte jemand den Mute-Button an der Fernbedienung des Lebens gedrückt.

Sie stand im Gang, nur ihr Kopf schaute noch zur Tür herein. Verunglückt grinsend sagte sie: «Vielen Dank, auf Wiedersehen», und verschwand.

Ich rappelte mich hoch.

Es machte keinen Sinn, ihn weiter um den Rainmaker mit der Asche meines Vaters anzubetteln, ich hatte alle Register gezogen, war buchstäblich vor ihm auf die Knie gefallen. Und Elizabeth hatte sich in diesem Moment auch nicht als große Hilfe herausgestellt.

Ich schleppte mich zur Tür, die wie ein Loch in der Wand aufklaffte, das mich verschlingen wollte. Meine Füße schlurften über den Boden, die Schritte kurz, zögernd, wartend auf ein Wunder, Mohammads Herz würde weich werden, oder er würde mir die Kiste hinterherwerfen.

«Und mach die Tür hinter dir zu!», raunzte er.

Stolpernd verließ ich das Büro, mit leerem Kopf, ohne Idee, was ich später mit der Asche meines Vaters tun sollte. Vielleicht würde ich sie zu Hause einfach in den Baggersee werfen.

«Jö-örn!», rief Elizabeth.

Sie hatte schon die halbe Länge des Schiffes hinter sich gelassen. Wie gerne wäre ich so arglos wie sie, würde reich und glücklich durch die Welt schweben, immer neuen Abenteuern entgegen. Ich trug nur die Last des Versagens auf meinen Schultern wie ein Erstklässler seinen Schulranzen.

An der Einmündung zu den Fahrstühlen schaute

sie um die Ecke zurück zu mir, wie ich gebeugt hinter ihr herschlich, sicherlich mit dem Bild von mir auf den Knien vor Augen, Scheitern in Vollendung, das konnte ich, meine Verliererqualitäten suchten ihresgleichen.

«Jörn, schnell, der Aufzug.»

Schnell, nicht schnell, Aufzug, der nächste, alles egal. «Egal.»

«Nicht egal, mach endlich hin! Wir müssen an Land.»

«Ich muss gar nichts. Wozu?»

Als ich um die Ecke bog, hielt sie mit ihrem Bein die Lichtschranke des Aufzugs blockiert.

Ich schleppte mich hinein, in die shiny happy Calypsorhythmenwelt, die mich mit all dem Gold, den Spiegeln genauso zu verhöhnen schien wie Elizabeth mit ihrem süffisanten Grinsen. Und das hatte ich, der große Unterwerfer und Gesichtsverlierer, verdient. Die Türen schlossen sich, wir waren alleine.

«Was?», fragte ich. «Noch nie einen Verlierer gesehen?»

Sie schüttelte strahlend den Kopf. «Näh.»

«Machst du dich lustig über mich?»

Sie grinste, dass ihre Ohren nach oben zuckten. Selbst dabei sah sie wundervoll aus – wenn sie mich verspottete. Ihre Sehnen im Hals streckten sich mit der Gesichtsmuskulatur, ich sah ihre dunkelbraunen Schultern, im Spiegel hinter ihr ihre Schulterblätter, braun gebrannte Engelsflügel, zehnfach gespiegelt, und darunter hielt sie mit beiden Händen den Rainmaker. Mein Mund klappte auf.

Die Fahrstuhltüren öffneten sich, und Elizabeth trat hinaus. Ich hielt den Rainmaker vor mir wie ein Geschenk der Götter, umzingelt ein Dutzend Mal von mir selbst in den Spiegeln.

«Kommst du endlich?», fragte sie.

Die Türen wollten sich schon wieder vor mir schließen, da sprang ich aus dem Fahrstuhl. Eintausend Fragen rauschten durch meinen Kopf, ich wusste nicht, wo ich anfangen sollte.

«Wir sollten schleunigst zum Bus», sagte sie.

Ich nickte.

«Halt den Rainmaker nicht ganz so auffällig.»

Erst klemmte ich ihn mir unter den Arm, dann fiel mir mein Rucksack auf meiner Schulter ein, und ich verstaute ihn dort. Ich war völlig durch.

Wir marschierten wie Powerwalker nebeneinander durch das Schiff. Aus dem Augenwinkel bewunderte ich sie. Ich war überzeugt, dass sie es merkte, aber nicht reagierte, vielleicht genoss sie, wie ich meinen Blick an ihr labte. Zum Glück gab es keine Laternenmasten in den Gängen, ich wäre in jeden hineingelaufen. Ihre bloßen Arme schwangen vor und zurück, sie versprühte eine Aura von Freiheit und grenzenlosen Möglichkeiten, starkem Willen und Durchsetzungsvermögen, und das alles in Sexy.

Nach einer Weile brachte ich endlich die einzig sinnvolle Frage hervor. «Wie hast du das geschafft mit dem Rainmaker? Wie?»

«Als ihr beide miteinander so innig geflirtet habt.»

Und Humor hatte sie auch.

«Ich hätte gedacht, der würde die leere Kiste am Gewicht erkennen», sagte ich. «Der ist schlau.»

«Die Kiste ist aber nicht leer.»

«Nicht?»

Sie blieb stehen, spreizte die Arme ab, fertig zur Leibesvisitation. Ich schaute sie an, ich hätte sie umarmen können, wie sich ihr Körper unter dem Shirt und ihrem Rock abzeichnete. Sollte ich sie umarmen? Und plötzlich bemerkte ich den Unterschied, ihr fehlte Farbe, etwas Buntes. «Deine Umhängetasche?»

«Bingo.» Sie lief wieder los.

Ich folgte ihr. «Du hast … sie in die Kiste gelegt?»

«Ja.»

«Dein iPhone?»

«Und ein paar andere Sachen.»

Ich rollte mit den Augen und zeigte mit dem Daumen hinter mich. «Der hat jetzt …»

«Ging nicht anders. Ich wusste ja nicht, wie lange euer gemeinsamer Moment dauern würde.»

«Elizabeth …»

«Ich bekomme ja beides wieder, am Ende der Reise!»

«Oh, Mann.»

Was sie für mich tat. Und ich hatte angenommen, ihr wäre das egal.

Ich brauchte ein paar Schritte für den nächsten Geistesblitz. «Dann war das gar nicht wahr mit … deinen … Tagen?»

Mich traf ein Blick von der Seite. «Stell dir vor. Ich musste ja irgendwas sagen, du hast es dir ja vor ihm gemütlich gemacht …» Sie faltete die Hände vor sich zum Gebet und zog eine Bundeskanzlerinnenflunsch.

«Ich …»

«Ich hatte den Rainmaker, und du ziehst da deine

Show ab, ich bin beinahe wahnsinnig geworden, ich hab gedacht, gleich trinken die beiden noch einen Tee zusammen, ich musste dich ja irgendwie da rauskriegen.»

«Das hast du geschafft», sagte ich und legte all mein Staunen in meine Worte. «Und … wozu hättest du mich eigentlich gebraucht … bei deinen Tagen?»

Sie klatschte sich mit einer Hand an die Stirn. «Zu gar nichts, aber mir fiel nichts anderes ein. Hauptsache, der Zauber zwischen euch Süßen war verflogen.»

Ich runzelte die Stirn. Sie war umwerfend.

Der Security-Bereich am Ausgang kam in Sicht. Jetzt hieß es noch einmal die Luft anhalten. Doch Elizabeth tat das Gegenteil, sie redete wie ein Wasserfall auf die Uniformierten ein, wir wären spät dran, müssten den Youthclub einholen für den gemeinsamen Ausflug; und es klappte: Ohne weitere Schikanen wurden unsere Bordkarten eingelesen. Wir tanzten beinahe die Gangway hinab und liefen zu dem Shuttle-Bus, der uns vom Kai zum Zentrum des kleinen Hafenstädtchens Civitavecchia brachte.

Wir fuhren entlang einer hohen Mauer, die das lange Dock bei Sturm vor den Wellen schützen sollte. Gelb-schwarze Begrenzungsblöcke reihten sich neben der Straße auf. Der Bus beschleunigte südländisch sportlich. Wir hielten uns stehend an den Stangen fest, legten uns in einem Kreisverkehr in die Kurve, umrundeten die Burg Michelangelo, die nüchtern und funktionsmäßig eine Aura der Uneinnehmbarkeit verströmte.

Scharf stoppte der Bus inmitten von Menschen, Bussen, Taxis und Kutschen. Sofort belagerten uns die Taxifahrer und Droschkenlenker und überhäuften uns mit den besten Angeboten. Wir schwammen durch die Traube zu den Bussen des öffentlichen Nahverkehrs, hielten Ausschau nach dem 16A, der Viaggio in einer Stunde erreichen sollte. Der dunkelrote Bus wartete bereits, wir konnten von Glück sagen, dass der Auftritt bei Mohammad nicht länger gedauert hatte. Kaum saßen wir auf unseren Plätzen, schlossen sich die Türen und die Fahrt begann.

Elizabeth sah mir an, wie glücklich ich war, und hauchte mir einen Kuss auf die Wange. Wir lehnten uns aneinander und betrachteten die Fassaden, die an uns vorbeiglitten, und die Menschen, die ein- und ausstiegen. Ihr Italienisch umspielte unsere Ohren wie das Gezwitscher von Vögeln im Frühling, ihre Blicke fielen auf Elizabeth, die alles andere als ortsansässig aussah mit ihren blonden Haaren, zunehmend wie ein Hollywoodstar auf Europatour.

Stadtauswärts hielt der Bus seltener, mühte sich über schmale Landstraßen, deren Unebenheiten und Schlaglöcher unsere Oberarme aneinander reiben ließen, wobei ich an kein schöneres Gefühl denken konnte. Hätte ich wählen sollen zwischen Für-alle-Ewigkeit-so-weiterfahren und Vielleicht-mehr-oder-weniger-mit-Elizabeth, ich hätte mich ohne zu zögern für das Erste entschieden. Klar, ich konnte mir Besseres vorstellen, als lebenslang neben ihr nur Bus zu fahren, aber es kam meinem vollkommenen Glück näher als das Risiko des Gegenteils.

Die Landschaft wurde hügeliger, grüner, abwechslungsreicher, die Straßen krummer, schiefer und schlechter. Ein verbogenes Straßenschild mit einem Pfeil nach rechts Richtung Rom. Wir blieben auf der Straße.

Mehr Leute stiegen aus als ein in den Dörfern, deren

Ortsschilder oft unleserlich vor sich hin rosteten, weil die Menschen sie sowieso kannten und sich niemand von außerhalb hierher verirrte.

Von dieser Gegend hatte mein Vater also geträumt, diese Erde fand er so bedeutend, dass er nirgendwo anders begraben werden wollte, dass er sogar das polizeiliche Führungszeugnis seines unehelichen Sohnes riskierte.

Hatte er jemals daran gedacht, dass ich ihn gerne mal gesehen hätte? Bei einem Geburtstag, Weihnachten, meinem Schulabschluss, wo all die anderen Eltern da waren? Irgendwo, irgendwann? Ein Anruf, eine Karte?

Als der Busfahrer «Viaggio» ankündigte, durchzuckte mich wieder ein nervöser Stromstoß. Mit einem Mal leuchtete das Grün der Bäume und Felder heller, wurde der Geruch von Gras, Schweiß und Diesel intensiver. Elizabeth kniff mir knapp über dem Knie in den Oberschenkel. Mir entfuhr ein Juchzer. Zwei Frauen freuten sich darüber, eine legte ihre Zeigefinger nebeneinander und lachte uns freundlich zu. Ich sog die Luft ein, das Leben.

Ich beugte mich vor, halb über Elizabeth, um so viel wie möglich von Viaggio zu sehen. Alte Häuser mit abblätterndem Putz standen neben Neubauten, dazwischen ein Garten mit Ziegen, Witwen in Schwarz säumten in Gruppen die Schattenseite der Straße und winkten dem Busfahrer zu, der in Schrittgeschwindigkeit durch die engen, sich windenden Gassen fuhr. Kleinkinder liefen zwischen den Häusern herum, junge Männer schraubten an Autos und Motorrollern. Ein kleines Obstgeschäft, ein Handyladen, eine Apotheke ohne Schaufenster, streunende Hunde, Katzen.

Elizabeth flüsterte: «Und zu Ihrer linken Seite sehen Sie einen Kiosk, bekannt für seine kühlen Getränke, mit den in jahrelanger Handarbeit lokal angefertigten pittoresken Plastikstühlen, die so typisch für diese Region sind.»

Ich gab ihr einen Schubs, aber sie hörte nicht auf. «Zu Ihrer Rechten ein originaler Haufen Bauschutt aus dem frühen 21. Jahrhundert.»

«Übertreib nicht.» Ich ließ meine Finger wie eine Spinne über ihre Beine laufen.

Sie hielt sich den Mund zu, wir kicherten, unbezahlbar.

Der Marktplatz befand sich vor der Dorfkirche, verlassen lag er in der Mittagssonne, und die wenigen, die den Bus verließen, steuerten direkt den Schatten an wie Schiffbrüchige ein leeres Rettungsboot.

Der Fahrer wendete, und ich zog an der Leine, damit wir am nächsten Halt aussteigen konnten. Vorne ertönte ein kurzes Ping.

Der Bus stieß eine blaue Abgaswolke aus und verschwand hinter der Kurve. Wir standen am Straßenrand vor einer Bauruine, vier Stock hoch, unverputzt, keine Türen, fensterlos. Genau dort, wo der Olivenbaum stehen sollte. Offensichtlich war das Grundstück verkauft worden und dem Bauherrn auf halber Strecke das Geld ausgegangen.

«Hier?», fragte Elizabeth.

«Ja.»

Mit dem Hausskelett endete Viaggio, struppiges Buschwerk neben der Straße, rechts von der Ruine alte

Häuser, das zweite mit einem Kiosk, ein ausgeblichenes Algida-Eisfähnchen über der Tür, als wollte sich der Eigentümer ergeben. Niemand zu sehen. Die Siesta hatte begonnen.

Es war das richtige Dorf, die richtige Straße und der richtige Halt, nur den Olivenbaum gab es nicht mehr. Viaggio war gewachsen. Hitzewellen schwappten durch meinen Kopf, ich spürte den Rucksack schwer auf meiner Schulter.

«Vielleicht steht er dahinter?», sagte sie ohne echte Hoffnung.

In meiner völligen Ratlosigkeit antwortete ich: «Ja, schauen wir mal», obwohl mich durch die toten Fensterrahmen die Berge auf der anderen Seite des Tals angähnten und ich die Antwort wusste.

Wir stapften über Schutt, Holzplanken, Schokoriegelverpackungen, zerknüllte Fantadosen und Kaugummipapier zum Eingang des unvollendeten Hauses.

«Wer baut denn, wenn man nicht zu Ende bauen kann?», sagte ich.

Elizabeth schwieg, sie ließ mir den Vortritt. Unter meinen Sohlen knirschte der Sand auf dem grauen Estrich, eine Katze flitzte aus dem kühlen Schatten an unseren Füßen vorbei nach draußen.

«Ey, hab ich mich erschreckt», sagte Elizabeth, die nackten Mauern verliehen ihrer Stimme ein hohles Echo.

Ich blieb stehen. Schon von hier aus konnte ich erkennen, dass das Haus am Hang gebaut worden war, die Landschaft dahinter fiel ab ins Tal, ohne Platz für einen Garten oder gar einen Olivenbaum.

Hatte er niemanden gefragt? Sich erkundigt? Wie

konnte Rocco nur glauben, dass sein Olivenbaum nach all den Jahren noch stehen würde?

Elizabeth hockte sich hin und legte den Kopf schief. «Ist ja irre, das Haus, der Boden ist abschüssig, guck mal.»

Ich tat es ihr gleich, so kam ich auf andere Gedanken. Sie hatte recht, der Boden neigte sich zum Tal hin.

«Pfusch am Bau. Die können die ganze Bude abreißen», sagte ich.

Wir richteten uns wieder auf. Ein leichter Wind wehte, ein steter Durchzug. Manchmal roch es nach Urin. Draußen fuhr ein Wagen vorbei.

«Und jetzt?», fragte sie vorsichtig.

«Was weiß ich.»

Vor uns führte eine Treppe ohne Geländer in den ersten Stock. Scharf und ausgefranst standen die Kanten vom Zement ab. Daneben überall Müll: Eisverpackungen, Zigarettenstummel, plattgetretene Dosen und die verkohlten Reste eines Lagerfeuers. Schwarz zitterten die angekokelten Seiten einer Tageszeitung im Wind. Als wollte sie jemand Unsichtbares umblättern und war zu schwach dazu.

«Hoch?», sagte ich. «Aufs Dach? Jetzt, wo wir schon mal hier drin sind.»

«Hmh, und wozu?»

Ihr war nicht wohl auf dieser eingefrorenen Baustelle, das sah ich ihr an.

«Passiert schon nix. Vielleicht … streue ich die Asche in den Wind.»

Das hatte ich mal in einem Film gesehen, allerdings würde ich auf die Windrichtung achten.

Ihre Augen fragten mich, ob das mein Ernst war.

Ich ging voran, zog den Kopf ein, um keine der scharfen Ecken zu berühren. Kritzeleien mit Kreide und Edding an den Wänden: Penisse, Namen, kurze italienische Parolen. Schmauchspuren an den Decken, mit Feuerzeug gemalte Wolkengenitalien.

Die nächsten beiden Stockwerke glichen sich, nur ein zerstörtes Fahrrad lag verbeult in dem Bereich, der das Wohnzimmer hätte werden können.

Als ich um die Mauer zur letzten Treppe bog, erschrak ich: Drei Kids lungerten dort herum, hintereinander auf den Stufen, und sie lachten los, kommentierten meine Reaktion für mich unverständlich auf Italienisch. Sie mussten uns gehört und gewartet haben, denn sie waren bis dahin mucksmäuschenstill gewesen. Dafür kicherten sie jetzt umso ausgiebiger.

Hauptsächlich gab der Erste auf der Treppe Sprüche von sich, die von neuen Lachsalven der anderen begeistert honoriert wurden. Grundschüler in abgewetzten Klamotten, schmuddeligen Jeans und T-Shirts, die Sneakers mit Löchern an den Spitzen. Der Sprücheklopfer mit dem Thunder-Basketballcap war wohl so was wie ihr Chef, dahinter saß ein Pummeliger mit Wangen wie Arschbacken, die seinen Mund mit den verknautschten Lippen einzuquetschen schienen, und hinter ihm kauerte eine Bohnenstange mit roten Haaren, die aussahen, als hätte sie jemand von außen in seinen Schädel geschraubt.

Ich grinste, obwohl ich kein Wort verstand, und deutete an, an ihnen vorbei nach oben zu wollen.

Provozierend stellte Thunder mir ein Bein in den Weg, schlagartig verstummte das Gelächter.

«Sei tedesco? Dautschelande?», fragte er.

«Sì», sagte ich.

«Euro!» Er hielt eine Hand offen, in der anderen spielte er mit einem Edding.

Aha, der Penis DaVinci.

Ich warf Elizabeth einen Blick zu. «Spinnt der Kleine?» Dann setzte ich meinen Fuß auf die erste Stufe, um anzudeuten, ich wollte durch und sagte: «No.»

Die kleinen Scheißer rückten so, dass wir nicht vorbeikommen würden.

«Euro. Questa è la nostra villa.»

«Lass uns gehen», sagte Elizabeth hinter mir.

«No, nix da! Mach Platz, Kleiner, wir haben nix zu verschenken, schon gar nicht für kleine Genitaliener. Nix Euro.»

«Poi va a un hotel.»

Sie lachten, machten Kussgeräusche, der Dicke tat so, als würde er umarmt, während der Rote ihn von hinten rammelte und stöhnte.

«Wen macht ihr denn da nach? Euren Vater, wie er die Ziege des Nachbarn nimmt?»

Elizabeth gluckste und schlug mir gegen den Arm.

«Ist doch wahr. Warum sind die nicht in der Schule?»

Thunder hob abwehrend die Hand. «Okay, okay, no Euro.»

«Na also.»

Er tippte sich an sein Cap und deutete dann auf meins, gefolgt von seinem Zeigefinger, der auf sich zeigte.

«Was? Vergiss es.»

«Brecking Bad», sagte er.

«Genau, und die ist mir. Du hast ja deine, Superthunderboy. Das ist mir zu blöd mit denen.»

Ich ging die Treppe hoch, bereit, über Thunderboy zu steigen.

Er sah ein, bei mir an den Falschen geraten zu sein, und stand absichtlich langsam auf. Seine Lakaien taten es ihm gleich. Ich ließ ihnen die Zeit, das hatte mit Respekt zu tun, sollten sie sich doch später für ihr cooles Zeitlupenaufstehen abklatschen.

Als sie fertig waren, sagte ich: «Danke. Grazie.»

In dem Moment riss mir Thunderboy mit einem «Grazie!» mein Cap vom Kopf und raste um die Ecke zur nächsten Treppe. Ich wollte direkt hinterher, da wurde ich von der Dampframme angerempelt, schleuderte herum und flog gegen die Wand. Elizabeth schrie auf. Aber sie war in Ordnung, und dann sah ich, dass der Rote seinen Kumpels mit meinem Rucksack folgte. Deswegen war ich so herumgeflogen, er hatte ihn mir gleichzeitig von der Schulter gerissen. Ihr Gackern und ihre Rufe hallten durch das Hausskelett.

«Fuck!» Ich gab Gas. «Stehen bleiben … stopp, stopp!», aber sie blieben nicht stehen, und ich rannte die Treppe hinunter hinter dem Roten her, der im Laufen den Reißverschluss des Rucksacks aufzog.

«Stopp!»

Den größten Vorsprung hatte Thunder mit meinem Cap, doch das war mir jetzt egal, es ging nur um den Rainmaker, den der Rote nun in der Hand hielt. Die liefen die Stufen blind hinunter, sie waren hier aufgewachsen.

Der Rote brüllte: «Perverso, un pene di legno!», und damit warf er den Rainmaker im zweiten Stock achtlos zur Seite. Auf der nächsten Treppe hätte ich mir den

Dürren geschnappt, weil dem Fettsack die Puste ausging, aber der Rainmaker prallte auf den schiefen Boden und rollte magisch angezogen auf die Balkontür zu, wo er geradewegs den Abhang herunterfallen würde, denn auch dem Balkon fehlte die Brüstung.

Fluchend wirbelte ich herum und hechtete hinter der Asche meines Vaters her. Oben hörte ich Elizabeth meinen Namen rufen, unten das Gegacker und die Stimmen dieser Punks. Ich rutschte auf dem glatten Estrich weg, stürzte, krabbelte auf allen vieren und warf mich mit letzter Kraft nach vorne durch die Balkontür, wo ich einen halben Meter vor dem Ende den Rainmaker mit einer Hand zu fassen bekam.

Auf dem Bauch liegend schaute ich ihn an, Staub hüllte mich ein, ich hustete. Wieder hörte ich Elizabeth, ihre Schritte auf der Treppe. Die Kids waren längst aus dem Haus. Wie ein Turm ragte der Rainmaker vor der gigantischen Kulisse dieses riesigen Tals in meiner Hand vom Boden des Balkons auf. Ein paar Hautfetzen standen von meiner Handkante ab, eine Schürfwunde vom Rutschen. Auch am Kinn brannte es, mein Knie pochte.

«Jörn!» Ihre Schritte knirschten näher.

Ich rollte mich auf die Seite, rückte meine Sonnenbrille wieder zurecht. «Alles okay, ich hab ihn.»

«Und den Rucksack?»

«Der ist weg.» Ich atmete schwer. «Genau wie mein Cap.»

Sie verzog das Gesicht.

«Ach, stimmt ja, das mochtest du eh nicht», sagte ich, rappelte mich hoch und klopfte mir den Dreck von der Hose, immerhin war sie ganz geblieben, aber mein

Samsung war nicht in meiner Tasche, und dann fiel es mir ein, das war ja auch im Rucksack. «Scheiße, die haben auch mein Handy.»

«Nein …»

«Doch, heute Morgen, ach …» Ich winkte ab, tastete nach dem USB-Stick von Rocco.

«Hauptsache …» Sie unterbrach sich selbst und zeigte auf den Rainmaker.

«Ja. Arschlochkids.» Ich holte den Stick heraus und öffnete das Post-it.

«Was ist das?», fragte Elizabeth.

«Ein Stick, mit vier Songs von meinem Vater, Bruce-Springsteen-Cover. Hat er mir aufgenommen.»

Er war heile geblieben bei meinem Hechtsprung, ich atmete durch.

«Und?», fragte sie.

«Konnte sie noch nicht hören.».

Ich steckte ihn wieder weg, schaute aus der Balkontür und trat auf den geländerlosen Balkon.

«Sei vorsichtig», sagte sie.

«Wow, komm mal raus, das ist ein Panorama!» Das Wort benutzte ich erst seit der Athene, vorher hatte es für mich nirgends ein Panorama gegeben.

Zögerlich betrat sie den Balkon und stellte sich neben mich mit dem Rücken an die Wand, wo das Fenster begann. «Wow», machte auch sie.

Vor unseren Füßen fiel der Hang gute zwanzig Meter ab, um dann in einem flacher werdenden Bogen in einem Tal zu münden, das jedem Fjord zur Ehre gereichen würde. Nur mündete kein Meer hier, lediglich ein Bach schlängelte sich durch die Wiesen mit ihren Zäunen aus

Buschwerk, durch zwei kleinere Dörfer an einem Dutzend kleinen Gehöften vorbei und durch endlose, sich die Hänge der Hügel emporziehende Olivenbaumplantagen, die in ihrer angepflanzten Linienhaftigkeit aussahen, als hätte jemand mit einem gigantischen Kamm durch die Landschaft gestrichen.

Das eine Ende des Tals lag irgendwo hinter Viaggio, das andere Ende löste sich am Horizont im Dunst der Luftfeuchtigkeit auf. Zwei kleine Burgen oder Villen thronten auf der anderen Seite über dem Tal, wo die Weinreben stolz gen Himmel zeigten.

Die gewellte Landschaft verströmte eine Ruhe, die sich nicht alleine aus der Stille speiste, sondern auch aus ihrer Form, den Bergen, der Farbe, dem Grün und der Anordnung der parallel zueinander mäandernden Baumreihen, deren Schwünge mich an einen japanischen Steingarten erinnerten. Nur hier in Groß und Grün, lebendig.

«Da hast du deine Olivenbäume», sagte sie.

«Aber es ist nicht *der* Olivenbaum.»

Links von uns schmiegte sich die Landstraße an den Hügel, trat bei jeder zweiten Kurve hervor, nur um danach hinter der nächsten Biegung zu verschwinden. Lautlos bewegte sich weit entfernt ein Fiat auf Viaggio zu.

Bei der zweiten Kurve sah ich, wonach ich suchte: Anders als bei den anderen Kurven gab es hier mehr Platz, vielleicht als Nothaltebucht oder als kleiner Rastplatz für ein oder zwei Wagen. Auf jeden Fall stand dort ein einsamer Olivenbaum, der wie wir – und sein Vorgänger hier – das Tal überblickte, in meinen Augen würdig, den Schatten für das Grab meines Vaters zu spenden.

«Da will ich hin.»

«Wohin?»

«Siehst du den Olivenbaum da?» Ich zeigte auf ihn mit ausgestrecktem Arm, und sie legte ihren Kopf darauf, als müsste sie bei einem Gewehr über Kimme und Korn zielen.

«In der Kurve?»

«Ja.»

«Wo der Wagen langfährt?»

Der Fiat passierte gerade die Stelle.

«Ja.»

«Dann nix wie hin!» Sie küsste meinen Unterarm, und wir umarmten uns auf dem Balkon ohne Geländer, den Rainmaker in meiner Hand hinter ihrem Rücken.

Der Weg erwies sich als weitaus länger als vermutet. Die tiefen Einbuchtungen, denen die Straße folgte, verwandelten die 300 Meter Luftlinie zu gefühlten zwei Kilometern. Selten überholte uns ein Auto, kaum eines kam uns entgegen, die meiste Zeit rauschte der Wind leise in unseren Ohren, dazu das Summen der Insekten in den Büschen und das Zirpen der Grillen.

Die dünne Plastiktüte aus dem Kiosk wechselte mehrfach meine Hand. Vor unserem Marsch hatten wir dem kleinen Laden einen Besuch abgestattet. Die Verkäuferin mit den ersten grauen Haaren entschuldigte sich für das geringe Angebot. Scusi, das verstand sogar ich. Die beschränkte Auswahl an Keksen, Obst und Getränken ließ uns rasch entscheiden: Schokogebäck, Äpfel und eine Eineinhalb-Liter-Flasche Wasser. Und obwohl wir nach den kleinen Scheißern Ausschau hielten, blieben sie verschwunden – und somit auch mein Rucksack samt Handy und mein Cap.

Dessen Schirm hätte ich jetzt gerne über meiner Stirn gehabt. Die Sonne stand senkrecht am Himmel und brannte auf die Felder, die Berge und meinen Schädel, und sie schien zwischen dem Spalt meiner Ray-Ban in meine Augen, sobald ich meinen Kopf nicht gesenkt hielt.

Wir redeten kaum miteinander und wenn, nur belangloses Zeug.

Immer wieder driftete ich in meinen Gedanken ab, stellte mir meinen Vater vor, als Jungen, wie er in Viaggio über den Marktplatz lief oder über dieses Tal schaute.

Die Eindrücke musste er sein ganzes Leben mit sich herumgetragen haben. Die Möglichkeit, Erwachsene hätten eine Jugend gehabt, erschloss sich mir erst jetzt in vollem Umfang. Zuvor erschienen mir ihre Erzählungen – wie die von meiner Mutter und Oma – nicht wirklich greifbar, eher einer Phantasie gleich, schwer dem echten Leben zuzuordnen. Ja, mir war klar, dass sie älter wurden, aber was sie erlebt hatten oder die Orte ihrer Jugend blieben blass für mich, bis heute, als ich die Heimat meines Vaters besuchte, ohne dass er mir jemals von ihr erzählt hatte, ohne dass ich ihn gekannt hatte. Es gab sie, diese Jugend, ich spürte es, und sie hauchte auch den gehörten Geschichten Leben ein, obwohl diese nicht direkt hiermit etwas zu tun hatten.

Schon damals, auf dieser schmalen Landstraße außerhalb von Viaggio, beschloss ich, ihre Orte ebenfalls zu besuchen, zu sehen, zu begreifen.

Endlich verließen wir die Straße und peilten den

Schatten unter dem Olivenbaum an. Der Staub wehte wie Pollen von Zedern im Frühling in die Büsche und über sie hinweg in das Tal. Ich setzte mich mit dem Rücken an den knorrigen Stamm und stellte die Plastiktüte und den Rainmaker vor mir ab. Elizabeth hockte sich neben mich. Wir wischten uns den Schweiß aus den Gesichtern, unsere Shirts hatten feuchte Flecken unter den Armen. Hinter uns flimmerte die Hitze über dem Asphalt, der löchrige Schatten unter dem Olivenbaum fühlte sich gleich zwei, drei Grad kühler an. Wir atmeten durch. Geschafft.

Weil sie darauf wartete, dass ich etwas sagte, tat ich ihr den Gefallen. «Ich glaube, das ist eine gute Stelle hier.»

«Das glaube ich auch.»

«So ähnlich muss von seinem Baum auch der Ausblick gewesen sein.»

«Ja.»

Wir schauten zu dem Hausskelett, das alles andere als einladend aussah. Der hintere Teil mit den Balkonen zum Tal wurde sogar durch Säulen und Baumstämme abgestützt. Irgendwann würde das ganze Haus den Abhang hinunterrauschen. Mit oder ohne Punks.

Elizabeth trank von dem kalten Wasser und stöhnte erleichtert auf, dann reichte sie mir die Flasche.

Das Dorf Viaggio war in den Hang gebaut, von hier war das gut zu erkennen. Von irgendwo hallte der helle Ton eines Motorrades herüber. Im Tal blitzte etwas auf, jemand hatte ein Fenster geöffnet oder geschlossen. Ein Falke kreiste vor uns als kleiner Punkt in Augenhöhe.

Mit der Hacke schabte ich im Sand, lediglich die obere Schicht ließ sich leicht zur Seite schieben, darunter befürchtete ich schon Gestein, doch als ich mit der Kante eines Steins versuchte, die Erde zu lockern, stellte sie sich nur als wirklich fest zusammengepappter Sand heraus.

«Das wird anstrengend», sagte ich.

«Dann mal los.»

Zum Graben kniete ich mich hin, und als Werkzeug suchte ich mir zunächst einen Stein, den ich als Faustkeil benutzte. Ich schlug, ich ritzte, ich schlitzte, ich grub. Mit jeder Minute mühsamer, denn die Hitze machte mir auch im Schatten zu schaffen.

Warum wollte er eigentlich nicht hier auf dem Friedhof beigesetzt werden? Neben seinen Eltern, sollten sie dort liegen. Das wäre wohl ein zu großer und kostspieliger Aufwand gewesen. Die Überführung und so weiter.

Meine Großeltern. Wenn ich schon mal hier war, konnte ich noch frische Blumen auf das Grab legen. Das machten wir bei Oma auch immer. Ich konnte sicherlich jemanden fragen, wo sie lagen.

Über mein Grübeln musste ich langsamer geworden sein beim Graben, denn Elizabeth fragte: «Soll ich mal?»

Ich zögerte. Es war meine Aufgabe, das Grab meines Vaters auszuheben, aber meine Hände brannten schon und konnten eine kurze Pause vertragen.

Elizabeth hackte auf die Erde ein. «Wie tief soll es denn werden?»

Ich genehmigte mir einen tiefen Schluck Wasser, es war bereits lauwarm. «Hmh, na ja, zumindest so tief, dass kein Hund es ausgräbt.»

«Puh. Also?»

«Halbe Armlänge?»

Sie probierte es mit einem dicken Stock, doch der zerbrach nach einigen Versuchen, so ausgetrocknet war er. Elizabeth zuckte mit den Schultern und nahm wieder den Stein.

Nach einer Weile machte ich weiter, und dann wechselten wir uns in immer kürzeren Abständen ab. Schließlich stießen wir auf einen klobigen Steinbrocken, den wir gemeinsam aus der wachsenden Grube wuchten mussten, was uns zusätzlich Zeit kostete, zumal der größte Teil von ihm das Grab unnötig verbreiterte, was uns überhaupt nicht weiterhalf. Unsere Hände waren dunkelbraun von der feuchten Erde, die Fingernägel schwarz.

Wir fluchten, als uns eine Wurzel daran hinderte, das Loch wie geplant auszuheben. Stattdessen kamen wir nicht umhin, die Grube zu verlängern, denn das Ding krümmte sich wie eine Schlange im Todeskampf, und zerteilen konnten wir sie nicht. Es fühlte sich an, als würden wir noch einmal von vorne anfangen. Viel hatten wir nicht gewonnen. Frustrierend. Und die Sonne sank in einem Bogen auf die Berge auf der anderen Seite des Tals.

Plötzlich riss Elizabeth die Augen auf. «Der Bus!»

Ich drehte mich um und sah gerade noch das Heck des Busses hinter der letzten Kurve verschwinden. In weniger als einer Minute würde er hier vorbeikommen.

«Scheiße, und jetzt?», fragte sie.

Fertig waren wir noch lange nicht mit dem Aushub, und wir mussten das Grab auch wieder zuschaufeln.

«Jörn?!»

Die Grube war unterschiedlich tief, zu flach an einer

Seite, und wenn wir uns beeilen würden, gäbe es ein einziges pietätloses Gehuddel, ohne die Garantie, dass morgen nicht ein Hund den Rainmaker wieder ausbuddeln würde, weil er nach etwas Wind oder Regen herausgucken würde.

Ich stand auf.

«Los, zum Bus!» Ich ging vorweg, den Rainmaker in der Hand.

Sie folgte. «Nein, du …»

«Komm.»

Ich hörte den Motor schon.

«Du willst doch jetzt nicht …»

Als der Bus in der Kurve erschien, winkte ich ihm mit der freien Hand zu, er möge anhalten. Sofort steuerte der Fahrer unsere Parkbucht an.

Die Reifen knusperten über den Schotter, eine Staubwolke hüllte uns ein und raubte uns den Atem. Meine Haut juckte überall, im Nacken, im Gesicht, am Hals. Hell nagelte der Dieselmotor die Stille in den Boden.

Wir marschierten um den Kühler zu den offenen Türen.

«Was machst du denn jetzt?», fragte sie. «Damit.»

«Ich begrab ihn. Du musst zum Schiff.»

Bis zu diesem Zeitpunkt hatte ich nicht einmal an diese Möglichkeit gedacht, als der Vorschlag aber über meine Lippen kam, klang er für mich wie das Natürlichste von der Welt, ohne das Für und Wider abgewogen zu haben. Mehr wie ein Reflex auf die Situation. Ein Instinkt.

«D… ich?» Sie begriff. «Was? Und du? Du willst das Schiff verpassen?»

«Ich muss das tun.»

Wir blieben vor der geöffneten Tür stehen.

«Und?», fragte sie. «Wie willst du zurückkommen?»

«Irgendwie. Ich kauf mir ein Red Bull und fliege.»

«Hör auf. Hast du Geld?»

«Etwas.»

Ich hatte keine Ahnung, was noch übrig war. Knapp sechzig Euro? Nachschauen lohnte nicht.

«Scheiße.» Sie zog den Reißverschluss an ihrem versteckten Gürtel auf. «Du brauchst doch Geld, für den Zug, nach Hause.»

«Elizabeth, nein …»

«Nichts da, nein.» Sie zögerte mit den Scheinen. «Und ich soll jetzt so ohne dich zur Athene?»

Der Fahrer gähnte laut.

«Ja, klar. Das hat ja nix mit dir zu tun. Ah …» Mir fiel was ein, und ich kramte meine Bordkarte raus und gab sie ihr. «Da. Die brauche ich nicht mehr. Kannst du die Briefe rausholen? Sind im Koffer, in der Außentasche, unten im Schrank.»

Sie nickte, verstaute hektisch die Karte in ihrer Hosentasche und drückte mir vier Fünfziger in die Hand. «Hier.»

Der Fahrer raunzte etwas, wir sollten uns wohl beeilen.

«Ich gebe dir das Geld zurück, sobald ich wieder in Deutschland bin.»

Sie schüttelte den Kopf. «Sehen wir uns, wenn du wieder da bist?»

«Ja», sagte ich automatisch.

«Das klang scheiße.»

«Dänemark?» Ich brachte nicht mehr als ein Wort aus meinem zugeschnürten Hals. Wie sollte das denn gehen?

Sie verschwamm vor mir. Ich suchte kurz den kreisenden Falken.

«Ja», sagte sie.

«Das klang auch scheiße.»

Der Fahrer ließ den Motor im Leerlauf aufheulen.

Es war, als zitterte ich am ganzen Körper, als sträubte sich jede Faser in mir, sie hier und jetzt zu verabschieden, weil es eine Endgültigkeit bedeuten könnte. Unvorstellbar. Aber wenn ich mit ihr zurückfahren würde, sähe es in ein paar Tagen nicht anders aus. Nur hätte mein Vater nicht seinen letzten Wunsch erfüllt bekommen, und ich konnte nicht abschätzen, ob ich damit leben wollte.

Der Bus rollte an, ich schlug gegen das Blech. «Okay, okay, sì, sì!»

Er stoppte und fluchte. Elizabeth sprang auf die erste Stufe, drehte sich wieder um, küsste mich kurz, viel zu kurz, schluchzte ein «Ciao».

«Ciao», sagte ich.

Die Türen schlossen sich zwischen uns, und der Fahrer gab Gas. Anders als in Filmen konnte ich Elizabeth nicht hinter einem der Fenster erkennen, aber ich bildete mir ein, sie zu sehen, wie sie mir einen Kuss zuwarf, und ich winkte ihr nach, dem Bus, den Menschen, meiner Liebe, mit dem Geld in der Hand, auf dem Fleck verharrend wie jener Olivenbaum hinter mir. Bis der Bus hinter der Kurve verschwand und mich in der Stille zurückließ.

Ich wollte hinterherlaufen, die Heckscheibe des Busses mit einem Stein einwerfen. Aber ich bekam keinen Fuß gehoben. Vorbei. In der Linken den Rainmaker, in der Rechten ihr Geld und dazwischen die Leere.

Ich blinzelte und rieb mir mit beiden Armen die Tränen aus dem Gesicht, die an meiner Nase vorbei meine Wangen herunterliefen, und dann tränten sie noch mehr, weil der Staub, der auf meiner Haut klebte, in die Augen geraten war, und ich blinzelte abermals.

Die dunkelrote Silhouette des Busses kroch aus der Bergkluft und tauchte vor der nächsten Kurve auf. Wenn er sie umrundet hatte, wäre er ein für alle Mal verschwunden. Die Sonne blitzte in den Fenstern auf, ein gleißendes Mir-die-Zunge-Rausstrecken. Dann war er weg. Ich starrte den Berg an. Die Grillen kicherten in den Büschen.

Ich hätte Elizabeth davon abhalten sollen, den Bus zu nehmen, oder ich hätte ganz einfach mitfahren sollen, jede andere Entscheidung schien plötzlich mehr Sinn zu machen, als ich so alleine auf dem Scheitel der Kurve im Sand stand.

Nun gab es nichts mehr zu tun. Ich konnte sie nicht mal mehr anrufen.

Mich fror, als mir einfiel, dass ich gar nicht ihre Nummer kannte und sie meine auch nicht.

Jetzt konnte ich nur die Asche meines Vaters begraben und zusehen, wie ich danach zum nächsten Bus nach Rom kam.

Eine Gestalt schälte sich aus dem Berg, kam die Straße hoch, in meine Richtung, schnell, hell gekleidet. Ich glaubte an eine Halluzination, zwinkerte erneut, stopfte das Geld in die Tasche zu dem Stick und wischte mit dem T-Shirt meine Augen trocken.

Elizabeth lief auf mich zu, so viel konnte ich erkennen, wenn auch nicht verstehen. Ich wollte etwas sagen, ich wollte etwas tun, aber bevor ich mich für etwas entscheiden konnte, flog sie in meine Arme, dass es uns beinahe zu Boden riss. Auch sie heulte. Mein Herz schwoll mit jedem Pulsschlag an.

Und dann schlug sie mir auf den Rücken mit ihren Fäusten und als Nächstes gegen meine Arme, und sie löste sich von mir und boxte mit beiden Händen gegen meine Brust, dass ich einen Ausfallschritt nach hinten machen musste.

«El…»

Sie ließ mir keine Zeit. «Schwein!»

«Was?»

Wieder schubste sie mich, ihr Gesicht verzerrt zu einer Grimasse aus Zorn und Schmerz. «Mich in den Bus stecken.»

Sie feuerte meine Bordkarte nach mir, sie traf mich an der Schläfe.

«Elizabeth!»

Sie stemmte ihre Hände in die Hüfte, drehte sich ab, drehte sich wieder mir zu. «Ich mach das alles mit, ich helfe dir, ich … ich klaue den Rainmaker und … und wenn es drauf ankommt … klar, die Elizabeth kann ja … die brauche ich nicht, die …»

«Ich brauche dich!», schrie ich zurück. «Aber du hast keine Ahnung, was in mir abgeht, ich könnte … ich … es ist nicht nur die Asche … auch … der Bund hat mich abgelehnt, nichts mit Lehre nach dem hier, nichts mit Zukunft, Aussichten und nichts mit Vergangenheit! Auch nicht. Mein Vater, der hier, mein toller Vater», anklagend hob ich den Rainmaker und wollte ihn zu Boden werfen, aber er schien in meiner Hand zu kleben, «der … der wollte mich noch nicht einmal, der wollte nicht mal, dass ich geboren wurde. Eine Ab… eine Abtreibung, ich sollte hier gar nicht stehen, und meine Mutter hat mir das auch nie erzählt, und meine Oma ist gestorben und überhaupt … und dann … du … und ich, jetzt, hier, ich … ich könnte einfach nur explodieren, aaaah.»

Elizabeth hatte ihr Gesicht mit den Händen bedeckt, ich hörte sie sagen: «Das tut mir leid, tut mir so leid.»

«Ja, mir auch.» Ich wischte mir über die Wangen. «Und ich liebe dich.»

Ihre Hände senkten sich. «Ich liebe dich.»

Ich ließ den Rainmaker fallen, damit ich die Hände frei hatte, griff nach ihren und zog sie in eine Umarmung, die festeste Umarmung aller Zeiten.

Nach einer Ewigkeit küssten wir abwechselnd unsere feuchten Wangen und tasteten uns vor, bis sich unsere Lippen fanden. Erst küssten wir uns hastig, dann gefühlvoller, länger, und mit der schwindenden Anspannung unserer Küsse schwand auch unsere körperliche, schwand das Zittern, das Beben, umarmten wir uns ruhig, strichen unsere Hände langsam über den Rücken und die Arme des anderen in einem noch nie gespürten Frieden.

Wir rochen nach Schweiß, Salz und Staub und absoluter Liebe. Reglos standen wir neben dem Olivenbaum auf dem Vorsprung in der Kurve, was von weitem aussehen musste wie ein Denkmal am Straßenrand. Jetzt war alles andere egal: das Schiff, die Briefe, zu Hause, der Heimweg, das Wie, beinahe sogar der Rainmaker. Es gab nur eins: uns zwei. Und das fühlte sich richtig an.

«Du hättest mich überreden sollen dazubleiben», sagte sie flüsternd, als sollte der Baum ihre Empörung nicht hören.

«Ich … deine Eltern.»

«Die haben mich auf dem Schiff auch nicht vermisst.»

«E…»

«Ich möchte bei dem sein, dem ich etwas bedeute.»

«Das bist du, das bist du, aber ich bin mir sicher, dass du deinen Eltern auch …»

Sie legte mir ihren Zeigefinger auf die Lippen. Unsere Augen so nah, dass ich ihren Atem riechen konnte, metallen vom Laufen, während sie leise sagte: «Man kann immer nur an einem Ort sein, das sollte der wichtigste sein, und dann sollte man ganz da sein oder gar nicht.»

Sie strich mir über die Wange. Wir küssten uns mit geschlossenen Augen.

Danach fragte ich: «Wie bist du überhaupt aus dem Bus?»

«Ich habe gesagt, er soll einfach anhalten, mich rauslassen, sofort, als ich dich hier stehen und winken gesehen habe.»

Ich musste lächeln.

«Er wollte erst nicht, ich habe eine Szene gemacht, ähnlich deiner Show heute Morgen. Gut, dass du mich nicht gesehen hast. Der hat vielleicht geflucht», sagte sie.

«Der war nur neidisch. Ich bin so froh. Glücklich. Ich liebe dich.»

«Ich liebe dich.» Sie betonte die anderen beiden Worte.

Wir knieten im Staub neben dem offenen Grab im löchrigen Schatten und schauten uns einen Moment an. Dann drehte ich den Rainmaker und hielt ihn senkrecht zum Tal, als sollte mein Vater noch ein letztes Mal den Ausblick genießen. Unsichtbarer Regen rauschte über dem Tal nieder.

Plock.

Elizabeth warf mir einen flüchtigen Blick zu, ich war mir sicher, dass sie etwas sagen oder fragen wollte, doch sie ließ es.

Andächtig beugte ich mich vor und bettete den Rainmaker mit der Asche meines Vaters in sein Grab. Sand bröckelte unter dem Gewicht meiner Knie am Rand herab, rieselte gegen das Holz, erzeugte unterschiedliche Töne, je nach Größe der kleinen Steinchen.

War das richtig? Und wer konnte das entscheiden? Konnte mir das jemand zum Vorwurf machen? Würde ich mir mal Vorwürfe machen? Galt dies als anonym verscharrt, irgendwo im Dreck neben einer Landstraße, oder als Erfüllung seines seligen Wunsches? Immerhin war ich sein Sohn. Wenn nicht ich, wer sollte dann entscheiden, was das Richtige war. Es war gut so.

Wohl weil ich eine Weile einfach nur dasaß, fragte Elizabeth: «Willst du noch etwas sagen?»

«Was?»

«Ich weiß nicht. Ein Gebet?»

Ein Gebet am Grab. Natürlich. So weit hatte ich nicht gedacht. Allerdings hatte er Religion nicht erwähnt in seinen Briefen. Als Italiener war er sicherlich katholisch.

Wir waren nicht die regelmäßigen Kirchgänger, nur wegen Schule und Kindergarten. Ich kannte kein Gebet.

Bevor ich das Vaterunser vor ihr vergeigte, schwieg ich lieber.

«Soll ich?», fragte sie vorsichtig.

«Nein.» Das war wirklich meine Sache. Ich überlegte. «Er mochte ja Musik.»

Sie nickte, als wäre es das ultimative Argument gegen ein Gebet.

Ein Song? Das gab es bei Begräbnissen auch. Aber ich würde sicher nicht singen.

«Oder sag, was dir in den Sinn kommt», schlug sie vor. «Das ist ja auch was Persönliches.»

Das stimmte.

Sie setzte hinzu: «Du brauchst es ja nicht laut zu sagen, wenn du nicht … oder ich kann dich auch alleine lassen, wenn …»

«Nein, nein, bleib», sagte ich, wir schauten uns an, ein Blick, als wären wir zehn Jahre zusammen.

«Lieber Gott, mein Vater …» Ich räusperte mich. «Mein lieber Vater», ich sprach zum Tal, «liegt nun hier», ich atmete tief den Duft der Büsche und Bäume ein, «ich habe ihn nicht gekannt, und er ist zu früh gestorben. Aber er war wohl insgesamt … ein anständiger Mensch.»

Ich sah, wie Elizabeth ihre Hände vor ihren Mund legte. Sie lachte und entschuldigte sich dafür.

Es war absurd. Auch ich musste loslachen, so unpassend das war, so unpassend wie die Asche seines Vaters in einem Rainmaker in Italien zu begraben. Und nur weil ich lachte, rannen die Tränen nicht wieder. «Ist okay!»

«Entschuldigung», sagte sie wieder. «Das ist das Verrückteste, was ich je gemacht habe.»

«Ich kann dir versprechen, es kommt nicht wieder vor.»

Wir lachten, bis dann doch die Tränen kamen. Sie entschuldigte sich wieder.

Ich schüttelte den Kopf. «Ich glaube, er hätte gerne Gelächter gehört. Bei dem, was ich von ihm weiß.»

Eine Melodie fand meine Gedanken, und ich hob die Hand.

«Was?», fragte sie, schlagartig ernst.

«Mir ist doch eine Songzeile eingefallen. Aus der Midas-Bar, als ich dort mit Sandy saß, von einer Sängerin, ein melodischer Song.» Ich pausierte, schaffte es, mich zusammenzureißen, mich zu beruhigen, und dann sagte ich: «I love my father, he could use some mercy now», und fügte ein «Amen» hinzu.

«Amen», sagte auch Elizabeth und lächelte ein mildes Lächeln, das mir andeutete, die richtigen Worte gefunden zu haben.

Ich wollte schon die Erde darauf werfen, da sah ich meine Bordkarte auf dem Boden, und ich legte sie neben den Rainmaker ins Grab. Dann schob ich die Erde hinein, und Elizabeth half dabei. Schweigend.

Am Ende stampfte ich die Erde mit meinen Füßen fest. Elizabeth schaute mir dabei mit gemischten Gefühlen zu.

«Geht nicht anders», sagte ich, wohl bewusst, dass ich auf dem Grab meines Vaters trampelte.

Sie kam dazu, und gemeinsam traten wir die Erde fest, berührten uns dabei an den Händen, dort zwischen Oliven und Rainmaker.

Zum Schluss streute ich trockenen Sand über die Stelle, und ich war zufrieden, wie unscheinbar sie danach aussah. Auch rubbelte ich mit dem feinen Sand meine Hände sauber, in denen die feuchte Erde der tiefen

Schicht ihre Spuren hinterlassen hatte. Elizabeth machte es mir nach.

Erschöpft sanken wir mit unseren Rücken gegen den Baum und streckten die Beine aus. Elizabeth raschelte mit der Plastiktüte, nahm einen langen Schluck von dem Wasser und reichte mir den Rest. Mittlerweile war es warm.

Während ich trank, sagte sie: «Ich frage mich grade … wie sagen wir jetzt jemandem Bescheid? Wo wir sind.»

Ich ließ den letzten Schluck in der Flasche und gab sie ihr zurück. «Ich weiß nicht, mein ganzes Leben wusste jeder irgendwie Bescheid, wusste jeder dauernd, wie es weitergeht, was morgen kommt … aber glücklich, richtig glücklich, so wie jetzt, war ich nie.»

Sie küsste mich auf die Wange, unterbrach mich dadurch kurz.

«Und … und jetzt weiß ich nicht, wie es weitergeht. Mal gucken, ob ich glücklich bleibe.»

Dann schüttete sie etwas Wasser in die hohle Hand und sagte: «Du auch.»

Ich wusste nicht, was sie meinte, hielt ihr aber meine Hand hin, das Wasser war mittlerweile handwarm, ich spürte es nicht einmal.

Sie verrieb das Wasser im Gesicht, um die Dreckstreifen loszuwerden, die der Staub und die Tränen gezogen hatten.

«Zurück?» Sie nickte Richtung Viaggio.

Ich drehte mich um. Jemand lief auf uns zu, ein Mädchen mit langen schwarzen Haaren, jünger als wir, in den Youthclub wäre sie auf keinen Fall gekommen.

Wir standen auf, ohne genau zu wissen, warum.

Das Mädchen hielt direkt auf uns zu, und so, wie sie keuchte, musste sie schon den ganzen Weg vom Dorf gerannt sein. Sie trug ein dunkles T-Shirt und eine dunkle Hose, Sneakers, nichts Besonderes, außer in ihrer Hand: mein Cap.

Schwer atmend blieb sie vor mir stehen, für Elizabeth hatte sie nur einen kurzen Blick übrig, das Mädchen fixierte mich. Wahrscheinlich hatte sie unsere Auseinandersetzung mit den kleinen Punks mitbekommen und ihnen mein Cap abgeluchst, um es mir wiederzugeben.

Ich zeigte auf das Cap. «Danke, grazie!»

«Jorn?», sagte sie mit starkem italienischem Akzent, aber deutlich meinen Namen.

Verblüfft sagte ich: «Ja, sì, Jörn.»

Sie reichte mir mein Cap, und nachdem ich mich abermals bedankt hatte, tippte sie sich an die Brust. «Martina.»

«Aha», machte ich, während ich das Cap in meinen Händen drehte, es schien unbeschädigt zu sein.

Sie hatte ihren Blick nicht von meinen Augen abgewandt, als erwartete sie etwas, als hätte ich irgendwas nicht mitbekommen.

Martina ... Konnte sie die Martina aus dem Brief sein? Dann war das gar keine Ex?

Sie zeigte abwechselnd auf mich und auf sich. «Tu e io, Jorn e Martina, fratello e sorella.»

Außer unseren Namen verstand ich kein Wort. «Was? What?»

«Rocco, nostro padre, tu e io siamo una famiglia, Papà, Rocco, Papà.» Dabei zeigte sie weiter auf sich und auf mich.

Ich verstand Papa, ich verstand Rocco, und ich verstand ihre Geste. Elizabeth ebenso, laut sog sie Luft ein.

Rocco – *unser* Vater? Eine Gänsehaut breitete sich von meinem Kopf bis zu den Fußspitzen aus, überall kribbelte es, und durch meine Gedankenwelt wehte ein kühler Wind. Martina, dieses Mädchen vor mir, war meine Schwester, meine Halbschwester, meine italienische Schwester.

Dumpf traf mein Cap auf dem Boden auf, wir umarmten uns wie auf ein unsichtbares Kommando hin, und mein Blick verfing sich in den grünen Hängen hinter ihr.

Mit erstickter Stimme hörte ich sie fragen: «Papà … la tomba di Papà dove?»

«W-what? I don't understand.»

Wir lösten uns, hielten uns aber weiter an den Händen, ihre waren kalt.

«Papà.» Sie schloss die Augen, legte den Kopf schief.

Sie wusste, dass er nicht mehr lebte. Was wusste sie? Wie viel Kontakt hatten die beiden gehabt? Ich hätte sie so viel fragen können.

«Dove?»

Leise, als könnte etwas zerbrechen, sagte Elizabeth: «Ich glaube, sie meint wo.»

«Was wo? Wo? Er? Das … das Grab?» Ich ahmte ihre Geste mit den geschlossenen Augen nach, sie nickte, und ich sagte: «Da!», und deutete mit einer Hand auf die Stelle unter dem Olivenbaum.

Rasch ließ sie mich los, murmelte unverständliche Worte, wischte sich die Tränen von den Wangen, und nach zwei Schritten kniete sie vor seinem Grab nieder und strich mit einer Hand über die Erde, als streichele sie die Stirn eines Kranken.

Ich kniete mich neben sie. Sie faltete die Hände, ich tat es ihr gleich. Elizabeth blieb hinter uns.

Martina begann das italienische Vaterunser, das erkannte ich an der Melodie. «Padre nostro che sei nei cieli, santificato sia il nome tuo …» Sie betete mit geschlossenen Augen, und ich lauschte dem Singsang ihrer Sprache.

Danach blieben wir noch eine ganze Weile so nebeneinander knien, in der Stille über dem Tal. Irgendwann griff sie meine Hand, und wir hielten einander. Erst als sie die Beine in den Schneidersitz schlug, kam Elizabeth und hockte sich auf meine andere Seite.

Flüsternd fragte ich sie. «Wie hat sie uns gefunden?»

«Wie soll ich das wissen?»

Martina schien unsere Frage richtig gedeutet zu haben, sie fischte ein Smartphone heraus und wischte es wach, richtete das Display in meine Richtung. Ein Foto von mir und Elizabeth mit den Tequila Sunrise zwischen uns auf dem Tisch.

«Carlo», sagte Martina.

«Der wusste …?», brach es aus mir hervor.

Martina sprach auf Italienisch in ihr Handy und hielt es mir wieder hin. Eine Übersetzer-App.

Ich las: *Warum bist du nicht gekommen?*

«Wo? Where? Dove?»

Ein kurzes Wort von ihr, und sie ließ mich wieder lesen: *Zu Hause.*

«Adresse, your adress?» Ich zuckte mit den Schultern und nickte in ihre Richtung.

Routiniert nutzte sie die App, der nächste Satz hieß in

der Übersetzung: *Abgeordnete putzen Mülleimer von innen mit ihrem Hirn.*

«Häh?», machte ich, und Elizabeth, die mitgelesen hatte, und ich lachten kurz auf.

«Das macht keinen Sinn», sagte ich. «Deine App … the translation is nonsense, no sense! Try again!»

Sie sprach es noch einmal deutlicher, und ich las: *Das wollte er dir schreiben.*

Im verlorenen Brief, die Adresse stand im verlorenen Brief, dachte ich. Elizabeth stöhnte auf.

«Ist okay», sagte ich zu ihr und zu Martina: «I lost the letter, gone, away, the wind, pfchchch», und meine Hand ahmte ein wegfliegendes Blatt nach.

Zum ersten Mal lächelte sie kurz und steckte das Handy weg. Ihr schien fürs Erste zu reichen, was sie erfahren hatte. Martina musste mehr Kontakt mit unserem Vater gehabt haben, ja, sie kannte offenbar sogar Carlo, der uns unbemerkt fotografiert hatte. Deswegen hatte er von Zufall gesprochen, als ich den Namen Martina erwähnte, klassisch aneinander vorbeigeredet. Ich hatte so viele Fragen an sie, wusste aber auch nicht, womit ich hätte anfangen sollen. Wie auch? Wie sollte ich all diese komplizierten Fragen stellen, nach ihrem Leben, ob sie von mir wusste, seit wann, was, wie, wo? Deutsch verstand sie nicht, ich kein Italienisch, und unser Englisch würde nicht reichen. Ich müsste wohl Italienisch lernen. Wer weiß?

Schweigen erschien mir angemessen. Und so schauten wir über das Tal, Martina zu meiner Linken, Elizabeth zu meiner Rechten und Rocco vor uns.

Der Wind frischte auf, und wie er in Böen über das

Land fuhr, wiegten sich die Blätter und Gräser in Wellenbewegungen mit. Auf einmal sah ich es ganz klar vor mir, mein Vater hatte im Meer die sich wiegenden Büsche in diesem Tal gesehen, wenn der Wind über sie strich.

Ich genoss die unruhigen Schatten unter dem Olivenbaum, den blauen Himmel und die grünen Felder und Wiesen zu unseren Füßen.

Danke:

Sophie Härtling und Christiane Steen vom Rowohlt Verlag, Christine Weihermüller vom Zentral Antiquariat, Mario Todisco, Peter Bogmer, Kersten Flenter, Max Würden, Jochen Rother, Stefan von Hatten und meiner Familie.

Thorsten Nesch bei rotfuchs

Buster, König der Sunshine Coast

Die Kreuzfahrt mit der Asche
meines verdammten Vaters

Joyride Ost

Verkehrt!